Patti Smith

Bread *of* Angels

Patti Smith

Bread *of* Angels

Die Geschichte meines Lebens

Aus dem Englischen
von Brigitte Jakobeit

Kiepenheuer & Witsch

Hindernisse sind unsere Flügel.

Nikolai Gogol

Einleitung

Der Stift kratzt übers Papier. *Querbuckel, Querbuckel, Querbuckel.* Was bedeuten diese Wörter?, fragt der Stift. Keine Ahnung, antwortet die Hand. Es sind Wörter, die sich erst formen, und die Autorin, einquartiert in Dolina Charlotty, in einem Tal im nördlichen Polen, wird später entscheiden, was sie bedeuten. Charlotty, der Name ruft das Porzellangesicht einer Puppe ins Gedächtnis, einer Puppe, die ein Kind ins Gras legte, um wilde Beeren zu pflücken. Nicht sehr lange, aber lange genug, um vergessen zu werden, und im Verlauf der Zeit wird aus der verwaisten Puppe eine Charlotty im Regen, Charlotty im Schnee, Charlotty zerrissen von einem ausgelassenen Hund. Ihr Porzellankopf eingehüllt im Schatten der Buchen, die aufschießen durch Zeiten mit Schnee, Zeiten mit rotem, dann totem Laub. Die sonnigen Zeiten lassen das Rosa ihrer Wangen blass werden, doch den ausdruckslosen Glanz ihrer Glasaugen bändigen sie nie.

Warum ein Porzellangesicht? Warum nicht eine Flickenpuppe wie meine eigene, mit Knopfaugen auf einem

Stoffgesicht? Dieser Hang, Dinge heraufzubeschwören, die ich nicht hatte, woher kommt er? Die unerklärliche Anziehungskraft dieser sogenannten schöneren Dinge, wie sie in Büchern beschrieben werden: eine Leinenweste, Kinderhandschuhe, weiche Lederstiefel. Ich blättere Seiten durch, als wären Bücher Überseetruhen, auf der Suche nach einem Samtmantel, einem Überwurf für den winzigen Quasimodo, der eingesperrt im Körper eines ungelenken Kindes saß. Mein Querbuckel, mein unansehnlicher, aber notwendiger rebellischer Buckel.

Ich lege den Stift beiseite und beginne unbewusst, eine lang zurückliegende Melodie zu summen, ein Lied aus dem sumpfigen Waldland, wo ich unter schnell dahinziehenden Wolken lag, verzaubert von allem um mich herum. Querbuckel, Querbuckel, und ich stapfte durch Schilf und stures Farnkraut, wich Stinkdisteln und Schwärmen von Schnaken und Mücken aus. Dort band ich einen kleinen Hammer an meinen Gürtel, dazu eine winzige Taschenlampe. Ich spaltete Steine und suchte ihr geheimes Herz, sandte Signale an außerirdische Raumschiffe, die mich weit fortbringen sollten, ich wartete geduldig, bereit für die Reise. Ich zog meine Schuhe aus und folgte dem Lauf von Bächen, randvoll mit Algen und flitzenden Kaulquappen, immer Ausschau haltend nach der einen blinkenden Münze, die den Eintritt in die Unterwelt ermöglichte. Oder der schartigen Kante einer Scherbe, die, an die richtige Stelle gelegt, mit den Fragmenten der Umgebung verschmolz, ein Spiegel für das Selbst, und elfenbeinern noch dazu.

Ich lasse meine Arbeit zurück und betrete den Wald um Charlotty, untersuche das Innenleben der ältesten Bäume. Eingeschlossen in den konzentrischen Wachstumsringen sind die Fasern von vier weißen Kleidern, die lebenden Zellen der Kindheit. Die gestärkten Falten eines Kommunionkleids. Die brüchigen Überreste eines Kleids für die Kunst. Ein Partykleid, zart wie ein Taschentuch, mit der aufrichtigen Naivität des Rock 'n' Roll, das mir mein Bruder schenkte. Und zuletzt ein makelloses viktorianisches Gewand, mein Hochzeitskleid, ein Symbol für die Versprechen und Tränen, die ich für meinen Mann vergoss, den ich eine Zeit lang mehr liebte als mich selbst.

Gott flüstert durch eine Falte in der Tapete, einen Wassertropfen, der wie eine Gleichung zerstiebt. Das Licht im Wald nimmt ab. Ein alter Mann sitzt auf einem Fass und singt: *I found a gold coin in a field, who will change it for me?* Ein Kind ruft ihm etwas zu. *Vielleicht meine Puppe, wenn ich sie finde. Sie hat ein Täschchen voller Silber*. Nur durch den Willen allein erscheint plötzlich eine Puppe. Charlotty. Erst ihr Arm, dann ein Torso, dann ein kleiner stolzer Kopf, dessen starre blaue Augen sahen, wie die Seraphim vertrieben wurden und die widerhallenden Sterne verglühten.

Alle sind tot, alles ist vergessen, hallt eine Stimme wider. Ich zähle auf, wer noch bei mir ist, komme aber nur bis zum Gesicht meiner Schwester, unschuldig und doch allwissend. Solange sie da ist, sind unsere Erinnerungen gesichert. Doch was wird mit der Zukunft, wenn wir beide nicht mehr sind? Schreib für diese Zukunft, sagt der Stift, schreib für das ausgestoßene Lamm, davongeweht wie Asche auf einem brennenden Dachboden. Die Sanduhr kippt. Jedes Korn ein Wort, das in tausend weitere zerbirst, der erste und der letzte Moment von allem, was lebt.

Ich sehe mich auf Zehenspitzen nach einem purpurnen Buch greifen, das Objekt der manischen Neugierde eines kleinen Kindes. Ich wollte wissen, was darin stand, und irgendwann selbst eins schreiben. Ich war überzeugt, ich könnte das dickste Buch der Welt schreiben und die Ereignisse eines jeden Tages festhalten. Ich würde alles so aufschreiben, dass jeder Leser etwas von sich selbst darin wiederfände. Einige würden vielleicht bei mir bleiben, andere davonfliegen. Ich für meinen Teil würde lieber vom Rand eines glühenden Hügels speien, beleuchtet von den Strahlen einer gnadenlosen Sonne, eine einzelne Reisende mit einem offenen Tagebuch auf der Suche nach dem Garten der frühen Kindheit.

Die Zeit der Vernunft

Die erste Empfindung, an die ich mich erinnere, ist Bewegung, mein Arm wischt hin und her, ein kleiner Versuch, der dazu führt, Bugs Bunny von meinem Hochstuhl zu stoßen. Mein stummer Partner, eben noch lebensgroß vor mir, verschwand wie ein Wikingerschiff, das vom Rand der Welt stürzt. Nur noch ein Fleck außerhalb meiner Reichweite – die erste Konsequenz einer Handlung. Ich erinnere mich, wie mein Vater mich hielt und wie anders es sich anfühlte, von meiner Mutter gehalten zu werden. Er war entspannt, ich suchte seine beruhigende Schulter. Ich fühlte mich zu ihm hingezogen, auch wenn meine Mutter die stets Anwesende und Beherrschende war. Noch kein Jahr alt, machte ich meine ersten wackligen Schritte über den Küchenboden und marschierte dann einfach weiter. Meine Mutter war durchgehend gefordert von ihrem wissbegierigen, agilen ersten Kind, das seinem Erkundungsdrang nicht widerstehen konnte, sich aus ihrem Griff befreite, im Park losrannte, in Kaufhäusern verschwand und ihre Zuneigung verschmähte.

Memorial Day, 1947, Chicago

Sie warnte mich vor allen erdenklichen Gefahren, doch ich musste es selbst herausfinden und wurde folglich gebissen, gestochen und war allen möglichen Beschimpfungen und Verletzungen ausgesetzt. Mit wenig Verständnis für das Ringen um mich herum oder das Chaos, das ich verursachte, griff ich nach dem Verbotenen: einer angezündeten Zigarette, einem silbernen Tischfeuerzeug, das ich anklickte, um eine hübsche Flamme zu erzeugen, oder ich schlang ein Gummiband fest um mein Handgelenk. Ein verbrannter Finger, eine blaue Hand.

Stück für Stück füge ich das stetig wachsende Mosaik meines früheren Daseins zusammen. Am Ende des Zweiten Weltkriegs kehrte Grant Harrison Smith, emotional gebrochen und von malariabedingten Migräneschüben geplagt, aus dem aktiven Dienst in Neuguinea und den Philippinen nach Philadelphia zurück. Er beendete nie die Highschool, sondern schloss sich seinem Bruder und seiner Schwester als Haupttänzer ihres Stepp- und Akrobatentrios an, doch der Krieg hatte ihre Erfolgsaussichten zunichtegemacht. Beverly Williams, eine junge Witwe, die einen Sohn bei der Geburt verloren hatte, arbeitete in einem Nachtklub. Sie kannten sich schon seit ihrer Jugend und fanden nach dem Krieg Trost und Vertrautheit ineinander. Er war unsicher, was die Zeit bringen würde, glaubte aber, dass dem Fernsehen die Zukunft gehörte. 1946 bewarb er sich und wurde angenommen an einer technischen Schule in Chicago, die als Nachkriegsanreiz ein Stipendium von zwanzig Dollar pro Woche einschloss. Seinem Plan folgend, ließen sich meine Eltern standesamtlich trauen und stiegen in einen Zug nach Chicago. Dort mieteten sie zwei Zimmer in einer Pension in einem polnischen Viertel nahe dem Logan Square. Meine

Mutter, die mit mir schwanger war, arbeitete als Kellnerin, solange sie sich auf den Beinen halten konnte.

Ich wurde am Silvesterabend erwartet, kam aber einen Tag zu früh inmitten eines heftigen Schneesturms zur Welt und verdarb meiner Mutter damit die Chance, ein Neujahrsgeschenk in Form eines Kühlschranks zu bekommen. Stattdessen benutzte sie weiterhin einen altmodischen Eisschrank und wartete jede Woche auf den Eismann mit seinem Pferdefuhrwerk, der ihr einen großen Eisblock lieferte.

In *My First Seven Years,* meinem übergroßen verblassten rosafarbenen Babybuch, gefüllt mit Listen von Krankheiten, Geburtstagen und Anmerkungen zu meiner Entwicklung, schrieb meine Mutter ein Gedicht mit dem Titel *Patti*. Man spürte ihre Freude über die Geburt eines kleinen Mädchens, wenn auch ein kränkliches mit akuten Bronchialbeschwerden. Mein Vater sagte, ich sei schon hustend zur Welt gekommen. Er packte mich warm ein, und sie verließen zusammen das Krankenhaus, hinaus in den wirbelnden Schnee. Meine Mutter sagte, er habe mir das Leben gerettet, indem er mich stundenlang über einen dampfenden Waschtisch hielt. Doch von alldem wusste ich nichts, weder von den Träumen meines Vaters noch den Mühen meiner Mutter, die bald mit einem zweiten Kind schwanger war.

Meine Schwester Linda wurde dreizehn Monate nach mir geboren, auch sie während eines heftigen Schneesturms in Chicago. Mit zwei Jahren konnte ich Linda nicht aussprechen, also nannte ich sie Dinny, ein Name, der sich eine ganze Weile hielt. Ich sehe meine Mutter vor mir mit dem dunklen welligen Haar und der allgegenwärtigen Zigarette, ich neben ihr herwackelnd, meine Schwester im Kinderwagen und ein drittes Kind im Verborgenen unter einem übergroßen Chesterfield-Mantel in sich tragend. Als sie die Schwangerschaft nicht länger verbergen konnte, zwang uns der Vermieter umzuziehen. Mit einem dritten Kind unterwegs musste mein Vater seinen Traum aufgeben, in die sich schnell entwickelnde technische Welt des Fernsehens einzusteigen, und sich eine Ganztagsarbeit suchen.

Meine Mutter hielt alle unsere Adressen in meinem Babybuch fest. In den ersten vier Jahren meines Lebens zogen wir elfmal um, von Pensionen in möblierte Wohnungen. Wir fuhren per Zug nach Philadelphia und blieben für einen kurzen, unerwünschten Aufenthalt bei der schönen, aber engherzigen Schwester Gloria meines Vaters. Ich erinnere mich noch an das Spinett meiner Großmutter Jessie, ein kleines Klavier, und an meine Tante, die mich schlug, weil ich darauf spielen wollte.

Im Winter zogen wir von Gloria in die nahe gelegene Hamilton Street. Mein Vater fand Arbeit in einer gewerkschaftlich organisierten Fabrik und übernahm die Nachtschicht, meine Mutter arbeitete weiter als Kellnerin. Am Heiligabend, nach einem langen Arbeitstag, kaufte meine Mutter zwei große Lutscher und zwei kleine handbemalte Holzpinguine für unsere Strümpfe – mehr konnte sie sich nicht leisten –, bevor sie im vollen Bus nach Hause fuhr. Als sie ausstieg, baumelte ein leerer Riemen an ihrer Schulter; jemand hatte ihn durchgeschnitten und sich mit ihrer Tasche aus dem Staub gemacht. Im Lauf der Jahre erzählte sie die Geschichte immer wieder, jedes Mal fassungslos, dass wir in diesem Jahr keine Weihnachtsgeschenke bekamen. Seitdem fällt es mir schwer, auf Flohmärkten oder in Billigläden an kleinen Pinguinen vorbeizugehen, als könnte ich so das große Eisfeld füllen, das in ihrem traurigen starken Herzen zurückgeblieben war.

Unser kleiner Bruder wurde im Juni 1949 geboren. Er hieß Todd, doch wir nannten ihn liebevoll Toddy, ein kleines, runzliges Ding, eingewickelt in eine hellblaue Decke. Meine Mutter legte ihn in eine Korbwiege, und uns wurde aufgetragen, ihn nicht zu stören. Ich erinnere mich, wie ich über ihm stand und ihn ansah, überwältigt von dem Gefühl, er müsse beschützt werden.

Kurz darauf wurde bei mir Tuberkulose festgestellt, sie grassierte unter den armen Einwandererkindern in unserem Viertel. Um die Kleinen zu schützen und mir eine gesündere Umgebung zu bieten, holte mich mein Großvater mütterlicherseits, den wir Daddy Frank nannten, aus unserer beengten Unterkunft auf seine Schaffarm in Chattanooga. Er war gut aussehend, freundlich und spielte Ragtime-Piano. Ich durfte in der frischen Luft herumrennen, wurde mit Schafsmilch gemästet und bekam mit einer großen Glasspritze hohe Antibiotika-Dosen verabreicht. Später erfuhr ich, dass Daddy Franks viel jüngere und kinderlose zweite Frau Dolly vorhatte, mich zu behalten.

Meine Mutter liebte ihren Vater, doch nach fast einem Jahr Trennung musste sie ihm mit rechtlichen Schritten drohen, damit er mich wieder nach Hause brachte. Sie sagte, ich kam mit einem Südstaatenakzent und Lackschuhen zurück sowie mit einem silbernen Kinderbesteck, in das PATTI LEE eingraviert war. Ich habe wenig Erinnerungen an diese Zeitspanne, in der wir getrennt lebten. Mein Babybuch enthält nur das Datum meines Flugs nach Chattanooga und eine leere Seite an meinem dritten Geburtstag.

Am 1. Mai 1950 zogen wir in die fünf Kilometer entfernte Baring Street auf der anderen Seite des Schuylkill River. Da ich redselig und ungestüm war, erlaubte mir meine Mutter, allein auf der Treppe zu sitzen, während das Baby schlief, solange ich versprach, mich nicht vom Fleck zu rühren. Beglückt saß ich dort und beobachtete die letzten Überreste der 1940er-Jahre, die bald der modernen Zeit weichen sollten. Es gab Pferdefuhrwerke, den Eishändler, einen Lumpensammler und einen Leierkastenmann mit einem Affen, der eine kleine rote Mütze trug. Auf der anderen Seite befand sich ein Gebäude im mittelalterlichen Stil, erbaut 1882 von einem irischen Eisenbahnbaron. Mit den zinnenbewehrten Türmchen, der viktorianischen Holzveranda und dem Giebeldach erinnerte es an ein kleines Schloss. Später wurde es in ein Exerzitienhaus der Dominikaner umgewandelt, ein märchenhafter Ort, bewohnt von umherhuschenden Mönchen in schwarz-weißen Ordensgewändern. Das Kommen und Gehen in der Baring Street beflügelte meine Fantasie, und so fanden das Märchenschloss und der freundliche Affe des Leierkastenmanns Eingang in künftige Geschichten, die ich für meine Geschwister ersann.

Linda war ein stilles Mädchen, viel kleiner als ich, mit großen staunenden Augen, das immer hinter mir hertrottete und sich an meinem Kleid festhielt. Sie hatte eine Puppe namens Jessica, die ziemlich mitgenommen aussah. Wahrscheinlich war es eine gebrauchte Puppe oder sie wurde schon in einem bemitleidenswerten Zustand geboren, aber sie liebte Jessica und schleppte sie überall mit hin. Eines Tages ging einer von Jessicas Armen ab. Ich versuchte verzweifelt, ihn wieder dranzumachen, aber das Gummiband, an dem der kleine Arm gehangen hatte, war gerissen. Der Puppenarm lag auf einem Regalbrett und wartete auf eine fähigere Chirurgin.

Meine Mutter musste sich jetzt um drei Kinder kümmern. Sie brachte uns das Beten bei und kontrollierte die Spielwiese meiner lebhaften Fantasie. In meinem Babybuch notierte sie, dass ich zu Unwahrheiten neigte. Wenn mich die Wahrheit nicht interessierte, war ich mit einer anderslautenden Realität zur Stelle. Um meinen klugen kleinen Verstand zu dämpfen, erhielt ich einige Schläge mit dem Paddel, ergänzt von nutzlosen Versuchen, mein frühes Bibelstudium und meine moralische Erziehung zu lenken. Sie hatte wenig Zeit, um auf meine endlosen metaphysischen Fragen über Jesus, die Engel und die Besonderheiten der Himmelskörper einzugehen. In meinem Babybuch sind in ihrer hastigen Handschrift zwei meiner Fragen festgehalten: *Was ist die Seele? Welche Farbe hat sie?*

Beim Abendgebet löcherte ich meine Mutter mit so vielen Fragen, dass sie beschloss, mich in der presbyterianischen Sonntagsschule anzumelden. Mit dreieinhalb lernte ich zusammen mit älteren Kindern die Bibel auswendig. Fürs Erste war ich damit zufrieden, auch wenn keine meiner Fragen beantwortet wurde. Vor dem Schlafengehen sagte ich Linda auf, was ich gelernt hatte, und mit ihrer einarmigen Puppe auf dem Schoß hörte sie mir staunend zu.

Toddy war ein kränkliches Baby, und wir bewegten uns leise, damit er schlafen konnte. Eines Nachts erwachte ich aus einem Albtraum, in dem ich vielleicht etwas zu grob mit dem Baby spielte und ihm einen Arm abriss. Schwitzend wachte ich auf, unfähig, Realität von Traum zu unterscheiden. Im Dunkeln tastete ich nach Jessicas Arm, der auf unserer Kommode lag, und eilte zur Korbwiege, um ihn zu befestigen. Toddy fing an zu weinen, und meine Mutter sah, wie ich ihn im Halbschlaf mit dem Puppenarm traktierte. Sie war stinkwütend auf mich. Ich hatte ihr Angst gemacht und das Baby gestört. Verwirrt und eigenartig beunruhigt von dem Erlebnis legte ich mich wieder ins Bett. Dieser Albtraum verfolgte mich jahrelang, immer der gleiche Ablauf. Ich sah mich selbst in dem Schlafanzug, aus dem ich längst herausgewachsen war, mein ungleichmäßig geschnittenes dickes dunkles Haar, meine ausgestreckte Hand mit dem Puppenarm, während ich den Namen meines Bruders flüstere: *Toddy*.

Meine Mutter hatte ihre Schwangerschaft vor dem neuen Vermieter verbergen können, aber kein schreiendes kleines Kind. Wir waren ein weiteres Mal entwurzelt und zogen vorübergehend wieder zu Tante Gloria, wo wir in der ungastlichen Atmosphäre und umgeben von dunkler Holztäfelung drei unangenehme Monate verbrachten. Ich wünschte mir immer noch sehnlichst, auf dem glänzenden Spinett meiner Großmutter zu spielen. Das Instrument war meinem Vater vererbt worden. Meine Mutter versprach, dass ich es haben könnte, wenn wir ein eigenes Zuhause hatten, und ermahnte mich zur Geduld. Die Mutter meines Vaters, Jessie, starb mehrere Monate vor meiner Geburt am Palmsonntag an Krebs. Sie war eine sanfte Spitzenklöpplerin, die Spinett und Harfe spielte, eine von sechs Schwestern, deren Familie 1980 aus Liverpool eingewandert war. Mein Vater liebte seine Mutter sehr und sagte oft, Lindas einfühlsame Art stamme von ihr. Jessie führte gewissenhaft Tagebuch, eines für jedes Jahr, sie hielt hauptsächlich das Wetter und Familienaktivitäten fest. Als ich älter wurde, versuchte ich oft, ihre tägliche Routine zu übernehmen, aber manchmal vergingen die Tage so schnell, dass ich es vergaß.

Am 6. Mai 1951 zogen wir in die Newhall Street, eine vorübergehende Unterkunft, die Soldatenfamilien angeboten wurde, während sie eine feste Wohnung suchten. Es war eine weiß getünchte Anlage mit Kasernencharakter, bestehend aus drei miteinander verbundenen zweistöckigen Häusern, in denen je vier Familien wohnten. Sie überblickte ein weites, verwildertes Feld, auf dem Gänseblümchen und Löwenzahn wuchsen. Das ganze Gelände wurde liebevoll »der Acker« genannt.

Direkt dahinter befand sich eine betonierte Fläche mit überquellenden Mülltonnen, Ölfässern, verrosteten Dosen und weggeworfenem Gerümpel. Wenn keine Erwachsenen in der Nähe waren, versammelten wir uns dort oft und gingen auf Schatzsuche. Den riesigen Kriechgang unter den Gebäuden nannten wir das Rattenhaus. Nur unzulänglich mit Brettern vernagelt, war er der verbotene Kern des Komplexes, den wir mit kleinen Taschenlampen erkundeten. Er war dunkel, staubig und von großen Stadtratten mit roten Augen bewohnt. Das waren unsere Spielplätze, einer strotzte vor Natur, der andere vor Dreck, aber von den Kindern wurden beide gleichermaßen geliebt.

Mit meinen vier Jahren hatte ich mehr Forscherfreiheiten als meine Geschwister. Toddy war noch ein Kleinkind. Linda schien dazu geboren, zwischen Wildblumen zu sitzen, umgeben von Schmetterlingen. Stattdessen saß sie im Schmutz hinter unserem Mietshaus und beobachtete unschuldig die Wolken am Himmel, unberührt von den herumflitzenden Ratten und dem Schlamm, der in ihre Söckchen sickerte.

Wir wohnten im ersten Stock des ersten Gebäudes gegenüber von einem alten jüdischen Mann und seiner Enkelin, die einzigen Überlebenden ihrer Familie. Er arbeitete in Klein's Chocolate Factory, trug einen schweren schwarzen Mantel und war zurückhaltend, ein Mann der leisen Töne.

Meine Mutter teilte unser Essen mit den beiden, und er holte ein riesiges Stück Schokolade aus den Falten seines abgetragenen Mantels. Abends saß meine Mutter, die immer eine mitfühlende Zuhörerin war, mit ihm in der Küche. Das kleine Mädchen mit den dunklen Augen sagte nie ein Wort, schien nie seine Hand loszulassen, und nach ein paar Monaten zogen sie, wie andere auch, in aller Stille aus, ohne sich zu verabschieden.

Wir sahen viele Einwanderer kommen und gehen, doch die Kerngruppe, überwiegend Familien von Soldaten in wirtschaftlich unsicheren Verhältnissen, teilten alles miteinander und passten gegenseitig auf die Kinder auf. An heißen Sommerabenden versammelten sich die Erwachsenen auf Gartenstühlen, rauchten, tranken Löwenzahnwein oder einen Seagram's Gin mit Tonic. Die Männer redeten vom Krieg, die Frauen vertrauten sich Geheimnisse an, die Kinder durften machen, was sie wollten. Nach sechs Monaten bekamen alle Mieter einen Räumungsbescheid, gefolgt von einer Reihe von Abrissaufschüben, dank derer wir letztlich fast vier Jahre blieben und zum ersten Mal ein Gefühl von Zuhause erfuhren. Die meisten Familien empfanden die ständigen Gnadenfristen als befreiend und fürchteten die nächste Etappe. Die allgegenwärtige, in der Schwebe hängende Frage lautete: Wohin würden wir alle gehen? Vielleicht in ein Wohnheim, in eine kleinere Wohnung, oder ein vorübergehender Aufenthalt in einem weiteren abbruchreifen Gebäude? Während sich unsere Eltern mit einem ungewissen Schicksal herumschlugen, übten wir uns in Unbekümmertheit – die Zukunft war eine erwachsene Sorge. Wir Kinder hatten in dieser grausamen und zugleich magischen Realität unsere eigenen Prüfungen mit Ratten, Grobianen, zeckenbefallenen Hunden und einer Fülle von Krankheiten zu bestehen.

In den folgenden Monaten bearbeitete ich meine Mutter wegen des Spinetts, obwohl in unserer kleinen Wohnung eindeutig kein Platz dafür war. Gloria hatte die meisten Sachen meiner Großmutter zwischengelagert. Meine Eltern hatten nicht das Geld, um die Rechnung für die Lagerung zu bezahlen, und verloren irgendwann alles, auch das Spinett, das englische Porzellan sowie die Jugendbücher und den Schlitten meines Vaters. Für mich war das eine große Enttäuschung, und es schmerzte mich, das Spinett in den Händen eines Fremden zu wissen. Noch heute sehe ich vor mir, wie meine ausgestreckten Finger nach den glänzenden Tasten greifen.

Jessies mit grünem Brokat bezogenes Schlafsofa wurde gerettet und war das zentrale Möbelstück im Wohnzimmer, das sich zur kleinen Küche hin öffnete, die von einem Kanonenofen beherrscht wurde. Wir alle liebten die altmodische, überdimensionierte Couch. Zu besonderen Anlässen oder bei heftigen Stürmen badeten wir zu dritt in der Wanne, zogen unsere Schlafanzüge an, während unsere Mutter das Sofa ausklappte, kletterten dann darauf und teilten uns eine große Schüssel Popcorn. Die grüne Couch blieb über Jahre hinweg ein tröstlicher Zufluchtsort, der uns mit der Großmutter verband, die wir nie gekannt hatten.

Der jüngere Bruder meiner Mutter, Bobby, besuchte uns oft und brachte meistens eine Überraschung mit. Er schenkte uns ähnlich aussehende Puppen, rosa gekleidet für die Mädchen, blau für den Jungen. Toddy wollte die rosafarbene und ich die blaue, also tauschten wir heimlich. Er hing sehr an der rosafarbenen Puppe, und eines Nachmittags ließ er sie beim Spielen draußen fallen und sie purzelte eine kleine Klippe hinunter. Tränenüberströmt zog er an meinem Hemd und führte mich zu der Stelle. Ich konnte sie auf halber Strecke sehen, sie hing gefangen im Brombeergestrüpp. Toddy und Linda standen in gespanntem Schweigen da, während ich die Lage taxierte. Ich erkannte meine Aufgabe und bestimmte die beste Route. Vorsichtig schob ich mich abwärts, hielt mich an vorstehenden Felsen fest, packte die Puppe und zog mich mit nur wenigen Kratzern wieder hoch.

Linda, als Dinny die Krankenschwester, zupfte kleine Dreckstückchen und Dornen aus der Puppe. Die Dankbarkeit in Toddys Gesicht war herzerweichend. Die beiden waren so klein und sprachen kaum, wirkten aber seltsam weise. Uns verband eine unerklärliche Telepathie. Eine ganz eigene Sprache, die sich am stärksten in unserem Spiel der Knöpfe offenbarte, bei dem die Fantasie und unsere Fähigkeit, eins zu sein, miteinander verschmolzen. Als wir einmal wegen irgendeines Kinderdelikts zum Stillsein in unserem Zimmer verdonnert wurden, entdeckten wir eine wunderbare Methode, um miteinander zu kommunizieren. Wir saßen vor einer alten Kommode aus Zedernholz mit zwei Knöpfen an jeder Schublade, einige schon etwas lose, und warteten auf den richtigen Moment. Dann nickte ich, wir schlossen die Augen und drehten gleichzeitig an den Knöpfen. Mühelos stiegen wir in unser kleines Schiff, mit Segeln aus fadenscheinigen Laken, die plötzlich leuchteten, und schon waren wir unterwegs. Das Meer der Möglichkeiten, in dem wir segelten, würde für immer uns gehören. Wir gaben nicht einen Ton von uns, keinen Mucks und keinen Freudenschrei, während wir durch ein Spektrum von verschiedensten Farben flogen – Blau und Grün, Rot und Rosa, Gold und Silber – ein Malerkasten voller Buntstifte.

Patch-Geschwister, 1951

Meine Mutter freundete sich mit einer irischen katholischen Familie an, die unter uns wohnte. Mary und Les, ihre drei Söhne und Aggie, ihre Urgroßmutter. Mary war als Kind von einer riesigen Ratte gebissen worden und hatte eine tiefe Narbe in Form eines Zahnrings am Hals. Die Kinder in der Nachbarschaft fürchteten und respektierten Aggie, mich aber faszinierte sie. Ich hatte meine Großmütter nie gekannt, da beide vor meiner Geburt starben. Aggie war ans Bett gefesselt und las mir gern Geschichten vor. Meine Mutter schimpfte mich, weil ich sie belästigte, aber Aggie scheuchte sie weg und erklärte, sie hätte alle Zeit der Welt. Ich erinnere mich nur an eine Gelegenheit, als Aggie das Bett verließ – sie war so winzig, ungefähr einen Meter fünfzig, in einem hellen Nachthemd, mit einem langen weißen Zopf, der ihr über den Rücken hing. Sie wühlte herum und fand schließlich ein dunkelgrünes Buch mit dem Titel *Irish Fairy Tales,* mit goldener Prägeschrift und einem Krieger, der einen Schild hielt, flankiert von zwei Jagdhunden. Sie genoss es, mir immer wieder meine Lieblingsstellen vorzulesen. Wenn sie döste, spielte ich mit ein paar Soldaten, die ich in meiner Tasche aufbewahrte. Ihre Steppdecke war mein Schlachtfeld, ihr armer geschwollener Bauch mein Berg.

Ich bekam Masern und sah sie mehrere Tage lang nicht. Als es mir besser ging, trat ich in die stille Wohnung, wie immer, ohne anzuklopfen. Die Tür war nie abgeschlossen, und da Aggie nie das Haus verließ, war ich sicher, sie anzutreffen. Ich hoffte, sie würde mir etwas vorlesen, doch als ich in ihr Zimmer kam, war alles verschwunden: ihre Sachen, die weiche Steppdecke und das magische grüne Buch. Niemand hatte daran gedacht, mir zu sagen, dass Aggie während meiner Krankheit gestorben war. Damals wurde Kindern selten etwas erklärt. Ich stand da und überlegte, was ich tun sollte, dann setzte ich mich still in den Sessel, in dem ich immer gesessen hatte, und stellte mir vor, wie meine Soldaten auf Aggies gestepptem Berg herabglitten.

Vor Kurzem schwelgte ich zusammen mit Linda in Erinnerungen und erzählte ihr wehmütig von Aggie, beschrieb das Buch mit den irischen Märchen und beklagte, dass ich mich nicht mehr an meine Lieblingsstellen erinnerte. Ein paar Wochen später erhielt ich ein rätselhaftes Paket mit der Post. Ohne Karte, ohne Worte, so wie es meine Mutter oft getan hatte. Ein grünes Buch mit goldener Prägeschrift, der gleiche Krieger mit einem erhobenen Schild. Zuerst traute ich mich kaum, es aufzuschlagen, dann holte ich tief Luft, las begierig die Geschichte des Jungen Fionn und erkannte die Stellen, die ich früher so geliebt hatte. *Alle Wünsche sind flüchtig, nur einer nicht, und der bleibt für immer bestehen*. Es war der Wunsch nach Weisheit, den Fionn aufrichtig hegte, und danach befragt, was er damit anfangen würde, rief er: *Ich würde ein Gedicht schaffen*. Als ich diese Stelle las, erinnerte ich mich an Aggies irischen Akzent, ihre zitternden Hände und das Feuer meiner Fantasie.

Als ich in die Vorschule kam, fiel es mir schwer, meine Geschwister zurückzulassen, aber ich freute mich auch aufs Lernen. Da es keinen Busdienst gab, ging ich allein die zweieinhalb Kilometer von unserem »Acker« zur Charles W. Henry School, einem historischen zweistöckigen roten Backsteingebäude im Kolonialstil in der Carpenter Lane. Ich marschierte die Straße entlang und überquerte die Brücke über dem Schuylkill River, den die Lenape einst *Tulpehane,* Turtle River nannten. Bei starkem Wind hatte ich Angst, weggefegt zu werden, und bei heftigem Regen kam ich durchnässt nach

Hause, vielleicht die Ursache für meine häufigen Bronchitisschübe. Aber ich liebte die prächtigen, mit Türmchen versehenen Gebäude in der Ferne, die so anders waren als die verlassenen Häuser in unserem abrissreifen Viertel. Ich erfand lange Geschichten über ein armes Kind, das die Gunst eines Königs erwarb, märchenhafte Rettungen, bis ich die Schule erreichte und die steilen Kalksteinstufen zu der breiten Bogentür erklomm.

Irgendwann entdeckte ich eine Abkürzung durch einen kleinen Wald mit einem malerischen Teich. An manchen Morgen blieb ich dort stehen, und die Sonne spielte so gleißend auf der Oberfläche, dass ich sicher war, es sei die Wohnstätte von Geistern, eine Ecke vom Paradies. Ich liebte diesen heimlichen Zufluchtsort, der versteckt hinter der viel befahrenen Straße lag. Dort entdeckte ich auch eine sehr alte Schnappschildkröte. Damals gab es in der Umgebung von Philadelphia noch viele Schnappschildkröten. Die Leute fingen sie, um sie an Restaurants für Suppe zu verkaufen. Eines Morgens kletterte sie langsam aus dem seichten Teichrand und blieb nur wenige Fuß vor mir stehen. Ich saß mit meiner rot karierten Schultasche auf einem großen Stein und beobachtete sie gebannt. Sie war gewaltig, mit uralten Augen, bestimmt ein König. Wir kommunizierten, so wie ich es in unserem telepathischen Spiel mit meinen Geschwistern getan hatte. Ich trat in ihre Welt, auch wenn ich kaum sagen konnte, wohin wir gingen. Es schien nur ein paar Momente zu dauern, aber als ich in der Schule ankam, war meine Lehrerin sehr verärgert, es war Mittagszeit, ich war den ganzen Vormittag weg gewesen.

Meine Mutter reagierte völlig hysterisch, weil sie seit dem Tod des Lindbergh-Babys eine krankhafte Angst vor

Entführungen entwickelt hatte. Erleichtert und zugleich wütend nahm sie mich auf jede erdenkliche Weise in die Mangel, um zu verstehen, wo ich gewesen war. Ich konnte nur antworten, nirgendwo, denn ich hätte es unmöglich erklären können. Da ihre Wut nicht nachließ, schaltete sich mein Vater ein und schlug vor, dass wir einen Spaziergang machen. Er bat mich, ihm mein Nirgendwo zu zeigen. Ich führte ihn zu der Abkürzung, vorbei am Spielplatz, und er hielt mich an der Hand, als wir den Wald betraten. Alles war still. Er setzte sich zu mir auf den großen Stein, und ich gestand, dass ich mit einer riesigen Schildkröte gesprochen hatte. Er stellte noch ein paar Fragen, und dann saßen wir glücklich schweigend da, ein seltener Moment, an den ich oft zurückdenken musste. Ich wünschte, er hätte die Schildkröte sehen können, aber sie ließ sich nicht mehr blicken. Auf dem Rückweg fragte ich ihn, ob er es meiner Mutter erzählen würde. Ich sage ihr, dass alles in Ordnung ist, du hast nur mit offenen Augen geträumt und das Zeitgefühl verloren. Der Rest bleibt zwischen uns. Mein Vater verlor darüber nie wieder ein Wort. Meine Mutter schimpfte mit mir, weil ich einen anderen Weg genommen hatte, und ich musste versprechen, es nie wieder zu tun. Am Abend hatte ich das Gefühl, dass alles gut war, und sprach ein kleines Gebet für den König der Schildkröten, den ich, wie mir traurig bewusst war, nie wiedersehen würde.

Meine Mutter nahm zusammen mit einer Arbeitskollegin namens Novella Bügelwäsche an, für fünf Dollar pro Korb, die sie sich gleichmäßig teilten. An einem Samstag ging Novella mit mir und ihrem Sohn in den Zoo. Sie nahm uns beide an die Hand, und wir spazierten Zuckerwatte essend den

Weg entlang. Ich hatte noch nie ihre Hand gehalten, sie war groß und weich, und mir fiel etwas Neues auf. Tante Novella, sagte ich, warum ist deine Hand dunkler als meine? Ach, ich weiß nicht, Kleines, erwiderte sie lachend, Gott hat mich halt so gemacht. Und damit hatte sich die Sache. Wenig später kamen wir an einer Wahrsagerin vorbei, die meinen Blick auffing und mir etwas zuzischte. Beachte sie nicht, sagte Novella. Aber ich war beunruhigt, es schien mir ein schlechtes Omen zu sein. Warum hat sie das getan?, fragte ich. Novella blieb stehen, beugte sich zu mir und lächelte. Weil du besonders bist, sagte sie, daran darfst du nie zweifeln.

Obwohl ich für meine Streunerei geschimpft wurde, setzte ich meine Erkundungen fort, wann immer sich mir die Gelegenheit bot. Um Halloween herum zog ich los, um mir die Rollschuhe anzusehen, die ich eine Woche zuvor im Schaufenster von Pep Boys entdeckt hatte. Es gab eine Abkürzung durch einen Steintunnel, der auf die Wissahickon Avenue mündete, von meiner Mutter streng verboten. Die Wolken hatten sich vor die Sonne geschoben, der Eingang war ein wenig dunkel. Ich zögerte, doch die Sonne brach wieder durch und ein Lichtstrahl erhellte den Ausgang am anderen Ende. Plötzlich sah ich winzige Juwelen aufblitzen, die wie ein Schatz auf dem Weg verstreut lagen. Rubine, Topase und vielleicht ein paar Smaragde. Bilder von den sieben Zwergen, die Tonnen voller Edelsteine schürften und dabei *Heiho* sangen, tauchten vor meinem geistigen Auge auf. Ich stand da wie versteinert, dann schmiedete ich schnell einen Plan. Ich würde den Schatz aufsammeln, meine Familie und unsere Nachbarn aus der Armut retten und alle Rechnungen bezahlen. Für mich würde ich die Rollschuhe kaufen, Linda und Toddy könnten haben, was sie wollten. Alles geschah in Sekunden. Ich eilte dem Schatz entgegen und hielt inne. Auf dem Boden vor mir lagen Hunderte M&Ms, rote, grüne, gelbe; meine Rubine, Topase und Smaragde schimmerten in einem hellen Sonnenstrahl. Ich hatte noch nie so viel M&Ms gesehen. Ich hob sie auf, wischte sie an meinem Hemdärmel ab und füllte mir damit die Taschen. Normalerweise hätte ich mich gefreut, so viele Gratissüßigkeiten zu finden, aber ich fühlte mich betrogen, ein Opfer meiner eigenen unschuldigen Illusionen. In einem Zustand trotzigen Kummers aß ich die M&Ms auf, alle, ohne ein paar für meine Geschwister aufzuheben.

Bei meiner fünften Geburtstagsfeier war ich nicht anwesend. Stattdessen lag ich im Dunkeln, litt unter einer heftigen Migräne, wenn auch nicht so schlimm wie die meiner Mutter, und tröstete mich mit dem Gedanken, dass ich vermutlich unter Malariakopfschmerzen litt wie mein Vater. Am nächsten Morgen fand ich ein Paket von meiner Mutter auf dem Küchentisch, mit den Rollschuhen von Pep Boys, die ich mir insgeheim gewünscht hatte. Sie schien immer zu wissen, was ich dachte, was ich im Schilde führte, ob gut oder schlecht. Sie beobachtete mich genau, entdeckte jede kleine Unwahrheit und fühlte mir ständig auf den Zahn, was dazu führte, dass ich Wahrheiten verbarg, die nicht verborgen werden mussten. So entstanden die meisten unserer Konflikte. Sie versuchte verzweifelt, mich im Auge zu behalten, mich zu formen, aber ich entzog mich hartnäckig jeder Formung. Andererseits erkannte sie immer, was mir wirklich wichtig war. Ich liebte meine Rollschuhe, es waren genau die, die ich wollte, und noch heute kann ich den Nervenkitzel nachempfinden, als ich sie anschnallte, mit dem Schlüssel festzog und die Schwingungen spürte, wenn ich zügig über verbotene Wege rollte.

Die Vorschule war eine Enttäuschung, wir saßen im Kreis, sangen Reime aus *Mother Goose*, lernten auswendig und machten auf zusammengeschobenen Tischen ein Nickerchen. Meine Beine waren zu lang, ich war viel zu unruhig, um zu schlafen. Wahrscheinlich hielt man mich für ein trübseliges Kind, eine Einzelgängerin, ich erinnere mich kaum daran, mit meiner Lehrerin oder meinen Mitschülern interagiert zu haben. Ich bevorzugte die Gesellschaft meiner Geschwister und hing meinen eigenen Gedanken nach, egal wie abstrakt, bis ich allmählich die Sprache entwickelte, um sie auszudrücken. Und diese Sprache war Dichtung.

Ich durchlebte eine Proust'sche Kindheit, in der sich Quarantäne und Genesung ständig abwechselten. In meinen ersten sechs Jahren überstand ich eine ansteckende Krankheit nach der anderen – Lungenentzündung, Tuberkulose, Röteln, Mumps und Windpocken. Nach der ersten ausgeprägten Phase folgte regelmäßig eine längere Bettruhe, die ich auf einem provisorischen Bett neben dem Kohleofen verbrachte, wo ich mir die Figuren aus meinen Büchern vorstellte und ihnen über die Seiten hinaus Abenteuer spann. Nichts löste in mir größeres Grauen aus als eine riesige Glasspritze, die aus der schwarzen Tasche eines Arztes erschien. Ich bemühte mich, die Symptome jeder aufkommenden Krankheit so lange wie möglich zu verbergen, und las oft die zerfledderten Überreste eines Ratgebers für Heilkräuter und Naturheilmittel, *The New Family Herbal; or Domestic Physician,* ein Erbstück meines Großvaters mütterlicherseits, der Kräuterheilkunde praktizierte. Das Titelbild zeigte zwei Schutzengel. Brüchig und in Tuch eingeschlagen, schmachtete es auf unserem Bücherregal vor sich hin. Wenn meine Mutter nicht da war, wickelte ich es aus und versuchte, den Inhalt zu entziffern, der manchmal beim Berühren fast zerfiel. Ich war entschlossen, mich und meine Geschwister vor der gefürchteten, mit dickem Penicillin gefüllten Spritze zu retten.

Ich studierte die Beschreibungen der Krankheiten im hinteren Teil des Buches und suchte dann die entsprechende Arznei. Ein Aufguss aus frisch gepflückten Löwenzahnblättern oder Zitrone und Honig oder Apfelessig waren ein todsicheres Heilmittel für geringfügige Beschwerden. Todd war zu klein, um mit solchen Anliegen behelligt zu werden. Linda war meine Verbündete. Wenn sie oder ich Symptome einer unbekannten Krankheit aufwiesen – Fieber, Triefnasen, Schüttelfrost –, konsultierte ich die Naturbibel und diagnostizierte Diphtherie. Nachdem wir einen zusätzlichen Löffel voll Essig hinuntergeschüttet hatten, legten wir uns sofort ins Bett, zogen uns Decken über den Kopf und schwitzten erfolgreich aus, woran wir gerade litten. Linda und ich teilen noch heute gern unser heimliches medizinisches Band; wir hatten die gefürchtete Diphtherie auf eigene Faust besiegt.

Obwohl Krankheit mein ständiger Gefährte war, setzte ich mich nie mit den Bettlägerigen in Büchern gleich. Mein Vorbild war Mary Lennox in *Der geheime Garten,* eine unerschrockene Waise, die, nachdem ihre Eltern von der Cholera dahingerafft wurden, dem an den Rollstuhl gefesselten Sohn ihres Vormunds das Laufen lernt. Ich stellte fest, dass Robert Lewis Stevenson und Frank L. Baum als Kinder bettlägerig gewesen waren und es geschafft hatten, ihre Krankheit dank der Kraft ihrer wunderbaren Vorstellungskraft zu bezwingen.

Ich glaubte, dass mich mein fester Wille im Zusammenspiel mit Naturheilmitteln am Leben hielt. Ich war zu jung, um zu verstehen, dass mein Wohlergehen eher auf die Fürsorge und Pflege anderer zurückzuführen war. Mein Vater rettete mich als Säugling. Trotz ihres harten Arbeitspensums saß meine Mutter bei mir am Bett, wenn ich ernsthaft krank war. Erst Jahre später, lange nach ihrem Tod, war ich fähig, ihre Opferbereitschaft ganz zu erfassen und ihre komplizierten Gefühle zu verstehen.

Meine Mutter fristete ihr Leben größtenteils ohne die Liebe einer Mutter. Meine Großmutter Marguerite starb, bevor ich geboren war. Sie war klein, grünäugig, temperamentvoll und spielte Mandoline. Meine Mutter verehrte sie, doch sie erlitt tragischerweise einen Nervenzusammenbruch, wurde gewalttätig und kam 1952 in eine Anstalt, aus der sie nie wieder zurückkehrte. Sie erkannte ihre Kinder nicht mehr, wurde aber immer geliebt und vermisst. Ihre einst glückliche musikalische Familie zerfiel, und meine Mutter und ihre beiden jüngeren Brüder landeten bei ihrer Großmutter Olive Lily Hart, die bereits vier Söhne großgezogen hatte und die kleinen Jungen gern aufnahm, ihr gegenüber aber kalt und gleichgültig war.

Meiner Mutter gelang es nie, zu der hartherzigen Olive durchzudringen, die alle Grammie nannten. Eine hochgewachsene, Respekt einflößende Frau aus dem Mittleren Westen, die eine Kamee-Brosche und bis zum Boden reichende Röcke trug. Sie stammte von britischen Dissentern ab, konnte reiten und zog ihre eigenen Geschwister groß, als ihr verwitweter Vater sie im Stich ließ. Eine Frau, die ich gern romantisiert hätte, aber sie zeigte mir gegenüber ebenso wenig Zuneigung wie meiner Mutter. Ich sah zu, wie meine Mutter Grammies Sachen mit der Hand auf einem Waschbrett wusch, ausspülte und zum Trocknen aufhängte, dann jedes Stück faltete und in einen großen Korb legte, ohne ein einziges Wort des Dankes zu erhalten. Bei einem dieser

Besuche holte Grammie, als wir uns verabschiedeten, ein großes Bonbonglas aus einer Glasvitrine und hielt es meinen Geschwistern hin, klappte aber den Deckel zu, als ich zugreifen wollte. Meine Mutter stand schweigend dabei; ich nahm ihre Hand und sagte nichts.

Am Abend schenkte mir meine Mutter vor dem Schlafengehen *Silver Pennies*, eine kostbare Gedichtanthologie und eines der wenigen geschätzten Überbleibsel aus ihrer Kindheit. Ich verstand die Bedeutung dieses Buches und nahm es feierlich an. Wir sprachen weder über Grammies seltsames Verhalten noch über die Bonbons oder die Wäsche. Für manche Dinge brauchten wir keine Worte.

Der leicht abgenutzte Gedichtband wurde mir liebevoll zu einer Zeit unbändiger Neugier geschenkt, ohne jegliche Anweisung, außer zu glauben. Ich grübelte über die erste Zeile des Buches nach: *Um ins Märchenland zu gelangen, musst du einen Silberpenny haben. Aber Silberpennys sind schwer zu finden*. Ich war sicher, dass ich in diesem kleinen Buch den Eingang in die mystische Welt finden würde, nach der ich mich am meisten sehnte. Ich mühte mich mit den Gedichten ab und lernte ein Gebet für die Elfen und Feen auswendig, die übermütigen Engel der Erde. *Gott und die Feen, es möge euch geben, ich bin das Kind, begleitet mich auf allen Wegen*. Ich wiederholte es leise, wenn ich zur Schule ging.

Um einen Silberpenny zu finden, so dachte ich, bedurfte es einer zweigleisigen Strategie. Den Mut, andere Dimensionen zu durchdringen, und den Blick, vorurteilsfrei zu beobachten. Vielleicht musste man die Hüter des kleinen Königreichs, die die Pennys in ihren Lagern aufbewahrten, aus der Reserve locken, oder man musste die Flügel einer Fee ergreifen und feilschen. Ich presste meine Hand auf den Boden, um die Schwingungen ihrer winzigen Füße zu fühlen. Ich hielt den Blick gesenkt, auf der Suche nach etwas Schimmerndem, das nur im richtigen Licht sichtbar war. Ich zog auch die Möglichkeit in Betracht, mir einen Silberpenny zu verdienen, war aber nicht in der Lage, einige der rätselhafteren Verse zu ergründen. Meine Lieblinge belohnte ich mit Bleistiftsternchen, die meisten bekam das Gedicht *Er wünscht sich die Kleider des Himmels* von William Butler Yeats. Der Wunsch, sie ganz zu durchdringen, motivierte mich, meine Lesefertigkeiten voranzutreiben, was mir mithilfe meiner Mutter gelang.

Irgendwann stellte ich fest, dass ich meine Pennys bereits besaß. Anstelle einer bestimmten Münze hatte ich etwas noch Wertvolleres. Meine Mutter hatte es mir geschenkt, und ihre Mutter hatte es ihr geschenkt. Das kleine Buch war der Speicher, und die Gedichte waren die Pennys. Dichtung, die wunderbare, von dem jungen Krieger Fionn hochgeschätzte Sprache, symbolisierte eine Landkarte, die zum Reich der grenzenlosen Fantasie führte.

Ich konnte es kaum erwarten, in die Grundschule zu gehen, von der ich mir Freiheit versprach und unbegrenzten Zugang zu einer mit Kinderbüchern ausgestatteten Bibliothek. Ich stand nicht mehr unter der Beobachtung meiner Mutter, geriet dafür aber unter die Herrschaft einer strengen und unfreundlichen Lehrerin. Die ersten langweiligen Monate verbrachten wir mit der Lesefibel *Fun with Dick and Jane,* mit Spot, dem Hund der beiden, und Zeke, dem philosophischen Gärtner. Ich hatte sie im Nu durch und wurde im Unterricht oft bei der Lektüre eines Buches meiner eigenen Wahl erwischt. Wenn ich etwas gefragt wurde, war ich in Gedanken woanders. Zur Strafe musste ich dann stehen und schaute verwirrt auf meine Füße hinunter. Deine Füße wissen die Antwort nicht, sagte meine Lehrerin tadelnd.

Meine größte Freude war das Bereitlegen der Werkzeuge für die Schönschreibstunde: ein Tintenfass von Carter's, ein zweites Fläschchen mit der zugeteilten Tinte, ein von der Schule gestellter Federhalter und drei Federn in einer schlichten blauen Streichholzschachtel. Auf der rechten Seite hatte das Pult eine Vertiefung, in die das Tintenfass kaum passte, was zu einigen Pannen führte. Die Oberfläche meines Pults war mit Rorschach-Flecken meiner Vorgänger übersät. Bei meiner eifrigen Arbeit fügte ich bald eigene Spuren hinzu: Tintentropfen auf dem Holz, verschmierte Ellbogen, fleckige Finger und Ärmel. Ich liebte die Übungen an meinem kleinen Pult. Die Sonne, die durch die großen, hohen Fenster fiel, warf Lichtkegel auf die abgenutzten Dielen des unebenen Bodens. Während der Lese- oder Mathestunden starrte ich oft unbewusst auf diese Fenster, versunken in unausgegorene Gedanken, nicht aber während der Schönschreibstunde. Ich konnte es kaum erwarten, in Schreibschrift zu schreiben. In meiner Fantasie sehe ich noch immer vor mir, wie meine Schulkameraden ihre Köpfe über linierte Blätter im Querformat neigen und ihre Stifte gemeinsam übers Papier kratzen. Ich schloss mich dem Chor an, formte die Schleifen und Bögen, die bald zu Buchstaben werden würden, dann eine Reihe von Wörtern. Ich hatte meinen Vater beim Ausfüllen von Schecks beobachtet und seinen eleganten Schwung so bewundert, dass ich seine Unterschrift später immer wieder auf stornierten Schecks übte.

Auf dem Pausenhof schien mich alles weiter in die Ecke als Beobachterin der anderen zu drängen. Ich war nicht mehr die Anführerin meiner vertrauten Armee, sondern stand allein am Rand. Dort hörte ich auch, wie meine Lehrerin einer anderen zuflüsterte, ich sei ein komisches Kind, wie aus einer Erzählung von Hans Christian Andersen. Ich hielt nicht Schritt mit den anderen und war im Geiste doch mehrere Schritte voraus, denn ich beschwor Welten herauf, in denen ich fieberhaft gelebt, gelesen oder etwas geschaffen hatte.

Niemand in der Schule ahnte, dass ich eine doppelte Identität besaß, die unausgesprochene Chefin unserer kleinen Nachbarschaftsbande. Mein Vorbild war die Comicfigur Lulu Moppet, die in einer Welt ohne Erwachsene lebte. Lulu wies mir den Weg, sie war mutwillig, aber auch prinzipientreu und unabhängig, mit einem Sinn für Verantwortung gegenüber den Jüngeren. Wie sie erzählte auch ich Geschichten, plante unsere Spiele, zeichnete Karten, entwarf raffinierte Strategien für imaginierte Schlachten und setzte unsere Bootcamp-Übungen durch. Wir nannten uns die Buddy Gang, mit geheimen Parolen und Erkennungsrufen. Wir spielten die Spiele, die schon unsere Eltern gespielt hatten: Ochs am Berg, Alle Vögel fliegen hoch, Der Kaiser schickt seine Soldaten aus, aber die Spiele und Schlachten unserer gemeinsamen Fantasie waren uns lieber. Mittelalterliche Ritter mit Pappschwertern in Aluminiumscheiden und Mülltonnendeckel als Schilde. Im Winter fanden unsere Kriegsspiele in Bunkern aus verharschtem Schnee statt, mit selbst gebastelten Karten und unmöglichen Missionen. Die Verwundeten wurden bandagiert, dem Feind wurde verziehen. Als Generalin war es meine Aufgabe, die morgigen Manöver zu planen.

An den meisten Sonntagen führte ich nach der Bibelschule, herausgeputzt in Jeans und rot kariertem Hemd, meine übliche Suche im Müll durch. Wie es sich für eine Sammlerin gehört, fand ich zwei mit roter Schnur zusammengebundene Stapel *Vogue* und *Harpers' Bazaar*. Ich steckte die Schnur in meine Gesäßtasche und nahm mir vor, aus den großformatigen Zeitschriften Kleider und Accessoires für Lindas Papierpuppen auszuschneiden. Normalerweise benutzte ich dafür immer die alten Sears-Kataloge meiner Mutter. Mir wurde schnell klar, dass dies keine Sears-Kataloge waren. Mir fiel auf, dass in jeder Ausgabe dieselbe Frau auftauchte, und sie verströmte ein Selbstbewusstsein, das mich faszinierte. Ich legte einen Sears-Katalog neben eine *Vogue* und verglich die beiden Präsentationen, vom Alltäglichen zum Überirdischen. Was machte sie so verschieden? Ich suchte nach einer Antwort, die meine tiefe Affinität zu den *Vogue*-Fotos erklärte.

Ich überlegte, wie man nach außen auftreten könnte – gelassen, unnahbar, selbstsicher. Unbewusst nahm mich die Arbeit einiger großer zeitgenössischer Fotografen gefangen: Irving Penn. Horst P. Horst. Cecil Beaton. Francis McLaughlin. Eine intuitive Verwandtschaft. Diese frühen Ausgaben von Modemagazinen, die mich während meiner gesamten Jugend begleiteten, hinterließen einen unauslöschlichen Eindruck und weckten mein Interesse für Kunst, Fotografie, Stil und ein sich ständig erweiterndes ästhetisches Vokabular. Jahre später erkannte ich in dem Model, das mich so fasziniert hatte, die Bildhauerin Lisa Fonssagrives-Penn, ein Vorbild an Intelligenz und Anmut.

In den umliegenden Straßen des »Ackers« gab es mehrere mit Brettern vernagelte Häuser. Eins zog mich besonders an, es lag zurückgesetzt in einem mittelgroßen Garten, der von hohem trockenem Gras, Wiesenkerbel und schlanken Halmen überwuchert war, die ich für Weizen hielt. Die kleineren Fenster waren zerbrochen, der Weg zur verriegelten Tür völlig zugewachsen, und Gerüchten zufolge wimmelte es von Ratten, riesigen Spinnen und staubigen Spinnweben. Ich stand davor, nachdem es geregnet hatte, hingerissen vom Lichtspiel im Garten und auf der Fassade. Es war nur ein kleines unbedeutendes Haus mit einem verwilderten Garten, aber irgendwie mystisch, silbrig, heilig. In meiner Tasche hatte ich ein paar Münzen, gedacht für Süßigkeiten. Ich befingerte sie, und plötzlich überkam mich eine seltsame Ahnung. Ein wehender Vorhang hob sich, und eine mathematische Formel erwachte mithilfe von Geistern zum Leben: Die Pennys würden eines Tages als Gold in meine Hände zurückkehren. Ich warf meine Münzen in den verlassenen Garten, überzeugt, dass niemand sie finden würde, weder Neugierige noch Vandalen. Nach diesem Tag landete jeder Penny, den ich bekam, in diesem verwilderten kleinen Garten. Jeder Penny symbolisierte ein Schokobonbon, eine Geleebohne oder eine Lakritzstange. Obwohl ich Süßigkeiten liebte, investierte ich mein Geld in die ferne Zukunft. Mein ganzes Leben habe ich mir diesen vergessenen Garten vorgestellt, Hunderte von leuchtenden Pennys, der verstreute Schatz eines Kindes.

Der Januar war der kälteste Monat in Philadelphia. Meinen sechsten Geburtstag feierte ich mit Windpocken, die sich rasch unter uns ausbreiteten, drei getüpfelte Dominosteine, die nacheinander umfielen. Als wir wieder auf dem Damm waren, begleiteten wir unsere Mutter bei einer Reihe von Kohlesammelaktionen. Wir folgten ihr die Bahngleise entlang. Wir fanden es toll, den Zugführern zuzuwinken, wenn die Waggons vorbeifuhren. Danach sammelten wir heruntergefallene Kohlestücke in unsere Körbe, um den Kanonenofen in der Küche zu schüren, unsere einzige Wärmequelle. An einem solchen kalten Nachmittag rannte der quirlige schwarze Cockerspaniel meiner Mutter auf die Gleise und wurde von dem entgegenkommenden Zug erfasst. Er war sofort tot. In schockiertem Schweigen standen wir da und bemühten uns dann, unsere weinende Mutter zu trösten. An diesem eisigen Sonntag stapften wir durch den Schnee nach Hause, machten ein Feuer an und begruben ihren schwarzen Hund.

Tod und Verschwinden waren gleichbedeutend. Erst verschwand Aggie, dann der Hund meiner Mutter und danach ein kleiner Junge im ersten Stock namens Dana Kitchen. Er war gerade mal vier und starb an Krebs. Seine Familie hielt in ihrer Wohnung eine Totenwache für ihn ab; er trug einen grauen Anzug mit einer Fliege. Die Erwachsenen hatten sich im Wohnzimmer versammelt. Wir durften uns in dem Raum, in dem Dana im Sarg aufgebahrt lag, die Samstags-Zeichentrickfilme ansehen. Wir schoben den Fernseher näher zu Dana und saßen im Kreis. Und dann war er fort.

Nicht lange danach lag ich mit Mumps flach. Ich vertrieb mir die Zeit im Bett mit der Lektüre von *Peter Pan und Wendy*. Dieses Buch entsprach meiner Doppelnatur. Wie Peter Pan, der provokante Anführer, wollte ich nie erwachsen werden, mich mit dem Planen unmöglicher Eskapaden begnügen, aber ich fühlte mich auch der introspektiven Wendy verwandt, die Scheherazade der verlorenen Jungs. Ich war hin- und hergerissen zwischen der berauschenden Einsamkeit und meiner Ungeduld, zu meiner kleinen Gang zurückzukehren, die auf mich zählte, besonders wenn es um Jackie Riley ging, den allseits gefürchteten Fiesling im Viertel.

Jackie Riley war stämmig, hatte leuchtend rotes Haar und

ein gleichermaßen feuriges Naturell. Mit seiner Gang war er oft unterwegs und suchte sich die Kleineren als Opfer. Toddy, noch keine vier, zitterte bei seinem Anblick. Eines Samstags wollte sich meine Gang nach den Zeichentrickfilmen hinterm Rattenhaus treffen. Die Kleinen, die immer unter meinem Schutz standen, zogen los, aber meine Mutter hatte einen ihrer lähmenden Migräneanfälle, und ich musste mich wie immer um sie kümmern. Diese Migräneanfälle konnten sich über Stunden vom Tag bis in die Nacht ziehen und zwangen mich, an ihrer Seite zu bleiben. Ich rieb ihre Schläfen mit Schmerzsalbe ein, legte ihr ein kaltes Tuch auf die Stirn, stellte einen Eimer neben ihr Bett und machte mich so schnell wie möglich davon.

Ich rannte nach unten, den Wohnblock entlang zu meinen Kameraden. Als ich um die Ecke bog, hörte ich einen vertrauten Schrei. Toddy war in den Fängen des Feindes, der ihn schüttelte und hysterisch lachte. Alle Mitglieder unserer Gruppe waren von Jackies Bande umgeben und bibberten vor Angst. Gegen Jackie Riley, der viel stärker war als ich, hatte ich keine Chance. Ich stand ungefähr eineinhalb Meter entfernt und schätzte rasch die Lage ein. Auf seinem rechten Arm hatte er einen ziemlich auffälligen Impfschorf. Ich entdeckte ein spitzes Stück Schiefer zwischen den Steinen, konzentrierte mich auf seinen bloßen Arm und schleuderte das Schieferstück in seine Richtung. Auf wundersame Weise fand der Stein sein Ziel, trennte den Schorf von der Haut und ließ Ströme von Blut über seinen sommersprossigen Arm fließen. Toddy riss sich los, das Gejohle hörte auf, Jackie Riley rannte davon und schrie nach seiner Mutter.

Es war ein strahlender Moment, der in meinem jungen Leben kaum seinesgleichen fand. Keine Auszeichnung, keine

Ehrenurkunde oder Anerkennung konnte sich mit den bewundernden Gesichtern nicht nur meines Stammes messen, sondern auch denen unserer Erzfeinde, die in den Jubel mit einstimmten. Ich wurde von einer Schar rauflustiger Kinder gefeiert, mit schmutzigen Gesichtern, knochigen Knien, zerrissenen Polohemden und selbst geschnittenen Topffrisuren. Auf dem Heimweg gingen meine Geschwister stolz neben mir her, und Toddy schwor, für immer mein Ritter zu sein.

Wir wurden oben an der Treppe von Mary Glasgow empfangen, Hände in den Hüften und den Kopf schüttelnd. Ich hatte meinen Bruder aus Jacky Rileys Händen gerettet, aber nicht meine Pflicht erfüllt, mich um meine Mutter zu kümmern. Die Jalousien waren zugezogen, die Wohnung roch nach Schmerzsalbe. Mary Glasgow nahm die Kleinen mit zu sich auf die andere Seite des Flurs, und ich saß im Dunkeln, wechselte Lappen, füllte Eisbeutel und massierte die Schläfen meiner Mutter, ungerührt von ihrem Stöhnen.

Meine Mutter sagte einmal, ich hätte ein Herz aus Stein. Anführer mussten hart sein, redete ich mir ein. In solchen Augenblicken wünschte ich mir, ich könnte meine Geschwister in meine eigene Version von Nimmerland entführen, fernab aller Bande zur erwachsenen Welt. Erst viel später, als ich selbst unter Migräne litt, verstand ich das Leid meiner Mutter. Mein kleiner Sohn kümmerte sich, ohne aufgefordert zu werden, selbstlos um mich, brachte mir kalte Umschläge und saß still neben mir.

In meiner Erinnerung steht sie da in all ihrer Pracht, in einem Kommunionkleid mit Schleier, eitel wie eine Lilie. Suzanne, meine Erzfeindin, verdorben durch Privilegien, arrogant wie das Kamel in den *Just So Stories*. In der Erzählung war der Höcker des Kamels eine Strafe für seine Überheblichkeit. Ich hielt meinen Buckel für ein Abzeichen, das ich wertschätzen und festhalten würde, bis es eines Tages Gestalt annehmen würde wie ein schimmerndes Hologramm.

Suzanne wohnte über uns. Es bestand ein erstaunlicher Gemeinschaftssinn unter den Hausbewohnern, eine Mischung aus Militärangehörigen und Einwanderern, die auf ein GI-Darlehen oder einen Umsiedlungsbescheid warteten. Doch Suzanne und ihr Vater hielten Abstand. Sie gehörten zu einer anderen Sorte Mensch, während sie ungeduldig auf ihren Umzug in ein schönes Haus in Philadelphia warteten. Obwohl sie Katholiken waren, schlossen sie sich nicht den am Hungertuch nagenden irischen Katholiken an, den vereinzelten italienischen Einwanderern oder den vertriebenen Juden, die hier alle zusammengeworfen in der Luft hingen.

Suzanne behauptete, dass sie nur versehentlich dort gelandet war, und mit ihrem verächtlichen Blick ließ sie das keinen vergessen. Im Treppenhaus drückte sich ihr Vater im Kaschmirmantel an uns vorbei, als wäre Scheiße auf den Stufen, und ächzte bei jedem Schritt. Suzanne spielte nicht mit uns, sie stand abseits wie das überhebliche Kamel, verhöhnte uns und ließ uns Aufträge für sie erledigen, für die wir als Gegenleistung auf ihrem Fahrrad sitzen durften, ein 20-Zoll-Schwinn-Pixie, mit Rücktrittbremse und ohne Stützräder, einzigartig in unserem Viertel. An einem Samstagnachmittag dachte sich Suzanne eine neue Gemeinheit aus. Sie forderte uns heraus, über ein verlassenes Grundstück zu rennen, übersät mit Schutt und Glasscherben, darunter unebener Beton, durch dessen Ritzen stachliges Gras wuchs, mit einigen kahlen Stellen und ein paar unverwüstlichen

Löwenzähnen. Dem Gewinner wurde versprochen, einen Nachmittag lang auf dem begehrten Rad fahren zu dürfen. Die Nachricht verbreitete sich in Windeseile. Eine Gruppe von uns, Mädchen und Jungen unterschiedlichen Alters und unterschiedlicher Größen, stellte sich in eine Reihe und machte sich bereit. Ein breiter Maschendrahtzaun, überwuchert von dornigem Brombeergestrüpp, diente als Ziellinie.

Ich war eine schnelle Läuferin und dachte, wenn ich mich konzentriere, könnte ich gewinnen. Das Warten kam mir endlos vor, dann hob sie einfach den Arm und schrie: *Los!* Ich legte einen guten Start hin, ließ alle hinter mir, wie Sacajawea in ihren geflügelten Mokassins. Kurz vor dem Ziel stolperte ich über ein Stück vorstehenden Beton, kam aber schnell wieder auf die Füße und berührte den Zaun. Blut lief mir übers Gesicht, in meiner Augenbraue steckte eine Glasscherbe. Die anderen Kinder fingen an zu schreien. Für mich schien die Zeit stillzustehen, ich hatte es geschafft. Ich hatte gewonnen.

Meine Mutter brachte mich mit der Straßenbahn ins Kinderkrankenhaus. Ich war stolz auf meine Kampfwunde. Ein Chirurg hatte Mitleid mit uns, nachdem meine Mutter zugab, dass sie kein Geld hatte, um ihn zu bezahlen. Er benutzte eine neue Technik, nähte meine Braue mit auflösbarem Catgut zusammen. So ein hübsches Mädchen, sagte er. Ich verspreche, du wirst keine Narbe behalten. Dann gab er mir eine Klappe, um mein rechtes Auge zu schützen.

Am folgenden Sonntag sah ich Suzanne von der Messe zurückkommen. Ich ging zu ihr und einem anderen Mädchen, beide etwas älter. Ich schnappte mir das Fahrrad, kickte den Ständer zurück und starrte die beiden an. Bin bald wieder zurück, sagte ich. Ich war noch nie auf einem Zweirad gefahren, aber ich hatte nichts zu verlieren. Ich hüpfte auf das

Rad, holte langsam tief Luft, und nach ein paar wackligen Starts war ich unterwegs. Ich ließ unseren »Acker« hinter mir und radelte in Richtung Wayne Avenue. Ich war sechseinhalb Jahre alt, meine Augenbraue war mit sieben Stichen genäht worden, und auf diesem Zweirad war ich eine Stunde lang eine Heldin.

Suzanne mag grausam gewesen sein, aber mein Vergehen war möglicherweise schlimmer, denn ich hatte das zehnte Gebot gebrochen und das Hab und Gut meines Nächsten begehrt. Oft saß ich ihr gegenüber, während sie ihre weltliche Fülle auf dem Teppichboden ausbreitete. Ledergebundene Märchenbücher, eine Aschenputtel-Uhr, Bettelarmbänder, Puppen und Schneekugeln mit Szenen von fernen Orten. Doch das Schönste von allem war ein Kleid, das unter ihrem Bett in einer glänzend weißen Schachtel lag. In seltenen Momenten zog sie die Schachtel hervor und öffnete langsam den Deckel. Dort, eingeschlagen in Seidenpapier, unter ihrem Kommunionschleier: ein weißes Kleid.

Der Stift hält mit einem Herzschlag inne. Noch heute sehe ich es vor mir, weiß gepunktete Seide mit einer Satinschärpe, ein Hauch von einem Kleid. Sie ließ es mich ansehen und genoss meine Bewunderung. Spontan streckte ich die Hand aus, um es zu berühren, was verboten war, denn ich hätte es versehentlich beschmutzen können. Suzanne nahm es nie ganz aus der Schachtel, also musste ich mir die Silhouette, die Länge des Saums und den Schleier vorstellen.

Es war mehr Geist als Kleid, ein taubenförmiger Volant aus Tüll. Ich stellte mir vor, es zu tragen, mit meinem Pappschwert und Mülltonnendeckelschild. Ich war überzeugt, dass es besondere Eigenschaften besaß, wie ein unsichtbarer Umhang, und dass es mich vor Schaden bewahren würde.

Mit einem solchen Kleid als zarter Rüstung könnte ich alles erreichen, meinen Bruder und meine Schwester standhaft verteidigen und die Kleinen im Viertel vor allen äußeren Einflüssen beschützen. Ich stellte mir außerdem vor, es könnte die Macht haben, meine Erzfeindin zu verwandeln. Vielleicht würde Suzanne ein besserer Mensch werden, wenn sie durch den Gang schritt, um die Kommunion zu empfangen.

Suzanne erreichte das Alter der Vernunft vor mir. Als Katholikin würde sie das weiße Kleid und den Schleier tragen, wenn sie in ihren neuen Lebensabschnitt eintrat. Unsere Familie gehörte keiner organisierten Religion an, kannte keine derartigen Rituale oder religiösen Objekte, wir besaßen nur eine große, illustrierte Familienbibel, die mein Vater gekauft hatte, bevor ich geboren wurde.

Am Tag vor Suzannes Kommunion stand ich neben ihr in ihrem Zimmer. Ich war groß für mein Alter, doch sie war größer. Das weiße Kleid lag ausgebreitet auf dem Bett mit der hellen Tagesdecke. Daneben ein weißer Rosenkranz und ein Gebetbuch mit ihrem in Gold eingeprägten Namen. Wunderschöne Dinge, die ich mir zu ihrem Entzücken sehnlichst wünschte. Suzanne verhöhnte mich, ließ mich die Sachen ansehen, aber nicht anfassen. Außerdem versprach sie, mir nach ihrer Kommunion ihr altes Skapulier zu schenken, das an einem braunen Schnürsenkel hing. Sie würde ein neues aus weißer Seide bekommen. Ich freute mich darauf, weil ich glaubte, dass auch ihm besondere Kräfte innewohnten, und konnte kaum den Moment erwarten, wenn sie es in meine begierigen Hände legte.

Ich glaubte immer an die magischen Eigenschaften von Dingen. Schon bevor ich sprechen konnte, griff ich nach ihnen. Ich glaubte felsenfest, dass in den Fäden des Skapuliers ein Rätsel verwoben war, das ich lösen würde. Ich stellte mir vor, es zu tragen würde meine Gebete verstärken. Wie immer behielt ich solche Gedanken für mich und bemühte mich, gleichgültig zu erscheinen.

Sie bot den schönsten Anblick, den ich je gesehen hatte, als sie in ihrem weißen Kleid oben an der Treppe stand. Ihr Schleier, befestigt an einem Kranz winziger weißer Blüten, reichte ihr bis zur Taille. Sie trug weiße Handschuhe und umklammerte ihr perlmuttfarbenes Gebetbuch. Als sie an mir vorbeikam, um nach unten zu gehen, drehte sie sich um, streckte die Zunge heraus und ging selbstgefällig hinunter, hochnäsiger denn je.

Als Suzanne am Nachmittag zurückkam, klopfte sie an unsere Tür und bat mich, ihr zu folgen. In ihrer Wohnung blieb sie vor dem Kühlschrank stehen, öffnete die Tür und holte ein Glas Mayonnaise heraus. Sie wusste, dass ich eine extreme Abneigung gegen Mayonnaise hegte. Sie nahm einen schweren silbernen Löffel, schöpfte einen Berg Mayonnaise aus dem Glas und hielt ihn mir vor die Nase.

– Wenn du das Skapulier willst, sagte sie, musst du das ganz aufessen.

Ich weigerte mich, und sie warf mir vor, ich würde Jesus nicht lieben.

– Natürlich liebe ich Jesus, protestierte ich.

– Tja, wenn du ihn liebst, wirst du das essen. Am Kreuz haben sie ihm das auch gegeben.

– Stimmt nicht, sie gaben ihm Essig.

Wir stichelten hin und her, bis ich genug hatte und mit leeren Händen ging, während sie immer noch mit dem Löffel voll Mayonnaise herumfuchtelte. Auf der Treppe ging ihr Vater an mir vorbei, als wäre ich weniger als ein Geist. Ich kehrte in unsere Wohnung zurück. Mein Vater hörte ein Baseballspiel im Radio.

– Daddy, sagte ich, was haben die Soldaten Jesus zu trinken gegeben, als er am Kreuz hing?

– Essig, sagte er, ohne zu zögern. Er holte die Familienbibel aus dem Regal und las mir die Stelle vor. Zufrieden stieg ich mit der Bibel in der Hand die Treppe wieder hoch und klopfte. Suzanne öffnete, immer noch in ihrem weißen Kleid.

– Schau, sagte ich, hier steht es. Ich zeigte ihr die Bibelstelle, die bewies, dass es Essig war. Sie sah mich böse an. Ich hatte den Streit gewonnen, aber nicht das Skapulier.

– Ich hab es weggeworfen, sagte sie zu mir. Ich zuckte innerlich zusammen, als ich mir vorstellte, wie mein unverhülltes Verlangen verknäuelt in unserer rattenverseuchten Müllhalde lag, vermischt mit den Abfällen des Tages. All diese Erkenntnisse erschienen auf der Landkarte meines jungen Verstands. Ich gelobte, mich zu bessern, wusste aber, dass ich gezeichnet war.

Wenig später verließen meine Erzfeindin und ihr faschistischer Vater unseren »Acker«, ohne sich zu verabschieden oder sich umzudrehen. Die Kinder im Viertel begrüßten ihren Auszug mit Jubelrufen. Mir fiel auf, dass ihre Wohnungstür offen stand, und ich schlüpfte hinein, um mitzunehmen, was zurückgeblieben war. In der Küche fand ich einen angeschlagenen Gipsheiligen und einen Stapel *Life*-Magazine. Den Heiligen nahm ich mit, die Zeitschriften ließ ich zurück. Vor dem Kühlschrank hielt ich kurz inne. Ich stellte ihn mir voller Gläser mit ranziger Mayonnaise vor. Ich schloss die Wohnungstür hinter mir und hüpfte die Treppe hinunter, mein Querbuckel leuchtete.

Mein Vater gönnte sich gelegentlich einen Besuch beim Friseur. Manchmal nahm er uns mit, und wir schauten fasziniert zu, wie er eine Rasur und einen Haarschnitt verpasst bekam. Hin und wieder durften auch wir uns auf den Stuhl setzen, und der Friseur stutzte unsere Ponys, die unsere Mutter nie gerade hinkriegte. Bei einem dieser Ausflüge entdeckten wir einen Korb mit struppigen Welpen. Wir verliebten uns alle in die Kleinste, die das kurze Haar eines Schäferhunds, aber die Zeichnung eines Collies hatte, und flehten meinen Vater an, sie behalten zu dürfen. In einem schwachen Moment gab er nach. Wir nannten sie Bambi, weil sie das Gesicht eines Rehs hatte. Ich schloss sie ins Herz, und wenn ich krank war, lag sie zu meinen Füßen.

Obwohl ich oft mit irgendeiner Krankheit kämpfte, war ich stolz darauf, dass ich immer wieder gesund wurde. Ich kannte allerdings auch ein älteres Mädchen in unserem Wohnblock, das an Hauttuberkulose litt, eine unheilbare, zehrende Krankheit. Stephanie war bettlägerig, verurteilt zu einem einsamen Leben, ohne Aussicht auf Genesung, und sie wurde von Monat zu Monat schwächer. Manchmal besuchte ich sie und setzte mich zu ihr ans Bett. Sie erinnerte mich an Klara Sesemann aus *Heidi,* das ältere Mädchen aus der Stadt mit der anfälligen Gesundheit. Ich war sicher, ich könnte Stephanie heilen, so wie Heidi Klara geheilt hatte, doch ich konnte sie nie dazu bewegen, aus dem Bett aufzustehen oder nach draußen in die Sonne zu gehen.

Ihre Mutter ermutigte mich, Stephanie öfter zu besuchen. Ihr Zimmer war hübsch. Auf dem Regal standen Trophäen und Ziergegenstände, eine Zigarrenkiste mit Bettelarmband-Anhängern und eine Schmuckschatulle mit einem winzigen silbernen Schlüssel. Wir waren immer allein in ihrem Zimmer, sie trug keinen Schmuck, ihr Gesicht war blass, ihr Haar geflochten. Manchmal döste sie ein, dann saß ich da und las ihre Comics. Ehrlich gesagt waren es ihre Comics, die mich anlockten, vor allem die komplette Sammlung von *Superman*.

An einem frühen Winternachmittag, als ich in einen unserer Kinderkriege verstrickt war, spürte ich plötzlich, wie Stephanie mich rief. Widerstrebend verließ ich den Schauplatz unseres Spiels, um sie zu besuchen. Sie wirkte schwächer denn je. Nach einiger Zeit wurde ich unruhig, wollte unbedingt wieder zu den anderen, die draußen eine Schneeburg bauten. Vielleicht fühlte sie meine Ruhelosigkeit, denn sie bat mich, ihre Schmuckschatulle zu holen und sie aufzuschließen. Als ich den Deckel langsam aufklappte, ertönte eine Melodie, zu der sich eine kleine Ballerina drehte. Ihre List hatte funktioniert, ich war fasziniert vom Inhalt in den samtausgekleideten Fächern. Ich wusste, was richtig und falsch war, doch an diesem Winternachmittag nahm ich, während Stephanie an einen Berg aus Kissen gelehnt schlief, einen Anstecker mit einer Eiskunstläuferin aus ihrer Schmuckschatulle.

Ich saß noch am Fußende des Bettes, als sie die Augen öffnete, und fragte mich, ob sie irgendwie ahnte, was ich getan hatte, doch sie sagte nichts. Vielleicht hätte sie ihn mir geschenkt, wenn ich sie gefragt hätte, aber ich bestahl lieber eine ans Bett gefesselte Freundin. Ich hatte die Folgen nicht bedacht, die belastenden Schuldgefühle, die mich nachts wach hielten. Ich besuchte Stephanie weiterhin, allerdings mit wachsender Beklemmung. Wenn ihre Mutter mit mir redete, hielt ich den Kopf gesenkt, aber niemand erwähnte den Anstecker.

Verborgen unter den losen Bodendielen eines Schranks befand sich mein Geheimversteck. Glitzernder Krimskrams, den ich aus Mülleimern gefischt hatte, Bruchstücke von Modeschmuck, Rosenkranzperlen, Tontiere von ausrangierten Weihnachtskrippen, bewacht von meiner alten blauen Zahnbürste. Für mich war es eine magische Zahnbürste, die beim Zähneputzen mit mir kommunizierte. Als meine Mutter sie durch eine neue ersetzte, die keine magischen Kräfte besaß, holte ich sie aus dem Müll zurück und legte sie neben den angeschlagenen Gipsheiligen. Dort, in der staubigen Unterwelt unter den Dielen, versteckte ich den gestohlenen Anstecker mit der Eiskunstläuferin.

Zu meinem siebten Geburtstag am 30. Dezember 1953 überraschte mich meine Mutter mit unserem ersten gemeinsamen Ausflug per Straßenbahn zu Leary's Bookstore. Es war ein großes, dreigeschossiges Gebäude mit schrägem Dach. Einschließlich des Kellers gab es vier Etagen mit Büchern und ein Zwischengeschoss. Die Kinderabteilung war ganz oben. Ich zeigte Mr Leary stolz meine Geburtsurkunde und gab ihm einen Dollar. Es gehörte zur Geschäftspolitik, dass sich ein Kind zu seinem Geburtstag eine Einkaufstüte mit Büchern aussuchen durfte. Meine Mutter ließ mich zurück, um meine Bücher auszuwählen, und ging ein paar Blocks weiter zu Strawbridge's, wo sie arbeitete. In diesen kostbaren Stunden, allein und von Büchern umgeben, erlebte ich einen ganzen Vormittag ungetrübter Freude. Mr Leary kam vorbei, um nach mir zu sehen, und nahm meine Stapel mit ausgewählten und ausgesonderten Büchern zur Kenntnis. Du hast ein gutes Auge, sagte er und griff nach einer Ausgabe der *Weihnachtsgeschichte,* eingebunden in weiches grünes Wildleder, mit Dickens' Namen in goldener Prägeschrift. Meine Mutter kam in ihrer Mittagspause zurück, um mich abzuholen. Als Mr Leary sagte, ich hätte so viele wertvolle

Bücher ausgewählt, dass er bald pleitegehen würde, bot ich verlegen an, die Hälfte zurückzulassen. Stattdessen schenkte er mir das berühmte Leary-Lesezeichen mit einem Gentleman aus einem anderen Jahrhundert, der auf einem roten Fußschemel steht und ein Buch auswählt.

Trotz der Konflikte mit meiner Mutter läutete dieser Tag ein neues, einzigartiges Ritual ein, das auf unserer gemeinsamen Leidenschaft für Bücher beruhte. Wir hatten unsere Schwierigkeiten, doch sie behielt immer im Blick, was mir wichtig war. Für den Rest ihres Lebens schenkte sie mir Bücher zum Geburtstag, von den Bobbsey Twins über William Blake bis hin zu Baudelaire. Mein Lieblingsbuch, das ich an diesem verzauberten Nachmittag ausgewählt hatte, war *Alice im Wunderland*. Es entsprach meinem Wunsch nach nicht linearen Abenteuern. Mit Alice konnte ich mich voll und ganz identifizieren, ich bewunderte ihren Mumm und ihre Unabhängigkeit. Nach einer langen Diskussion mit dem Schildkrötensupperich zweifelte ich nicht daran, dass ihre langwierigen Auseinandersetzungen mit den Waldgeschöpfen der Wahrheit entsprachen. Das Kapitel mit der Überschrift *Ratschläge einer Raupe* bot mir viel Stoff zum Nachdenken.

Wer bist du?, fragt die Raupe.

Wer bin ich? Auch ich hatte mich das oft gefragt. Ich war glücklich mit meiner Familie, spürte aber unwillkürlich eine innere Entfremdung. An fehlender Liebe lag es bestimmt nicht. Alice hatte im Wunderland und auch in *Alice hinter den Spiegeln* nach einem erkennbaren Bild ihrer selbst gesucht. Ich fragte mich, warum ich so anders war, in meinem Aussehen, in meinem Temperament. Ich fand mich in den Gesichtern meiner Familie nicht wieder, was zu heimlichen Kommentaren seitens der Nachbarn führte.

Bei den seltenen Gelegenheiten, wenn wir uns die gesammelten Familienbilder meiner Eltern ansehen durften, suchte ich in den Schnappschüssen meiner Großeltern, Tanten und Geschwister verstohlen nach einer Ähnlichkeit mit mir. Dann entdeckte ich eines Tages zufällig etwas Interessantes auf einem vergilbten Zeitungsfoto. Ein verblasstes Bild von meinem Vater, der ein Zielband durchbrach und ein Rennen in New Haven gewann, wo er aufgewachsen war. Auch ich war eine schnelle Läuferin, das schnellste Kind im Viertel. Ich fragte meine Mutter, ob ich das Bild haben könnte, und sie steckte es in einen kleinen Blechrahmen. Aus diesem Grund bin ich hier, dachte ich. Um Mauern zu durchbrechen, Bänder zu zerreißen. Genau das bin ich, flüsterte ich, ich bin du.

Der Eintritt in das Alter der Vernunft hat seinen Preis. Nach meinem siebten Geburtstag erkrankte ich wieder an Bronchitis. Während meiner Genesungszeit wurde mir schmerzhaft bewusst, was ich getan hatte. Ich hatte ein bettlägeriges Mädchen bestohlen; mir stand es frei, zum Spielen nach draußen zu gehen, ihr nicht. Der Preis war das verzehrende Gewissen, dem der freche und neugierige Pinocchio zu entkommen versuchte. Ich hatte die Unschuld verloren. Genau das möchten wir zurückhaben, die Reinheit des Kindes, das Reich der Liebe. Als ihre Mutter mich bat, Stephanie wieder zu besuchen, konnte ich nicht ablehnen. Sie war noch stiller und blasser als sonst. Sie schlief ein, als ich ihr einen Comic vorlas, und mir schoss durch den Sinn, dass ich den Anstecker vielleicht in die Schmuckschatulle zurücklegen könnte, während sie schlief.

Als Linda in die Schule kam, wurde sie meiner Obhut

anvertraut, und beim Überqueren der Brücke über den Schuylkill River ließ sie nie meine Hand los. In wirbelndem Winterschnee kämpften wir uns voran und hielten uns aus Angst vor starken Windböen aneinander fest. Ich brachte es nicht über mich, meine Probleme mit meiner unschuldigen Schwester zu teilen. Als wäre die Sünde des Begehrens nicht schlimm genug, war ich auch noch eine kleine Diebin geworden. Nachts spürte ich die Nähe der Anstecknadel mit der Eiskunstläuferin, während mein Vergehen in meinen Gedanken immer größer wurde. Ich hatte Angst, sie könnte aus den Dielen aufsteigen, eine tadelnde Gestalt mit einem hübschen Röckchen und silbernen Kufen.

In den Tagen darauf schaute ich unwillkürlich zu Stephanies Fenster hoch und stellte mir vor, sie würde mich rufen. Ich beschloss zu beichten – statt den Anstecker heimlich in die Schatulle zurückzulegen, wollte ich lieber ehrlich sein. Nervös wartete ich vor der Tür der Holts, die Anstecknadel in der Tasche. Ihre Mutter öffnete und sagte, ich solle ein andermal wiederkommen. Als ich es tat, wirkte ihre Mutter besorgt und verstört und erklärte mir erneut, Stephanie könne keinen Besuch empfangen. Missmutig schlurfte ich von dannen, und die in eine Serviette eingewickelte Anstecknadel blieb in meiner Tasche. Ein paar Tage später, nach der Schule, versuchte ich es wieder, doch diesmal öffnete niemand. Als ich ging, fühlte ich mich ratlos und ausgeschlossen. Ich legte die schlaffe Serviette mit der traurigen Schmuggelware wieder unter die Dielen. Der Februar kam, und das Murmeltier sah seinen Schatten.

Ich las meinen Geschwistern Dick Tracey vor, die Sonntags-Comics lagen ausgebreitet auf dem Boden. Am Abend erschien mir die Atmosphäre sehr drückend. Normalerweise hätten wir zu dritt in der Badewanne gesessen, darauf gewartet, dass unsere Mutter uns wusch, unsere Schlafanzüge angezogen und uns zusammen den Anfang der *Ed Sullivan Show* angesehen. Doch an diesem Abend brachte uns eine Frau, die wir nicht kannten, früh zu Bett. Stephanie lag im Krankenhaus, und die Nachbarn waren aufgefordert, Blut zu spenden. Meine Eltern blieben lange weg, und ich konnte nicht schlafen. Ich weiß noch, dass mir der Kopf wehtat und ich ein merkwürdiges Gefühl hatte. Ich überredete die Babysitterin, mich mit einer Decke auf die grüne Brokatcouch legen zu dürfen, während sie fernsah. Ich versuchte mir vorzustellen, was im Krankenhaus passierte, denn ich war mir nicht sicher, was Blut spenden nach sich zog. Mein neues Mantra lautete: *Vor Schaden sicher sein*. Ich sprach es leise für Stephanie vor mich hin.

Ich fühlte mich wie ein Kind und zugleich alt wie ein menschliches Relikt aus einer urzeitlichen Kultur. Ich wünschte mir nichts sehnlicher, als in der Hand eines einzigartigen Dschinns fortgetragen zu werden; ich würde ihm befehlen, die Zeit zurückzudrehen, damit ich an Stephanies Bett sitzen und langsam die elfenbeinfarbene Schmuckschatulle öffnen könnte, und wenngleich hypnotisiert von der sich drehenden Ballerina, würde ich nicht in ihren Sachen wühlen, nicht ihre Uhr oder die Halskette berühren und auch nicht die Anstecknadel mit der Eiskunstläuferin nehmen. Mich irritierte die Vorstellung, dass wir zu einem Leben in der linearen Zeit verurteilt waren. Wenn Zeit für Gott bedeutungslos war, warum mussten wir sie erdulden? Vermutlich hatten wir früher die Fähigkeit, anders zu leben, wie ein Volk von Zeitreisenden. Ich lag da und versuchte, in meiner Erinnerung so weit wie möglich zurückzugehen, über den Augenblick hinaus, als meine Hände den Deckel der Schmuckschatulle geöffnet hatten, auf der Suche nach einem uralten Portal, das bestimmt existierte.

Als meine Eltern nach Hause kamen, war es sehr spät, sie wirkten müde, ihre Bemühungen waren vergebens. Stephanie war ins Koma gefallen, während meine Mutter Blut spendete, und mein Vater, der noch immer unter den Nachwirkungen der Malaria litt, kam als Spender nicht infrage. Mein Vater sah abgespannt aus, meine Mutter hatte geweint. Als sie mich wach auf der Couch vorfand, regte sie sich auf, doch die Frau erklärte ihr, dass ich mich nicht wohlfühlte. Meine Mutter zog ihre Handschuhe aus und stellte fest, dass meine Stirn glühte und meine Brust von einem roten Ausschlag bedeckt war. Sie war sicher, dass ich mir ein nächstes Masernvirus eingefangen hatte, und holte kalte feuchte Tücher, die sie mir auf die Augen legte. Ich spüre noch immer meinen feuchten Pony, die Textur meiner Decke, die Aura des steigenden Fiebers.

Am Morgen war mein Fieber so hoch, dass meine Mutter die Ärztin rief. Ich erinnere mich an bange, verzweifelte Gesichter, an feuchte Laken und das Gefühl, dass meine Füße den Boden nicht berührten. In der Umgebung von Philadelphia waren keine weiteren Fälle gemeldet worden, aber ich hatte mich mit Scharlach angesteckt und wurde sofort unter Quarantäne gestellt. Der Ärztin zufolge blieben betroffene Kinder in der Regel zwei Wochen zu Hause, sie empfahl jedoch eine längere Genesungszeit, da wir uns mitten in einer Polioepidemie befanden. Das örtliche Gesundheitsamt befestigte ein Schild mit der Aufschrift UNTER QUARANTÄNE an der Tür. Meine Geschwister wurden zu Verwandten gebracht.

Am selben Nachmittag starb Stephanie Holt im Abington

Memorial Hospital an einer Harnvergiftung. Sie war zwölf Jahre alt. Ich würde nie wieder in ihrer wachen Gegenwart verweilen, nie in der Lage sein, meinen Fehler wiedergutzumachen. Ich würde nie bestraft werden, weil niemand wusste, was ich getan hatte. Doch weit mehr als die Aussicht auf das Höllenfeuer fürchtete ich, die Gunst Gottes zu verlieren. Nur wenige Tage nach Stephanies Tod erbte ich viele ihrer Besitztümer, die mir ihre verzweifelte Mutter schenkte. Die Comichefte, die ich so begehrte, und die Zigarrenkiste mit den Armbandanhängern, die ich so bewundert hatte – ich war zu krank, um mich darüber zu freuen, aber bewusst genug, um die schreckliche Ironie zu begreifen.

Das anhaltende Fieber in Verbindung mit den hohen Dosen Penicillin löste offenbar Halluzinationen aus. Ich hatte das Gefühl, mehrere Zentimeter über der Matratze zu schweben, mit verlängerten Gliedmaßen und gigantischen Füßen. Eine Schwester mit einem roten Fuchskopf kam langsam auf mein Bett zu und balancierte ein silbernes Tablett mit Spritzen. Die Spritzen waren mit dickem Penicillin gefüllt, das nur langsam in die Blutbahnen einzudringen schien. Ich war nicht in der Lage aufzustehen und das zerfledderte Handbuch meines Urgroßvaters zu holen. Doch im Stillen glaubte ich nicht, dass es ein Mittel für das gab, woran ich litt, denn es war nicht nur Scharlach, sondern etwas weitaus Schlimmeres, das nicht zu bekämpfen war. Scharlach war meine mystische Krankheit, die mich langsam befiel, während das Leben aus Stephanie wich.

Einer Sache war ich mir sicher, ich würde es schaffen. Wie Jo March, die aus dem Fieber ihrer Fantasie schöpfte, um Geschichten zu erzählen. Sie verlor ihre geliebte Schwester durch eine schwere Scharlach-Erkrankung und schrieb einen

Klassiker zu ihrem Andenken. Als ich *Betty und ihre Schwestern* las, trauerte ich um Beth und wusste zugleich, dass ich nicht sie war. Ich würde weitermachen, auch wenn ich mir nicht vorstellen konnte, eines Tages wie Jo March zum Stift zu greifen, um zu schreiben. Nach zehn Tagen war ich immer noch schwach und meine Haut schälte sich. Da weiterhin Polio grassierte und meine Mutter Komplikationen durch rheumatisches Fieber befürchtete, ließ sie mich noch ein paar Wochen länger zu Hause bleiben. Meine Eltern arbeiteten, meine Geschwister waren fort, und ich lag allein mit meinen Büchern da, an meine Kissen gelehnt, das Radio eingestellt auf den Klassiksender meines Vaters. Manchmal hörte ich etwas, das mich mit einem unbekannten Gefühl erfüllte. Eines Morgens hörte ich eine Stimme, so schön, dass ich mich in ein anderes Reich versetzt fühlte. Ich notierte mir den Titel des Liedes, eine Arie aus *Madama Butterfly,* und lauschte dem Radio, in der Hoffnung, sie noch einmal zu hören.

Ostern kam in diesem Jahr spät. Meine Mutter legte ein graues Kleid mit einer roten Schleife heraus. Ich war schlaksiger denn je und hatte Haare verloren. Die schnellste Läuferin im Viertel auf wackligen Beinen. Mein Vater brachte mich nach draußen, zum ersten Mal seit Anfang Februar. Er ging ein Stück weiter und bat mich, zu ihm zu kommen, was ich mit entschlossenen, ruckartigen Bewegungen tat. Ich spürte die Freude und Erleichterung bei Toddy und Linda, als ich meine ersten unsicheren Schritte machte und dann immer weiterlief. Schon bald würde ich wieder durch das hohe Gras rennen und niemand könnte mich abhängen.

Als ich nach meinem ersten Tag zurück in der Schule nach Hause kam, waren alle meine Sachen verschwunden. Mein geliebtes zerfleddertes Kaninchen, mein blauer Pyjama, sämtliche Armbandanhänger und Comics von Stephanie, auch die allererste Ausgabe von Superman – alles war im Heizofen im Keller gelandet, verwandelt in antiseptischen Staub. Die Sachen waren auf Anordnung der Gesundheitsbehörde verbrannt worden. Ich war am Boden zerstört, doch mein vages Gespür für ausgleichende Gerechtigkeit half mir, den schmerzlichen Verlust zu verkraften. Ein stetes Gefühl der Nächstenliebe durchströmte mich, und es entsprang nicht einer himmlischen Quelle, sondern dem Geist eines Mädchens, das im Nachthemd in ihrem Krankenbett an einem Berg Kissen lehnte. Sie hatte sich geduldig angehört, was ich von der Welt sehen wollte, die Pagoden von Kyoto, die Kathedralen in Frankreich, die Pyramiden und den Tadsch Mahal. Stephanie, bleicher Engel der Sühne, würde keinen dieser Orte je erblicken. Ich hingegen würde auf meinen Reisen viele dieser Stätten sehen und mir letztlich verzeihen, dass ich überlebt hatte.

Ich wollte nicht erwachsen werden. Ich strebte nicht danach, ein Mitglied der Erwachsenenwelt zu sein, verbunden mit endlosen Verantwortlichkeiten. Ich wollte ungehindert umherstreunen und Raum für Raum die Architektur meiner eigenen Welt gestalten. Doch die Veränderung ließ sich nicht aufhalten. Am meisten berührte mich das Unholz, die verwilderten Bäume, und ich war traurig, als sie gefällt wurden. Noch immer nicht ganz abgestorben, schwitzten ihre dünnen Äste einen milchigen Saft aus. Sie galten als unerwünscht, aber sie rührten mein lügendes Herz. Ich hielt mich oft am Rand der Bahngleise auf, wo sie noch immer zahlreich standen. Ich hatte einen Wachstumsschub und fühlte mich eins mit ihnen, weil auch sie schnell wuchsen. Ihr seid mein Bambus, flüsterte ich, die Prinzessinnen der Gleisanlagen.

Meine Mutter baute auf ihren jüngsten Bruder, Onkel Bobby. Er war ein guter Mensch, der nie wie ein Erwachsener wirkte, weil er immer etwas Unschuldiges an sich hatte. Er war nicht mit dem größten Glück gesegnet, besaß aber zweifellos einen guten Kern. Als ein weiterer, aggressiverer Räumungsbescheid kam, nahm meine Mutter die Dinge selbst in die Hand und fuhr mit Onkel Bobby nach South Jersey, in der Hoffnung, ein erschwingliches Heim zu finden für eine fünfköpfige Familie, einen Hund und eine Katze. Sie hatte von einem kleinen Bauprojekt gelesen, Woodbury Gardens, und wählte ein Grundstück für das billigste Musterhaus aus. Onkel Bobby fuhr uns zur Besichtigung des Grundstücks, als mein Vater arbeitete. Es lag an einer von Sumpfgebieten gesäumten Straße, die sich bis zum Rand einer riesigen Schweinefarm schlängelte. Abgeschieden, mit einem langen schmalen abschüssigen Garten hinterm Haus. Auf der anderen Seite erstreckten sich mehrere Morgen Land, das Quäkern gehörte, mit einer alten schwarzen Scheune und einer weiß getünchten, über deren Tür die Worte Hoedown Hall standen. Dahinter befand sich ein Pfirsichgarten. Das Haus kostete 9.999 Dollar, und meine Eltern brauchten dreißig Jahre, um das hochverzinste Darlehen zurückzuzahlen, eine Tatsache, die mir noch heute das Herz bricht.

An den Wochenenden fuhren wir hin, um den langsamen Fortschritt der Bauarbeiten unseres künftigen Heims zu verfolgen. Meine Mutter wollte unser Leben verbessern. Uns ging es nicht schlecht, wo wir waren. Aber unser »Acker« dünnte langsam aus. Traurig beobachtete ich, wie unbebaute Grundstücke für künftigen Wohnraum gerodet wurden. Doch trotz der schweren, düsteren Atmosphäre tauchte plötzlich aus dem Schatten ein unverhofftes Licht auf, eine neue Freundin. Klara war unscheinbar, mit grauen Augen und hellbraunen Zöpfen. Ich kam an ihrem Haus vorbei, wenn ich von der Schule einen anderen Rückweg nahm. Eines Nachmittags winkte sie mich zu sich, um mich neben sie auf die Hollywoodschaukel zu setzen, die in der mit Fliegengitter umgebenen Veranda stand. Als mir vom Hin- und Herschwingen übel wurde, stellten wir unsere Füße auf den Boden, um sie stillzuhalten. Dann öffnete sie ein Buch auf ihrem Schoß, das Bilder von allen möglichen exotischen Pflanzen und Kräutern enthielt. Sie wollte Wissenschaftlerin werden, vielleicht Botanikerin.

Ich konnte ins Haus sehen, wurde aber nicht hineingebeten. Ich versprach, wiederzukommen, und brachte bei meinem nächsten Besuch ein altes schweres Lehrbuch mit, das meinem Onkel Bobby gehört hatte. Es enthielt jede Menge Abbildungen von Einzellern, Amphibien, Plattwürmern, gewölbten Muschelschalen und Querschnitten von Krebstieren. Klara war begeistert. Ihr Eifer, alles in sich aufzusaugen, war ein starker Kontrast zu Stephanies gleichgültigem Blick. In den folgenden Wochen besuchte ich sie, wann immer ich konnte.

Klara lebte bei ihrem Onkel, der stets besorgt und geistesabwesend wirkte, auf seine Taschenuhr blickte und dann durch die Fliegengittertür auf die leere Straße. Er machte uns Tee in schweren Gläsern aus ihrer früheren Heimat in Böhmen. Sie zeigte mir eine kleine weinrote Langhalsvase mit eingravierten winzigen Hirschen. Ich fragte mich, ob sie ihrer Mutter gehört hatte. Wir redeten nicht viel, sondern kommunizierten, indem wir langsam in den Seiten desselben Buches blätterten. Ich liebte die friedliche Stimmung, die sich über uns senkte, die langen Schweigephasen, jede ungestört von der anderen. Manchmal verwandelte sich ein Lächeln in lautes Lachen, ohne dass es dafür einen triftigen Grund gab. Einmal lachten wir so sehr, dass ihr Onkel in der Tür erschien, und dann brach einen Moment lang die Sonne durch, und auch er lächelte. Wir fegten abwechselnd die Veranda und rechten das erste fallende Laub zusammen.

An einem kühlen Herbstnachmittag besuchte ich sie nach der Schule und sah, dass sie geweint hatte. Sie würden bald wegziehen, erzählte sie mir. Wir hielten uns an den Händen und saßen wie immer auf der Hollywoodschaukel. Auf dem Heimweg geriet ich in einen plötzlichen sintflutartigen Regen. Ich trat in eine riesige Pfütze, meine Schuhe füllten sich mit Wasser, und ich holte mir eine Erkältung. Meine Mutter behielt mich zu Hause, bis es mir besser ging. Es waren nur ein paar Tage, und sobald ich gesund war, holte ich das schwere graue Buch aus dem Bücherschrank, um es Klara zu schenken, auch wenn man mich dafür bestrafen würde. Aufgeregt rannte ich zu ihr. Als ich mich dem Haus näherte, überkam mich ein ungutes Gefühl, die Hollywoodschaukel stand still, die Fliegengittertür halb offen. Ich wusste, sie waren fort. Ich ließ das Buch draußen liegen und betrat zum ersten Mal das Haus. Ich sah mir die Zimmer an, jedes spärlich möbliert, kein Krimskrams, nicht die geringste menschliche Spur. Auf dem Fußboden des kleineren Schlafzimmers lag Klaras Pflanzenbuch, mehrere Seiten waren herausgerissen. Ich stellte mir einen Pfad vor, auf dem bunte Bildtafeln mit Blumen und Tieren verstreut lagen, geisterhaft und traurig.

Die alten Häuser, darunter auch Klaras und unsere baufällige Unterkunft, waren schließlich endgültig zum Abriss vorgesehen. In der Erinnerung erscheinen Fassaden und leere Räume unverändert, und wenn ich gelegentlich in ihr Zimmer zurückkehre, fällt gesprenkeltes Licht durch die Vorhänge und verweilt auf dem Holzboden. Eine verschwommene Schaukel in vager Bewegung. Das plötzliche Verschwinden von Klara traf mich anders als der Tod von Stephanie. Ich konnte das Rätsel um Klara niemandem anvertrauen, sie war mein Geheimnis, und im Lauf der Zeit musste ich mir immer wieder bestätigen, dass sie wirklich existiert hatte.

Stephanie bescherte mir eine Geschichte, eine unbewusste moralische Lektion, doch am Ende war es Klara, die mir den Weg als Schriftstellerin wies, auch wenn ich noch nicht bereit war zu schreiben. Klaras Abgründe lieferten mir eine stille Übung: Ich begann unbewusst, Membranen zu durchdringen und in Gedanken leere Flächen mit Worten zu füllen. Die imaginierten Abenteuer eines böhmischen Mädchens mit dicken Zöpfen, grauen Augen und dünnen eckigen Schultern: Klara, die Wissenschaftlerin. Klara, die leidenschaftliche Detektivin. Klara, die ein Schiff besteigt, um die Regenwälder des Amazonas zu erforschen. Ich schrieb diese Geschichten nie auf, sie leben im lichten Grenzbereich meines Werdens.

Der endgültige Räumungsbrief kam. Alle zogen weg, und ein Großteil unserer Möbel wurde eingelagert. Mitte Oktober fegte Hazel, einer der schlimmsten Hurrikans von 1954, über Philadelphia hinweg. Meine Mutter hatte schreckliche Angst, wir mussten stundenlang flach unterm Tisch liegen, während draußen stürmische Winde heulten und Blitze in die Bäume einschlugen, gefolgt von einem Stromausfall.

Riesige umgestürzte Bäume blockierten den Zugang in unsere Siedlung. Mein Vater verbrachte die Nacht im Dunkeln, kletterte bei starkem Wind und Regen über lose Steine und Trümmer. Am Morgen ging ich mit ihm nach draußen, um den Schaden zu besichtigen. Ein gewaltiger Baum war auf das Dach des am weitesten entfernten Gebäudes gefallen und direkt im Kinderzimmer gelandet. Mein Vater hievte mit anderen Männern den massiven Ast von der Krippe. Dem darunter eingeschlossenen Kind war nichts passiert. Alle sagten, es sei ein Wunder. Die zerstörerische Kraft der Natur und die beginnenden Abrissarbeiten konnten es gut miteinander aufnehmen, und wir kletterten aufgeregt über die Trümmer, die niemanden zu stören schienen, während ein unerbittlicher Winter einsetzte.

Der 30. Dezember 1954, mein Geburtstag, war unser letzter Tag auf dem »Acker«. Ich stieg die Treppe hoch und schaute auf meine Füße. Meine Schnürschuhe waren immer etwas zu groß und in den Zehen mit Klopapier ausgestopft, weil ich so schnell aus ihnen herauswuchs. Meine ersten Schritte hatte ich kurz vor meinem ersten Geburtstag in der Küche in Chicago gemacht. Als ich laufen lernte, wollte ich nichts sehnlicher, als meiner hochschwangeren Mutter zu entkommen. Mein junges Herz beklagte das Verstreichen der Zeit, und so besuchte ich mit einer gewissen nostalgischen Dringlichkeit noch einmal die Orte, die ich liebte. Das geplünderte Armenhaus, das hoch aufgeschossene Unholz, das verlassene Haus mit dem überwucherten Garten. Ich warf meine letzten Pennys auf den geweihten Grund und sah sie im Schnee verschwinden. Eines Tages, versprach ich, werde ich von euch berichten.

Am nächsten Morgen, an Silvester, trieb uns meine Mutter

zur Eile an, da mein Onkel im Auto auf uns wartete. Ich trödelte herum, weil ich noch ein Dilemma lösen musste. Die Anstecknadel mit der Eiskunstläuferin, zu deren Füßen die Jahreszahl 1952 prangte, blieb unter den Holzdielen. Als ich meinen Mantel anzog, traf ich eine Entscheidung. Ich war acht Jahre alt, ein neues Jahr stand bevor. Ich holte nicht meinen seltsamen Schatz, die Anstecknadel, den Gipsheiligen und meine telepathische Zahnbürste hervor. Ich verabschiedete mich nicht. Ich ging einfach.

Meine Mutter hatte über unser unmittelbares Schicksal entschieden und ein abbruchreifes Gebäude gegen ein anderes getauscht. Wir waren eine der letzten Familien, die den »Acker« verlassen hatten, und nun eine der wenigen Familien, die ein zum Abriss vorgesehenes Gebäude in der East Bristol Street im Stadtteil Juanita in North Philadelphia bewohnten. Eine sechsmonatige Übergangslösung, bis unser Haus in South Jersey fertig war. Es war das Beste, was meine Mutter damals für uns auftreiben konnte. Trotz der kurzen Entfernung von sechseinhalb Kilometern sollten wir unseren geliebten »Acker« nie wiedersehen. Linda, Todd und ich befanden uns in einem Zustand unbewusster Trauer.

Wir waren umgeben von leeren Gebäuden. Meine Erinnerung an diese Gegend ist eine vergilbte abstrakte Leinwand, ein kränkliches blasses Gelb mit einem roten diagonalen Streifen, Reihen von Backsteinhäusern und ein verschmutzter Himmel. Damals war ich auf Detektivgeschichten fixiert und verschlang Nancy Drew und Trixie Belden. Die unsichere Atmosphäre der umliegenden Straßen war wie geschaffen für meinen Hobbydetektiv-Verstand. Wir hatten keine Nachbarn, nur zwei Brüder, die bei ihrer halb blinden Großmutter wohnten. Die Docherty-Jungs waren wild, aggressiv, spielten Memblety Peg mit Schlachtermessern statt mit Taschenmessern und töteten Ratten mit einem Hammer. Ich hatte keine Angst vor ihnen, aber sie waren größer als ich, und ich hielt lieber Abstand.

Linda und ich gingen zu Fuß in die nur drei Blocks entfernte Francis Hopkins School, die einem gewaltigen Irrenhaus aus dem 19. Jahrhundert glich. Der kurze Weg war eine willkommene Abwechslung zu dem drei Kilometer langen Marsch, den wir zu unserer ländlichen Schule in Germantown hatten zurücklegen müssen. Es war ein milder Januar, ich erinnere mich an Sonne, keinen Schatten, ein urbaner de Chirico.

Eines Morgens war Linda krank und musste zu Hause im Bett bleiben, also machte ich mich in meinem eigenen schnellen Tempo auf den Schulweg. Normalerweise passte ich mich ihr an, denn sie war immer bemüht, mit mir Schritt zu halten, und lächelte entschuldigend, wenn es ihr nicht gelang. Ohne die tröstliche Nähe meiner Schwester war unser neuer Pausenhof ein einsamer Ort. Niemand war gemein, ich war einfach unsichtbar und bestimmt niemandes Heldin. Ich trug eine karierte Augenklappe, um mein wanderndes Auge zu stärken. Die häufigen Krankheiten hatten Spuren auf meinem Äußeren hinterlassen, und meine braun karierte Schultasche roch unerklärlicherweise nach Ameisen. Ich erinnere mich, dass ich einmal zügig die Straße überqueren wollte und auf dem frischen Teerbelag ausrutschte. Der Verschluss an meiner Pausenbrotdose zerbrach, und meine neue Thermoskanne knallte auf den Boden. Ich beeilte mich, sie wieder in die Tasche zu packen, musste aber noch einen meiner Schnürsenkel um die Brotdose binden, damit sie zublieb. Beim Mittagessen saß ich allein und goss meinen warmen Kakao in die rote Plastikkappe der Thermoskanne, die glatte Glasauskleidung geädert wie eine Straßenkarte, ein Netz aus winzigen Rissen.

Die Kommunalwahlen standen bevor, und ein Kandidat für den Stadtrat besuchte die Schule. Er brachte ein riesiges Stück Pappe mit, auf dem mit Bändern verzierte Abzeichen befestigt waren, die an Ehrenmedaillen erinnerten. Während der Pause bot er sie den Schülern an. Ich hätte gern eins gehabt, aber mir war strengstens verboten, Geschenke von Fremden anzunehmen. Meine Mutter sagte jeden Morgen, bevor wir zur Schule gingen: Steigt nicht zu einem Fremden ins Auto, nehmt nichts von einem Fremden an. Ich stand allein an der Wand. Der junge Politiker, der meine Zurückhaltung vielleicht für Schüchternheit hielt, kam zu mir und fragte, ob ich eins der verbliebenen Abzeichen möchte. Ich ließ nur den Kopf hängen und verneinte murmelnd. Dann schloss ich mich entmutigt meinen Mitschülern an, die auf dem Rückweg zum Unterricht stolz ihre Abzeichen trugen. Ich dachte an die Medaillen von Soldaten, Sportlern und großen Wissenschaftlerinnen wie Madame Curie. Egal, sagte ich mir, eines Tages werde ich etwas Besonderes machen und mir meine eigenen Medaillen verdienen.

Als der Frühling nahte, spürten wir die Aufregung unserer Mutter und die Abwesenheit unseres Vaters, der Überstunden einlegte, um unseren Umzug im Juni zu finanzieren. Eines Abends, frisch gebadet, Haare gekämmt und im Pyjama, baten wir unsere Mutter, uns die Familienfotos zu zeigen. Der Großteil unserer Besitztümer war zwar eingelagert, doch die Schachtel mit den Fotos bewahrte sie bei uns auf, aus Angst, sie zu verlieren. Ich zog einen Stuhl zum Schlafzimmerschrank, griff nach oben und nahm die große weiße Schachtel, spürte aber, dass sich etwas bewegte, und ließ sie fallen. Meine Mutter stieß einen Schrei aus, als ein Gewimmel von Ratten in alle Richtungen flitzte. Erschrocken bückte sie sich und nahm den Deckel ab. Wir schnappten alle zusammen nach Luft, denn wir sahen nichts als Fetzen. All die kostbaren Andenken waren weg. Taufscheine und brüchige Zeitungsausschnitte: *Lindbergh-Baby entführt, Roosevelt ist tot, Der Krieg ist vorbei*. Die erste Hälfte des zwanzigsten Jahrhunderts, zufällig festgehalten mit einer alten Boxkamera. Daddy Frank auf einem Esel. Die junge Marguerite, mit meiner Mutter im Arm. Mein Vater in seiner Uniform. Unbekannte Armeekameraden. Meine Mutter in einem Nachtklub mit hochgestecktem Haar. Tante Gloria in ihren Steppschuhen. Bambi als Welpe. Wir drei mit Hotdogs am Stiel, lächelnd im Qualm von Aunt Dots Grillimbiss. Jedes unersetzliche Foto der Vergangenheit zurückgegeben, zerfetzt als Nestmaterial, wie Stränge von Kautabak oder schwarzes Konfetti. All die Bilder, die unsere neugierigen Augen erfreut und unseren wissbegierigen Verstand angezogen hatten. Wir waren tief betrübt. Meine Mutter weinte tagelang. Später fiel mir ein, dass das einzige Überbleibsel aus der Vergangenheit mir gehörte: der Geist meines Vaters, der in einem alten Blechrahmen durch ein Zielband rennt.

Woodbury Gardens

Mein Vater lebte in seiner eigenen Welt, die neue Welt überließ er meiner Mutter. Nur wenige Tage bevor das Haus in der Bristol Street plattgemacht wurde, zogen wir aus der trostlosen Wohnung aus, um unser einstöckiges Haus mitten im Nirgendwo zu beziehen. Es war unser zwölfter Umzug seit meiner Geburt, alles sorgfältig festgehalten in meinem *Babybuch*. Am Anfang war ich wütend, dass wir aufs Land zogen, ich vermisste den Dreck der Stadt, die verwilderten Bäume, die in den Brachen wucherten, das schwermütige Tuckern der Züge. Der Wechsel von einer Mietwohnung in ein Haus war verwirrend. Unsere Stimmen hallten in den leeren Räumen wider. Es gab zwei Schlafzimmer, wir Kinder hatten jeder ein Einzelbett. Meine Mutter schlief auf dem großen grünen Klappsofa und wartete, bis mein Vater von der Nachtschicht nach Hause kam.

Es war eine kleine Siedlung, Soldatenfamilien der unteren Mittelschicht, die gerade so über die Runden kamen und dankbar für ihr erstes Eigenheim waren. Die Gärten waren kahl, trocken und unansehnlich. Doch auf der anderen Straßenseite bedeckten Pfirsichblüten den Boden wie ein Schlachtfeld in Shiloh. Nachts glitten lange schwarze Schlangen aus den sumpfigen Gebieten, Schwärme von Stechmücken und Schnaken, Schmetterlinge in Hülle und Fülle, lange blassgrüne Luna-Motten, Bisamratten, Schleiereulen und in unseren Garten verirrte sich gelegentlich ein Wildschwein. Das Erscheinen eines solchen haarigen Ungeheuers sorgte für einen beliebten Familienwitz. Meine Mutter hängte hinten im Garten Wäsche auf, als sie durch die Küchentür stürmte.

– Grant, rief sie atemlos, im Garten ist ein Wildschwein!

– Dann sprich nicht mit ihm, sagte er, ohne von seiner Zeitung aufzublicken.

Sie tat so, als wäre sie verärgert, aber schon bald mussten wir alle lachen. Sonntags versammelten wir uns immer in der Küche, es war der einzige Morgen, an dem die Arbeitszeiten unserer Eltern ein Zusammensein der ganzen Familie erlaubten.

Meine Mutter war überglücklich, ein eigenes Heim zu haben, mit einer Wohnküche, wo ihre neuen Freundinnen Kaffee trinken, rauchen und ihre Sorgen miteinander teilen konnten. Mein Vater war ein talentierter Kalligraf; über den Küchenherd hängte er einen von ihm geschriebenen Spruch: *Ein Freund klopft an, bevor er eintritt, nicht, nachdem er geht.* Niemand von uns verstand so recht die Bedeutung. Er empfahl uns, es selbst herauszufinden, eine unmögliche Aufgabe.

Mein Vater konnte sich kein Auto leisten. Er musste bei jedem Wetter mehr als drei Kilometer zu Fuß gehen, um einen Bus nach Philadelphia zu erwischen, wo er immer noch bei Minneapolis Honeywell in der Nachtschicht arbeitete. Meine Mutter fand einen Job an der Imbisstheke in einer ziemlich großen Apotheke in einem der ersten Einkaufszentren. Es dauerte nicht lange, bis sie den Laden praktisch allein schmiss. Wir Kinder versorgten uns selbst, meistens gab es Fischstäbchen, Rindsgulasch aus der Dose oder gegrillten Käse, alles, was wir allein machen konnten. Da wir unbeaufsichtigt waren, lebten wir meist im Freien, und nach Einbruch der Dämmerung kauerten wir in der Schwärze der ländlichen Nacht, die von leuchtenden Mustern mythischer Wesen belebt wurde.

Thomas' Field war anders als unser »Acker«, verströmte aber seine ganz eigene Magie. Die Thomas-Familie waren Quäker, denen die sechs Hektar seit Generationen gehörten, früher höchstwahrscheinlich Land der indigenen Lenape. Sie redeten selten mit uns, waren aber freundlich und schienen nichts dagegen zu haben, wenn wir auf ihrem Grundstück spielten. Farmer Baker auf der anderen Straßenseite war extrem unfreundlich. Wenn seine Pfirsiche herunterfielen, schlichen wir durchs hohe Gras und sammelten sie für meine Mutter zum Kuchenbacken auf. Er patrouillierte die Gegend mit einem Jagdgewehr, das mit Salzstein geladen war und sein Ziel mehr als einmal traf. Am Straßenrand stand ein Plumpsklo, das ich manchmal benutzte, weil unser kleines Bad oft besetzt war. Mich störte das nicht, genauso wenig wie die Ameisen, die über meine Schuhe krabbelten. Ich fand es faszinierend, im Gras zu schlafen, in ein Loch zu pinkeln, in ein Halstuch eingewickelte Erdnussbuttersandwiches als Mittagessen im Wald zu essen. Ich kämpfte mit meinem Unabhängigkeitsdrang und beging weiterhin meine kindlichen Verbrechen, erkundete verbotenes Terrain, zeigte mich gleichgültig gegenüber den Leiden meiner Mutter und klaute eine Münze aus der Hose meines schlafenden Vaters. Eine endlose Reihe von Vergehen.

Das Fernsehen lieferte neue Quellen der Inspiration. Buster Crabbe, den wir in der Rolle des Flash bewundert hatten, war als Captain Gallant of the Foreign Legion zurück, Held der Galaxis und nun der Wüste. Mit roten, um den Kopf gebundenen Tüchern krochen Todd und ich dramatisch über den Boden, als hätten wir uns in der Wüste verirrt und Linda würde uns mit einer Wasserflasche retten. Wir spielten unsere Verdurstungsdramen am Rand des Feldes, das an eine verbotene und etwas tückische Kiesgrube grenzte, wo sich halbwüchsige Jungs zum Rauchen trafen.

Die Serie Davy Crockett, mit Fess Parker und Buddy Epson in den Hauptrollen, fesselte die Herzen junger Amerikaner, und wir waren keine Ausnahme. Wir spielten im Wald und suchten nach Bären und Wildkatzen. Auf einem Kirchenbasar fand ich ein Spielzeuggewehr, das aussah wie eine alte Winchester, mit einem einzelnen Metalllauf und Holzgriff. Ich schnitzte Old Betsy ins Holz, so wie Davy es getan hatte. Eines Sonntags, als ich gerade ein unsichtbares Ziel im Garten anvisierte, stürmte mein Vater wutentbrannt aus dem Haus. Er riss mir das Gewehr aus der Hand, brach es entzwei, warf es auf den Boden und verbot uns, je wieder ein Gewehr, auch nicht zum Spiel, auf etwas Lebendiges zu richten.

Wir hatten ihn noch nie so erlebt. Später erklärte uns meine Mutter, dass er wahrscheinlich an den Krieg gedacht hatte. Er war nach Australien, Neuguinea und dann auf die Philippinen verschifft worden, um gegen die Japaner zu kämpfen. Viele seiner Männer starben durch Eigenbeschuss, als sie in Fieberschweiß gebadet durch den Dschungel stolperten, in dem es von Schlangen und Heckenschützen wimmelte. Er litt noch immer unter Cluster-Kopfschmerzen aufgrund seiner früheren Malaria-Erkrankung. Er wurde nicht verwundet, kam aber lädiert und mit gebrochenem Herzen zurück; die Atombombenabwürfe auf Hiroshima und Nagasaki ließen seinen Patriotismus für immer verblassen. Nichts konnte so viel Tod und Zerstörung in einem einzigen Moment rechtfertigen, auch keine Vergeltung. Es blieb eine seiner größten Sorgen, eine einzigartige amerikanische Schande.

Es war der Sommer vor der vierten Klasse. Zu dritt wechselten wir die Farben unserer Abenteuer. Wir eiferten nicht mehr anderen nach und bestiegen auch nicht mehr in Gedanken unser kleines goldenes Schiff, das die Milchstraße befuhr. Wir waren einfach wir selbst und zogen durch die umliegenden Feuchtgebiete, fasziniert von seltsamen Blüten, Moornelken und Wiesenrauten, gingen Stinktierkohl aus dem Weg und hüteten uns vor Insekten und Wespen. In den Sümpfen entdeckten wir Rohrkolben, die wir anzündeten, und dann taten wir so, als würden wir rauchen. Am anderen Ende der Siedlung lag ein weitläufiger Wald, in dessen Zentrum sich ein gewaltiger roter Erdhügel befand, den wir Roter Lehmberg nannten; wir gaben allem einen Namen, und die Namen bleiben. Oben am Weg stand das ehemalige Zeughaus, ein großes Backsteingebäude mit einem Panzer auf dem Grundstück, mehr Zierde als Kriegsgerät, wo sich die Jugend einmal im Monat zum Tanz traf.

Am Sonntagabend versammelten sich die Erwachsenen zum Squaredance in der Hoedown Hall. Während sie ausgelassen über den Tanzboden wirbelten, rannten wir Kinder begleitet vom Stampfen der Füße und in der Luft schwebenden Geigenklängen über die Wiese und jagten Glühwürmchen. Wenn ich nicht schlafen konnte, schlich ich hinaus und schaute zu den dornigen Brombeerbüschen, die das hohe Gestrüpp auf der anderen Straßenseite umrankten. Im Mondlicht schienen sie zu zittern, und irgendwann war ich überzeugt, dass Gott dort wohnte. Solche Gedanken machte ich mir, wenn ich allein war, Gedanken, die sich nicht auf unsere dramatischen Spiele übertragen ließen. Die Wiese hatte etwas an sich, das mich verwirrte, ja sogar beunruhigte. Noch lange nachdem die Geiger gegangen waren, verströmte sie eine ganz eigene Energie, begleitet von einer kaum wahrnehmbaren dissonanten Musik.

Frühmorgens erforschte ich oft zusammen mit Bambi den Wald. Sie war sanft, rannte nie davon und brauchte keine Leine. Wir verfolgten die Bewegungen der Kaulquappen im Regenbogenbach, schlichen geräuschlos einem scheuen Fuchs hinterher oder lagen zusammen auf der taufeuchten Wiese unter dem weiten leeren Himmel. Nach einiger Zeit

gefiel mir unser neues Zuhause und die Umgebung, besonders Thomas' Field. Überall waren Geister, man konnte sie spüren, die Luft knisterte, die Wolken säumte ein rosafarbener Lichtkranz. Und so zogen wir von unserem »Acker« mit der verwilderten Natur nach Woodbury Gardens, wo meine Mutter Blumen pflanzte und mein Vater sich um die hochgewachsenen Hecken kümmerte, die so perfekt gestutzt waren, dass sie einer Zeichnung in *Alice im Wunderland* würdig schienen. Alles barg hier Geheimnisse, nicht so sehr die Menschen, sondern das Land selbst, die Scheunen, das Plumpsklo und die umliegenden Feuchtgebiete, die rote Erde, die den Lehm des Seins enthielt. Ich fühlte mich angesprochen und eingeladen, eine Frequenz wahrzunehmen, die ich noch nicht kannte. Ich war von dem Gefühl erfüllt, dass jeder von uns alles weiß, dass wir unser eigenes Schloss mit einem Schlüssel dazu besitzen. Ich fragte mich, was ich wohl finden würde, wie mein Beitrag aussehen könnte und was ich dem unendlichen Pool oben hinzufügen könnte.

Meine Mutter stand Daddy Frank sehr nah und verzieh ihrer jungen Stiefmutter, die versucht hatte, sie zu manipulieren, um mich behalten zu können. Als er unerwartet an Herzversagen starb, war sie untröstlich. Ich erwachte mitten in der Nacht vom Geräusch zersplitternden Glases und entdeckte sie schluchzend vor den Scherben meines Sparschweins, wo sie den mickrigen Haufen Münzen abzählte, den sie brauchte, um mit dem Bus nach Chattanooga, Tennessee, zu seiner Beerdigung zu fahren. Noch Monate später war sie ungewohnt schwermütig, bis Zeugen Jehovas an unserer Tür erschienen und ihr Hoffnung machten, dass sie mit ihren geliebten Eltern in einer neuen postapokalyptischen Welt wieder zusammenkommen könnte.

Sie wurde schnell eine ergebene Zeugin und nahm mich schließlich zu allen Zusammenkünften mit. Da ich eine fundierte biblische Erziehung genossen hatte, passte ich mich rasch an, auch wenn ich die Zugehörigkeit zu einer Religion manchmal als etwas einengend empfand. Mein Vater las und analysierte die Bibel regelmäßig, lehnte aber organisierte Religion ab; ich hatte das Gefühl, dass seine Lernmethode besser zu mir passte. Meine Mutter nahm ihren Glauben emotional an, war aber nicht in der Lage, sich ihm ganz zu verschreiben, und entfernte sich allmählich. Sie baute auf mich, eine starke Beziehung zu den Zeugen Jehovas aufrechtzuerhalten, und das tat ich, obwohl ich dafür auf die Zeichentrickfilme am Samstagvormittag verzichten musste, damit ich von Tür zu Tür ziehen und Predigtdienst leisten konnte. In den 1950er-Jahren wurden die Zeugen Jehovas oft missverstanden und verfolgt. Nicht selten wurden wir mit Eimern von Urin und Exkrementen empfangen, wenn feindselige Menschen am Samstagnachmittag ihre Türen öffneten. Es war diese Behandlung, die mich am meisten zu ihnen zog, denn meine Neigung, Partei für die Unterdrückten und Diskriminierten zu ergreifen, war seit jeher von meinen Eltern unterstützt worden.

Als ich in die vierte Klasse meiner neuen Schule ging, trug ich eine Matrosenbluse und mein Haar in einem Pferdeschwanz. Ich war nicht mehr die kränkliche Außenseiterin wie in Philadelphia. Ich war wie alle anderen, nur größer und dünner, doch das schien niemanden zu stören. Schon bald war offenkundig, dass ich nicht mehr die schnellste Läuferin war, und ich zog den Schluss, dass ich etwas Neues finden musste, um mich als besonders hervorzutun. Als Zeugin Jehovas schwor ich nicht den Treueeid, auch wenn ich das Vaterunser aufsagte. Es machte mir nichts aus, verspottet zu werden, weil ich nicht vor der Flagge salutierte, denn mit acht widerstrebte es mir allmählich, meine ungebrochene Treue zu geloben. Ich wollte alles wissen: Wie viele Schichten hatte der Himmel, gab es andere Welten, wie sahen Steine innen aus, was war zwischen den Seiten unerreichbarer Bücher verborgen, was dachten Menschen wirklich, sagten es aber nicht, welche unsichtbare Kraft sorgte dafür, dass wir nicht aus der Reihe tanzten, was hielt uns zurück und was trieb uns an? Während alle schliefen und solche Gedanken in meinem Kopf kreisten, fühlte ich mich wie gefangen in einer schwebenden Blase. Wenn ich sie doch nur mit dem Finger durchstoßen könnte, vielleicht würde sie sich dann auflösen, das Wasser würde zu einer Öffnung in der Decke steigen und ich davongetragen.

Ich hatte schon Tuberkulose, Scharlach, Masern, Mumps und Windpocken erfolgreich bezwungen, doch dann fing ich mir während der Asiatischen-Grippe-Pandemie das Influenzavirus H2N2 ein. Es überrollte mich. Wieder wurde ich unter Quarantäne gestellt, meine Geschwister wurden zu einer Nachbarin gebracht. Dieses Virus schlug mit der Kraft der Schwerter einer strafenden Gottheit zu. Ich litt unter schrecklichen Migräneanfällen, hohem Fieber, Übelkeit und lähmenden Gliederschmerzen. Ich konnte nur daliegen und darum beten, ohnmächtig zu werden. In der Ferne hörte ich unsere Kinderärztin mit meiner weinenden Mutter sprechen. Ich erinnere mich, dass sie sagte: »Ich weiß nicht, ob sie es schaffen wird, Beverly.« Ich wollte ihr widersprechen, brachte aber kein Wort hervor. Ich hörte die beiden, als wären sie weit weg, dabei standen sie an meinem Bett. Mein Verstand wollte sich öffnen, ihnen sagen, dass ich es schaffen würde, doch ich konnte mich weder bewegen noch die Augen öffnen.

Meine Erinnerungen an diese Krankheit sind minimal, gleichen eher Bruchstücken eines verblassenden Films. Ich erinnere mich nur an Clusterkopfschmerzen, die meinen schmalen Schädel wie Schraubzwingen umspannten, dass ich manchmal einen Schluck Wasser trank, an Eisbeutel, an die Verzweiflung meiner Mutter. Mein Zustand besserte sich nicht, und ich weiß, dass mir irgendwann alles egal war – wenn ich meinem Körper hätte entkommen können, wäre es für mich in Ordnung gewesen. Auf dem Küchenregal stand ein Einmachglas, gefüllt mit Trinkgeld für Lebensmittel und Notfälle. Jeder Pfennig war gezählt. Ich nahm das Geräusch von klimpernden Münzen wahr und wie sich meine Mutter mit dem Geld aus dem Glas davonstahl. Wie durch einen Nebel spürte ich, dass etwas Schweres auf meine Brust gelegt wurde. Ich war zu schwach, um die Augen zu öffnen, und befühlte den Gegenstand mit der Hand. Es war ein Boxset mit einer Aufnahme von *Madama Butterfly,* einschließlich des Librettos auf Englisch und Italienisch. Ich konnte nicht mal reagieren. Meine Mutter sagte, ich könne sie mir so oft anhören, wie ich wollte, aber erst müsse ich gesund werden. Dann griff sie danach, aber ich wollte nicht loslassen und durfte die Box noch eine Weile halten.

In den folgenden Tagen und Nächten wurde der Wunsch, meinem Körper zu entkommen, nur von der Sehnsucht übertroffen, der Musik Puccinis zu lauschen. Kein Penicillin und kein Gebet waren effektiver als die liebevolle Bedingung meiner Mutter. Sie stellte die Box auf die Kommode, damit ich sie sehen konnte. Ich döste immer wieder ein, hatte einen weiteren schlimmen Migräneanfall, spürte aber auch, wie meine Kräfte zurückkehrten und die heilenden Zellen sich vermehrten. Ich trank Wasser, aß meinen Wackelpudding und schlief. Der Anblick der Box mit einer zarten Zeichnung von Butterfly in ihrem Kopfschmuck und Kimono spornte mich an.

Als ich mich erholte, konnte ich endlich die Arie *Un bel di* hören und fühlte mich erneut fortgetragen von einer Stimme, die wie ein himmlischer Bote klang. Die Box enthielt drei Aufnahmen, jede mit einem geflügelten Engelskopf auf dem Angel-Label. Ich mühte mich mit dem schwierigen Libretto ab, aber eigentlich musste ich die Worte der Arie gar nicht kennen. Meine Mutter hatte das Trinkgeldglas geleert, ein zweifellos großes Opfer. An all das erinnere ich mich. Mein brennendes Verlangen, die Musik Puccinis zu hören, verbunden mit dem tiefen Verständnis meiner Mutter, wie sie mich durch die Barrieren eines glühenden Fiebers erreichen konnte. Die Hochzeit zwischen Kunst und Aufopferung. So kehrte ich in die Welt zurück.

Mein zehnter Geburtstag nahte. Was ich mir am meisten wünschte, war ein Fahrrad, damit ich schneller vorankam und mich allein auf den Weg machen konnte, aber meine Eltern konnten sich keins leisten. Mein Wunsch ließ sich nicht mit meinem Hunger nach Büchern oder meiner Faszination für talismanische Objekte vergleichen. Er entsprang dem tief sitzenden Bedürfnis, frei zu sein. Da der Tag so kurz nach Weihnachten kam, verlief er ereignislos, und ich war enttäuscht über die scheinbare Gleichgültigkeit meiner Familie. Am Abend bat mich mein Vater, ihm beim Einbau der gläsernen Duschtür zu helfen, für die meine Mutter gespart hatte. Ich konnte meine Gefühle nur schlecht verbergen, war missmutig und bewegte mich langsam. Er ignorierte meine Unlust und forderte mich auf, ihm beim Herausziehen der Tür aus der riesigen Schachtel zur Hand zu gehen. Er schob an einem Ende, ich zog am anderen. Warum immer ich, dachte ich, als ich in die gewaltige Pappschachtel griff. Zu meiner Überraschung zog ich ein blaues Schwinn-Fahrrad mit Rücktrittbremse heraus. Ich brachte kaum ein Wort hervor, als mein Vater die Lenkstange und den Ständer montierte, und am nächsten Morgen sauste ich den Hügel hinunter, sobald ich gefrühstückt hatte. Ein paar Tage später fiel mir auf, dass meine Mutter unseren alten Plastikduschvorhang durch einen neuen ersetzt und ihren Traum von einer Glastür für meinen Herzenswusch eingetauscht hatte.

Mein Vater ermahnte mich, auf dem Fahrrad nicht zu rasen, aber ich liebte die Geschwindigkeit. Ich sauste einen steilen Hügel hinunter, als ein riesiger Mückenschwarm in meine Richtung flog. Völlig eingehüllt, geriet ich in Panik, mein rechter Fuß verfing sich in der Fahrradkette und ich stürzte. Wahrscheinlich brach ich mir einen Knochen im Fuß, denn es erschien eine schmerzhafte Beule, auch wenn ich noch in der Lage war, mit meinem Fahrrad den Hügel hinaufzuhinken. Benutze deinen Kopf, sagte mein Vater immer wieder. Ich wollte nicht, dass er von meinem Sturz erfuhr, also bat ich meinen Bruder, mir den Fuß zu verbinden, und obwohl ich durch die Gegend hinkte, schien es niemandem aufzufallen.

Später versuchte ich zu verstehen, was ich falsch gemacht hatte. Ich hatte die Angst gewinnen lassen und mich nicht auf das eigentliche Problem konzentriert. Ich hätte ruhig bleiben müssen, auch wenn mir die Mücken in die Augen und Nase flogen. Sie waren nicht gefährlich, nur lästig, ich hätte die Sache besonnen durchstehen sollen. Eigentlich war ich kein Kind, das während eines schweren Gewitters den Kopf einzog. Ich schlüpfte oft unbemerkt nach draußen, um die Blitze zu beobachten; ich war enttäuscht, dass ich mich so leicht hatte verunsichern lassen.

Mein Vater las uns oft Gedichte vor, die gewöhnlich einen Ratschlag enthielten. Er setzte sich mit uns hin und las Rudyard Kiplings Gedicht *Wenn* vor. Schon die erste Zeile sprach mich an: *Wenn du den Kopf behältst / und alle anderen ihn verlieren,* ein Mantra, das mir sehr viel besser gefiel als das persönliche Gebot meines Vaters, *benutze deinen Kopf.* Ich dachte an die Helden in Märchen, die es trotz zahlreicher Herausforderungen schafften, einen kühlen Kopf zu bewahren, und vorhergesagten Versuchungen und Ablenkungen aus dem Weg gingen. Ich sagte mir, dass man nicht wegen irrationaler Ängste scheitern dürfe. Man musste sich einer Gefahr direkt, aber mit Respekt und Gewitztheit stellen. Mein Fuß heilte mit der Zeit, zurück blieb nur ein kleiner harter Sporn, der unter der Haut hervorragte und mich an mein Versagen erinnerte. Du musst die Ruhe bewahren, ermahnte ich mich: Widrigkeiten sind nichts weiter als ein lästiger Mückenschwarm.

Meine Mutter wurde unerwartet wieder schwanger. Linda freute sich am meisten über die Aussicht auf ein neues Geschwisterkind. Kimberly kam Anfang August 1957 zur Welt. Sie war ein kleines pummeliges glückliches Ding, das aussah wie meine Mutter. Als sie wieder bereit war zu arbeiten, übernahm sie die Nachtschicht und überließ Kimberly der Obhut von uns dreien. Kimberly hatte ein sonniges Wesen, war aber auch schwer asthmatisch. Als sie ins Krankenhaus kam, ordnete der Arzt an, sämtliche Allergiequellen zu entfernen, das Haus gründlich zu reinigen und Ordnung zu halten. Als Erstes verschwand die große grüne Brokatcouch mit den vorstehenden rostigen Federn und vermutlich auch Milben. Sie wurde ausgemustert und feierlich mit dem Müll nach draußen gebracht. Zu dritt saßen wir darauf, schauten auf die Straße und schwelgten in Erinnerungen, ehe wir verstummten. Wir wussten, es war notwendig, ein gewaltiger Prüfstein in einer Zeit, deren Ende wir fühlen konnten, Risse in der schützenden Hülle der Kindheit. Nicht unbedingt das Ende der Unschuld, aber der Aura und des kollektiven Geistes, den wir drei geschaffen hatten. Ein neues Kind. Neue Sorgen und neue Verpflichtungen. Meine Kindheit, wie ich sie kannte, ging zu Ende. Obwohl ich wusste, dass es so war, sprach ich ein neues Gebet. Bitte lass mich zehn bleiben, mit meinem Hund, meinen Büchern und meinem Fahrrad.

Der Beginn eines Spiels. Kinder, die in alles verliebt sind. Die sich gleichzeitig drehen und einander benommen in die Arme fallen. Ein Hauch von Freude, der sich langsam auflöste. Wir spielten hart und kämpften hinten im Garten. Es war ein heißer Sommertag. Meine Mutter rief mich ins Haus und sagte, ich solle mir ein Hemd anziehen. Ich protestierte, denn es war zu heiß, außerdem trug Toddy auch kein Hemd. Meine Mutter sagte, ich müsse eins tragen, weil ich allmählich eine junge Dame werde. Diese plötzliche Mitteilung schockierte mich, stieß mich ab. Ich bildete mir ein, ich könnte Veränderungen und körperliche Entwicklung umgehen. Mich interessierte nur der sich entfaltende Geist, die Freiheit. Ich war fassungslos und angewidert, konnte mich aber nicht mit meiner Mutter anlegen. Ich wollte genauso wenig ein Junge sein wie eine junge Dame. Ich wollte nur ich selbst sein. Ich zog ein Hemd an, ging allein in den Wald und las *Peter Pan*. Nimmerland schien eine andere Art von Religion zu sein, ein Kinderparadies, in dem man nie erwachsen werden musste.

Ich liebte meine Familie und fühlte mich gleichzeitig von ihr erdrückt. Nur die Zuneigung zu meinen Geschwistern hielt mich davon ab, wegzulaufen. Aber wohin sollte ich gehen? Ein dünnes Ding ohne einen Cent und mit chronischem Husten. Und so zog ich mich, wenn auch für alle sichtbar, hin und wieder zurück. Ich saß da und ärgerte mit einem Stock die Kaulquappen. Mein Hemd zog ich nicht aus, weil ich immer spürte, wie meine Mutter mich selbst aus der Ferne im Auge behielt. Ich hatte das Gefühl einer unsichtbaren, aber greifbaren Veränderung. Keine Worte, nur ein Gefühl. Ich wollte mich nicht zwischen Peter dem Jungen und Wendy dem Mädchen entscheiden müssen. Besser war es, beiden Raum zu geben, in einer Hütte in einem geschützten Wald zu wohnen, umgeben von wogenden Farnen, Sümpfen und Motten von der Farbe des Mondes.

Kimberly hatte einen weiteren ernsten Asthmaanfall und kam wieder ins Krankenhaus. Diesmal mussten wir unsere geliebten Haustiere opfern. Mittens, die Katze meiner Mutter, und unsere treue Bambi. Niemand war schuld, doch uns allen brach das Herz. Meine Mutter versprach Bambi einer Familie, die ich aus der Schule kannte. Das Mädchen erinnerte mich an Suzanne, sie zog mich damit auf, dass mein Hund bald ihr gehören würde. Ich dachte daran, mit Bambi wegzulaufen, denn wenn ich sie nicht haben konnte, dann auch kein anderer.

Am Sonntagmorgen stand ich früh auf und ging mit Bambi zum Roten Lehmberg. Wir saßen am Regenbogenbach, und ich erzählte ihr, was passieren würde. Sie schaute mir in die Augen, und ich hatte wirklich das Gefühl, dass sie alles verstand. Dann gingen wir zu Thomas' Field. Ein schöner Tag im Indian Summer. Wir lagen im Gras und blickten zusammen in die Wolken. Ihr sanftes Gesicht ruhte auf meinem Schoß und wir schliefen ein. Als ich aufwachte, war die Sonne weitergewandert. Ich hatte keine Ahnung, wie spät es war, und rannte über die Wiese nach Hause. Bambi jagte vor mir her, was ungewöhnlich war, normalerweise blieb sie immer an meiner Seite. Ich rief, sie solle warten, und sie blieb mitten auf der Straße stehen. Als ich den Rand der Wiese erreichte, rief ich erneut nach ihr. Sie stand einfach da und schaute mich an, unsere Blicke begegneten sich, so schien es, eine ganze Weile lang, auch wenn es wahrscheinlich nur flüchtige Sekunden waren. Plötzlich raste wie aus dem Nichts ein Feuerwehrauto um die Kurve und überfuhr Bambi vor meinen Augen. Der Fahrer bremste und stieg aus. Ich griff nach ihr und fing an zu weinen.

Mein Vater rannte herbei, gefolgt von meinen Geschwistern. Er hob Bambi auf, wickelte sie in eine weiche Decke, und wir begruben sie neben dem Haus. Ein paar Stunden später kam die andere Familie, um Bambi abzuholen, und mein Vater erklärte, dass sie tot war. Niemand machte jemandem einen Vorwurf. Es herrschte ein stilles Gefühl der Trauer. Jahrelang spulte ich die Szene immer wieder im Kopf ab und dachte, dass ich unbewusst an Bambis Tod beteiligt war. Es war Linda, die Einfühlsame, die mich schließlich von jeder Schuld freisprach. Bambi wollte uns nicht verlassen, sagte sie. Sie hat es absichtlich getan.

Der Herbst nahte. Keine Wolke war zu sehen, doch in der Ferne grollte Donner und am blauen Himmel zuckten

Blitze. Plötzlich schlug aus dem Nichts ein Blitz ein und setzte die alte schwarze Scheune in Brand, was für große Aufregung sorgte. Toddy rannte über die Straße, um sich den schnell versammelten Schaulustigen anzuschließen, aber ich musste mit Kimberly zurückbleiben. Während ich sie im Arm hielt, beobachtete ich mit schwerem Herzen, wie die baufällige Scheune in Flammen aufging. Ich hatte diese alte Scheune geliebt, in der nur Eulen, Fledermäuse, gewaltige Spinnweben und kaputte Werkzeuge waren, kaum sichtbar in den dünnen staubigen Lichtstrahlen. Ich ärgerte mich, dass ich nicht bei den anderen sein konnte, als ich jedoch Kimberly ansah, ihr kleines Mondgesicht, das mich freundlich anlächelte, überkam mich ein friedliches Gefühl. Später beschrieb Toddy das Geschehen, ein Massenexodus von Kriechtieren, kreischenden Fledermäusen und dann ein knarrendes Ächzen, als die Scheune einstürzte wie der zerquetschte Zylinder von Harpo Marx.

Es war 1959, das Jahr von *Mandrake the Magician,* das Jahr der ungewissen, explosiven Magie. Bevor ich lesen lernte, starrte ich auf die Sonntagscomics, völlig fasziniert von Mandrake mit dem blau-schwarzen Cape, das aussah wie aus der Nacht geschnitten. Ich fragte mich, ob es vom Himmel auf seine Schultern gefallen war. Ich stellte mir vor, etwas zu haben, das mich verwandeln könnte, vielleicht seinen Umhang oder die Fahne und das Schwert von Jeanne d'Arc. Ich hatte noch nicht begriffen, dass die Fantasie, der Talisman der Gedanken, bei Weitem mehr bewirken konnte als ein fliegender Teppich oder ein magischer Umhang. Doch ich wusste sehr wohl um den Unterschied zwischen vorteilhaften Objekten und bloßen Schätzen, und wie in allen großen Geschichten über Tapferkeit musste man mit solchen Kräften etwas Würdiges vollbringen.

Als ich den Film *Lost Horizon* sah, dem das Buch von James Hilton zugrunde lag, war ich fasziniert vom Königreich Shangri-La, in dem die Menschen nur langsam altern. Ich entdeckte das Buch in einer Bibliothek; im Inneren befand sich ein vergilbter Zeitungsausschnitt mit einem Interview mit dem Autor, der erklärte, er sei von alten tibetischen Schriften inspiriert worden. Das führte zu einem neuen Steckenpferd: Ich fühlte mich zur tibetischen Kultur hingezogen, war begeistert beim Gedanken an verborgene Zivilisationen. Ich stellte mir Mönche vor, die geheimes Wissen hüteten und sich im Mysterium des Fliegens übten. Es gab mir Hoffnung, dass die Engel nicht mit der Versiegelung der Heiligen Schrift gestorben waren, sie hatten sich einfach neu ausgerichtet auf dem Dach der Welt, wo Mönche unaufhörlich für die Erde beteten, während andere sie zerstörten.

Unsere Lehrerin in der sechsten Klasse gab uns die Aufgabe, ein Sammelalbum für Sozialkunde zu erstellen. Wir sollten ein Land wählen, Zeitungsartikel ausschneiden, einkleben und wöchentlich darüber berichten. Die meisten wählten europäische Länder, doch ich entschied mich zum Spott meiner Klassenkameraden und dem Frust meiner Lehrerin für Tibet. Sie wusste gar nicht genau, ob Tibet ein richtiges Land war, aber als ich es ihr auf dem Globus an den Grenzen Indiens, Nepals und Chinas zeigte, ließ sie es mich widerstrebend behalten.

In den Fesseln von Shangri-La führte mich zu Tibet, was mich zum Buddhismus und dem Bewusstsein führte, dass alle Dinge miteinander verbunden sind. Mir gefiel diese Vorstellung, doch sie beunruhigte mich auch. Es schien, als wäre das Universum ein Hologramm, das ich beobachten und sogar berühren konnte, dem ich mich aber nicht zugehörig fühlte. Vielleicht fehlte mir das Einfühlungsvermögen, um mich ganz mit dem Universum zu identifizieren. Ich war zu sehr in meine eigene Welt verstrickt. Als ich mit meinen Geschwistern *Die Unglaubliche Geschichte des Mister C.* sah, war ich entsetzt, dass der schrumpfende Mann am Ende förmlich verschwand. Ich sträubte mich unwillkürlich gegen das Konzept der Auflösung, der Hingabe an den Kosmos oder gar an Gott. Was ich mir wünschte, war ein Weg, der alles enthielt, und dass jeder von uns durch seine Vorstellungskraft eine innere Verbundenheit mit der Vergangenheit, der Gegenwart und der Zukunft erlangen konnte.

Entgegen besseren Wissens betete ich dafür, dass in Tibet etwas passierte, irgendein Ereignis, auf das ich aufmerksam machen konnte. Während meine Klassenkameraden jede Woche im Sozialkundeunterricht ihre Sammelalben füllten, blieb meines leer. Meine verzweifelte Lehrerin bat mich inständig, ein anderes Land zu wählen, aber ich war zu stur, zu loyal, ich behauptete mich und verdoppelte meine Gebetsenergie vor dem Schlafengehen.

Am 11. März 1959 griffen tibetische Rebellen das chinesische Militär an, worauf die chinesische Regierung eine Offensive gegen Tibet startete und die Hauptstadt Lhasa einnahm. Der vierzehnte Dalai Lama ergriff zu Fuß die Flucht. Tibet, mein scheinbar vergessenes Land, war plötzlich in den Schlagzeilen. Mein Vater sammelte Artikel aus verschiedenen Zeitungen, die seine Arbeitskollegen lasen. Alles, was man sich wünschen konnte, um einen Bericht in Sozialkunde zu beleben – Fotos, Landkarten und das andauernde

Drama der Flucht des vermissten Dalai Lama. Alle staunten, als hätte ich eine besondere Beziehung zur Zukunft. Meine Arbeit wurde mit der besten Note belohnt und in einer Glasvitrine ausgestellt, ein bittersüßer schulischer Sieg. Mein einst geheimes Land stand plötzlich auf der Weltbühne. Meine Gebete, mit so großer jugendlicher Inbrunst von mir gesprochen, hatten offenbar das Ökosystem des Schicksals gestört. Ich hatte mir etwas gewünscht, das nur mir zugutekam, und wurde von einem bösen dienstbaren Geist in die Ferse gebissen.

In Gedanken folgte ich dem Weg des jungen Dalai Lama und betete für seine Sicherheit, als er zu Fuß durch tückisches Gelände von Lhasa über den Himalaja nach Indien floh. Ende April prangte auf dem Cover des *Time*-Magazins ein Porträt des jungen Dalai Lama mit seiner markanten Brille. Meine Mutter brachte es mit nach Hause. Der Dalai Lama hatte das Dorf Tawang, gleich hinter der indischen Grenze, wohlbehalten erreicht. Einige waren überzeugt, er sei durch Nebel und niedrige Wolken, heraufbeschworen durch die Gebete buddhistischer heiliger Männer, vor den Flugzeugen der Kommunisten beschützt worden. Ich zweifelte nicht daran, dass ihre Gebete die Macht besaßen, schützende Wolken herbeizurufen. Doch mein fester Glaube an die Wirkung ihrer Gebete zwang mich auch dazu, die womöglich zerstörerische Kraft der meinen in Betracht zu ziehen.

Beladen mit zwiespältigen Gefühlen, stieg ich auf mein Fahrrad und sauste den Hügel hinunter zu einem verbotenen umzäunten Areal, in dem es Schlangen, Moskitos und gefährlichen Morast gab. Urwüchsiges Sumpfgebiet, wo der Ruf unbekannter Vögel zu einem noch nicht durch die Außenwelt verdorbenen Ort führte. Ich legte mein Rad auf den Boden, fand ein Loch im Zaun, schlüpfte hindurch und stapfte durch den Sumpf. Ich kauerte im hohen Gras und war sicher, ich würde nie ein guter Mensch sein. Als ich mich aufrichtete, barst die Hülle meines kindlichen Querbuckels und ließ die drahtigen Borsten eines jungen Wildschweins zum Vorschein kommen.

Illuminationen

Die Kunst ist die höchste Form von Hoffnung.
GERHARD RICHTER

ICH WEISS NICHT, was meinen Vater dazu bewog, mit uns ins Museum zu gehen. Unser einziger Familienbesuch im Philadelphia Museum of Art war eine Offenbarung. Ich entdeckte die Kunst. Nicht die Idee von Kunst und auch nicht als Bild in einer Zeitschrift, sondern Kunst per se. Wir waren noch nie in einem Museum oder in einer Galerie gewesen, noch nie zusammen im Kino oder im Restaurant. Unser Geld reichte höchstens für ein gemeinsames Picknick im Sommer. Vielleicht gab es an diesem Tag Familienermäßigung, oder wir waren einfach dort, weil mein Vater von Salvador Dalí fasziniert war und das Museum die Ausstellung *Beständigkeit der Erinnerung* zeigte. Während mein Vater die Zeichenkunst und die surreale Vorstellungskraft Dalís bewunderte, stahl ich mich davon und sah mich auf eigene Faust um. Die lebensgroßen Leinwände von John Singer Sargent waren wunderschön, in einem Modigliani erkannte ich meine eigene schlaksige Gestalt. Ich betrat einen ausschließlich Picasso gewidmeten Saal, der sich in meiner Erinnerung ewig dahinzog und von einem melancholischen Zirkus blauer und hellroter Harlekine zum frühen Kubismus führte.

Mein Vater suchte nach mir und entdeckte mich vor einem riesigen kubistischen Gemälde. Er war nicht sonderlich beeindruckt von Picasso und fand Dalí als Zeichner mit einer komplexeren Vision weit überlegen. Ich dagegen war hingerissen von Picasso und stellte zum ersten Mal fest, dass meine Vorstellungen und die meines Vaters stark voneinander abwichen, und ich meinen Standpunkt vehement zu vertreten wusste. Ich ahnte, dass ich jetzt hervorragende Verbündete hatte, die mich eines Tages in eine völlig neue Welt führen würden. Gehorsam folgte ich meinem Vater aus dem Museum, hielt aber innerlich an einer unsichtbaren Veränderung fest; ich war der Kunst verfallen.

Er hiess Johnny Stahl und lebte unten am Hügel, erste Straße rechts. Er schoss Kaninchen und Eichhörnchen für den Eigenbedarf. Meine Schwester ging mit seiner Schwester zur Schule. Ich weiß nicht, ob er eine Mutter hatte. Ich misstraute seinem Vater, einem mageren schweigsamen Mann mit unstetem Blick. Johnny war still, selbstsicher. Er schenkte mir seinen braunen Schnürsenkel für meinen Rollschuhschlüssel. Es war mein erstes Geschenk von einem Jungen, mehr Geste als Geschenk – eine schöne Geste.

Ich parkte mein Fahrrad, näherte mich scheu der Tür und sah nach, ob er da war. Auf der Wäscheleine hinten hingen Kaninchenfelle zum Trocknen. Ein Gewehr lehnte neben der Tür. Johnny wirkte unnahbar, zurückhaltend. Er band einen Waschbärschwanz an meine Lenkstange und versprach mir einen zweiten. Er war wortkarg, aber wenn er etwas sagte, schien es immer das Richtige zu sein. Seine ziemlich langen blonden Haare fielen ihm in die Augen wie dem jungen James Dean. Ohne es zu ahnen, waren wir Varianten des vergrübelten Cal und der ausgelassenen Abra in *Jenseits von Eden*. Unsere Gespräche sind eingegangen in die Sphäre der Zeit, nicht der verlorenen, sondern der aufgehobenen.

Ungefähr eineinhalb Kilometer entfernt, hinter der Schweinefarm, befand sich auf der rechten Seite eine Rollschuhbahn. Johnny fragte mich, ob ich am Samstag mit ihm laufen wolle. Wir gingen zu Fuß dorthin; ich erinnere mich noch an die sanfte Brise und wie glücklich ich war. Ein Junge, den ich mochte, eine wohlwollende Natur und ein gemeinsames Gefühl von Freiheit. Der Eintritt kostete 50 Cent, die Ausleihe der Rollschuhe weitere 50 Cent. Reihenweise standen sie da, weißes Leder mit Holzrollen. Ich sehe noch, wie er sich vorbeugt, um mir die weißen Schnürsenkel zu binden, und nach mehreren Runden um die Bahn nahm er meine Hand und wir liefen, als gäbe es nichts auf der Welt außer diesen Moment gegenseitiger Anerkennung.

Vor dem Einschlafen erlebte ich den Moment noch einmal. Ich hatte nun jemanden, mit dem ich eine aufblühende innere Welt teilen konnte. Doch dann herrschte Funkstille. Ein paar Tage später schwang ich mich spontan aufs Rad, um ihn zu besuchen. Als ich mich seinem Haus näherte, sah ich seinen Vater, der Johnny und seiner Schwester bedeutete, sich zu beeilen. Sie packten ihre Sachen in einen alten, mit Holzpaneelen verkleideten Kombi, Angeln und Gewehre waren oben auf einem Gestell befestigt. Sein Vater war ungeduldig. Ich bremste und sah Johnny mit gesenktem Kopf ins Auto steigen. Sein Vater setzte langsam aus der Auffahrt zurück. Johnny presste seine offene Handfläche gegen das Fenster. Sein Gesicht erzählte mir alles, ein Abschied für immer. Unser letzter Moment. Ich schaffte es nicht, das Auto zu erreichen, um meine Hand gegen die Scheibe zu pressen. Die Sonne blendete mich. Der Kombi fuhr davon und mit ihm der Traum eines jungen Mädchens.

Ich lag im hohen Gras von Thomas' Field und blickte in einen leeren Himmel. Überall ringsum war Leben, und doch fühlte ich mich seltsam unbewegt. Ich merkte, wie ich mich veränderte, Dinge, die mir einst lieb waren, verloren an Bedeutung und wichen neuen Belangen und Sichtweisen. Ich fuhr mit dem Rad die Straße entlang, in der Johnny gewohnt hatte, der Garten war inzwischen überwuchert, das Haus leer. Ich stellte mir Gespräche vor, die wir vielleicht geführt hätten. Jetzt führte ich sie mit mir selbst. *Hinterfrage alles* lautete mein Mantra, sicherlich beeinflusst durch meinen Vater, der jedes Argument von mehreren Seiten betrachtete. Seine Themen waren andere als meine, aber er verstärkte meinen Hang zum kritischen Hinterfragen, was ich als eine Art Erlaubnis verstand, die mir manchmal Ärger einbrachte.

Zunehmend mürrisch saß ich im Bibelkreis, geplagt von beunruhigenden Gedanken, und bildete mir meine eigene Meinung über die Auslegung der Heiligen Schrift. Ich hörte aufmerksam einem Ältesten zu, der die Apokalypse und die Schöpfung einer neuen Welt beschrieb, und plötzlich überwältigten mich erschütternde Bilder von Museen, Skulpturen und großer Architektur, ganz zu schweigen von Picassos Gemälden, alles in Flammen. Diese Gedanken arbeiteten in meinem Bewusstsein, gruben ein kleines Loch, störten meinen Schlaf. Ich zerbrach mir den Kopf über die Ästhetik der

Post-Apokalypse, die Ausstattung des Reiches Christi. Was geschieht mit der Kunst? Diese Frage bedeutete mir alles, auch wenn man mich deshalb verspottete. Ich war erschüttert, als ein angesehener Mann aus der Versammlung mich herablassend abtat.

Ein paar Tage später unterhielt ich mich wieder mit einem Ältesten und brachte meine Sorgen zum Ausdruck. Vielleicht war ich zu streitlustig, denn ich wurde schnell abgemahnt. Die hochrangigen Ältesten unserer Gemeinde infrage zu stellen, galt als inakzeptabel. Man erklärte mir, im Reich Christi gäbe es keinen Platz für Kunst. Doch ich wusste, woran ich glaubte. Ich glaubte an den Schöpfer, an die vielen Zungen der Natur, an die moralischen Lehren von Märchen, an die Sprache der Bäume und den Lehm der Erde. Ich glaubte an die Wollsammler, Seelenfänger und Mönche, die ihre physische Hülle verlassen und reisen konnten. Ich bemühte mich, eine Gleichung zu finden, die alles einschloss. Gott das unendliche Reich, Jesus die menschliche Brücke und der Künstler als diesseitiges Sprachrohr.

Nachts suchte ich nach einer Lösung; die Atmosphäre schien Botschaften der Vorfahren zu enthalten. Ich dachte an jene, die vor langer Zeit in den Himmel blickten und Konstellationen sahen, Bilder, erzeugt durch die menschliche Vorstellungskraft. Vielleicht waren jene, die den Blick für Bilder hatten, einige unserer ersten Künstler. Als Zeugin Jehovas hatte ich meinen Glauben in das neue System gesetzt, aber ich fragte mich, ob es nicht viele Systeme gab. Früher ging man davon aus, dass es nur einen Planeten gab, ein Sonnensystem, doch dann entdeckten wir viele. Ich fand, dass Künstler zu sein ein heiliger Beruf war, der große Opfer erforderte. Nach vielen schlaflosen Nächten traf ich die Entscheidung, meine Bibelstudien aufzugeben und nicht mehr in den Königreichssaal zu gehen. Gleichzeitig war ich mehr als dankbar für die intensive biblische Erziehung, die ich genossen hatte. Ich gab meine Religion auf – nicht ohne Bedauern und doch begleitet von einem Gefühl der Befreiung. Ich hatte meinen eigenen Weg gewählt, widmete mein jugendliches Ich der Kunst und nahm mir vor, mich auf das Leben einer Künstlerin vorzubereiten, die gelobte, ungeachtet der Konsequenzen standhaft zu sein.

Befreit von den Vorschriften der Religion, konnte ich mich geistig in alle Richtungen bewegen. Der Zopf des Denkens schien aus vielen ineinander verflochtenen Strängen zu bestehen, die alles enthielten. Die ganze Geschichte und das gesammelte Wissen warteten darauf, entdeckt zu werden, man musste nur den Code knacken. Das Antlitz Jesu, die Bundeslade, Gottes Telefonnummer, unentdeckte Gebiete des Universums und die fortdauernden Abenteuer fiktionaler Figuren. Wir werden mit einem Geist geboren, der für alles offen ist, ohne Angst, ohne bekannte Grenzen, doch mit jeder neuen Regel, jeder neuen Einschränkung spaltet sich dieser Geist. Wir lernen, wie im Zeitalter der Vernunft zu leben, in Beziehung zur Welt, zur sozialen Ordnung, im Gleichgewicht zwischen Vorstellungskraft und atembarem Reich. Ich war überzeugt, dass in meinen Büchern eine geheime Sprache zu finden war, die Weisheit und heilige Mysterien enthielt, und dass jene, die diese Bücher geschrieben hatten, sicherlich zumindest einige Buchstaben eines alten Alphabets beherrschten. Ich fühlte mich zu Büchern hingezogen, bevor ich ein einziges Wort lesen konnte, denn ich ahnte Erstaunliches. Obwohl ich viele Bücher gelesen hatte, war mir bisher nicht in den Sinn gekommen, den endlosen

Strom an Ideen, der durch meinen Kopf floss, aufzuschreiben. Die natürliche Rolle des Lesers; Bücher wurden von anderen geschrieben. Ich begann zu schreiben, aber nichts, was ich zu Papier brachte, verlieh meiner leuchtenden Innenwelt adäquat Ausdruck. Ich hatte meine Stimme noch nicht gefunden.

Eines Tages stieß ich zufällig auf *Der selbstsüchtige Riese* von Oscar Wilde, eine Geschichte, die im *Children's Digest* seltsamerweise als Märchen aufgelistet war. Aber sie war anders als alle Märchen, die ich gelesen hatte. Ich erlebte den gleichen ästhetischen Schock wie bei den Fotos in der *Vogue,* den Gedichten von Yeats und den Gemälden von Picasso. Ich las die Geschichte immer wieder und versuchte, ihre Einzigartigkeit zu erfassen. Und dann fiel es mir wie Schuppen von den Augen: Alles konnte ein Gedicht sein. Die stoischen Gebete der Gottesanbeterin, die wissenden Augen meines Hundes, der kratzende Stift. Die weiße Schlange rührte sich, und mit ihr flackerte die unsichtbare Silhouette eines Querbuckels auf, schimmernd in vielen Farben.

Mein Vater tauchte nach einem perfekten Kopfsprung auf wie ein mythologischer Gott, an seinen Brusthaaren klebten kleine Stücke roter Zeder. Er war ein wunderbarer Schwimmer, anmutig und athletisch. Wir machten unseren jährlichen Familienausflug. Statt ins Zeltlager zu fahren, besuchten viele der ärmeren Kinder unseres Viertels im Sommer die baptistische Bibelschule. Linda und ich rezitierten Bibelstellen und wurden anschließend mit Farmarbeitern in Busse getrieben. Stundenlang pflückten und aßen wir Blaubeeren in der schwindelerregenden Sonne und legten zwischendurch Pausen ein, um Wasser aus einem Schlauch zu trinken. Ich bewegte mich langsam, ärgerte mich über die Aufgabe und staunte über das Tempo der Arbeiter, die einen großen Korb schneller füllen konnten als ich ein Glas. Am Ende des Tages wurden wir ausbezahlt, ich verdiente nicht mal einen Dollar. Ich dachte, wir würden pro Stunde bezahlt, nicht pro Korb, und aß wahrscheinlich mehr, als ich pflückte.

Am Ende der Bibelschule bekamen unsere Familien einen freien Tag am Lake Centerton geschenkt. Wir rösteten Hotdogs und Marshmallows. Unsere Eltern saßen da und unterhielten sich, nicht über den Krieg, sondern über die Gegenwart, denn alle hatten Mühe, über die Runden zu kommen. Ihr heiteres Plaudern und Lachen vermischte sich mit dem Platschen der Taucher. Linda und ich saßen am Ufer des Sees. Während der Polio-Epidemie hatten wir nicht ins Wasser gedurft und folglich beide nicht schwimmen gelernt. Mir machte das nichts aus, denn ich hasste es, untergetaucht zu werden. Wir waren glücklich, dass wir unserer Familie diesen Tag schenken konnten, indem wir halbherzig die baptistische Bibelschule absolviert hatten. Linda und ich standen auf und folgten der Musik, die von der Jukebox aus dem Pavillon herüberwehte, und tanzten.

Wir tanzten alle gern, besonders zu den neuesten R&B- und Rock-'n'-Roll-Songs, denen es gelang, die Sehnsüchte der Jugend zum Ausdruck zu bringen. Das Jahr 1969 begann mit den Shirelles, die *Will You Still Love Me Tomorrow* sangen, einer der schönsten und umstrittensten Songs seiner Zeit. Er wurde von der katholischen Kirche verboten, erreichte aber dennoch Platz eins in den Charts, ein Novum für eine schwarze Frauenband. Es war die Zeit der großen R&B-Songs, die die volle Bandbreite jugendlicher Sorgen auf den Punkt brachten. Songs, zu denen man tanzen, weinen oder vor dem Spiegel posen konnte. Musik war unsere Rettung, sie sprach das Unaussprechliche aus. Wir waren ein Teil ihrer Entwicklung, das Radio unsere Lebensader.

Nach dem Ende der Sommerbibelschule wurden die Tanzabende im Zeughaus der Höhepunkt der Woche. Das Geld für zwei Stunden Babysitten reichte für den Eintritt und eine Limo. Die Mädchen brauchten ewig, um sich vorzubereiten, und vollzogen oft erstaunliche Wandlungen. Ich hatte keine Lust, ein maskenhaftes Make-up zu tragen, mein Haar zu toupieren und zu besprühen, zu kokettieren oder Spielchen zu treiben, was mich in den Augen der Jungs vermutlich uninteressanter machte. Aber ich ging gern tanzen. Ein paar Stunden lang Platten auflegen, Jungs auf einer Seite, Mädchen dicht zusammengedrängt auf der anderen, meistens tanzten Mädchen mit Mädchen. Tanzen war der Stolz von South Jersey. Wir waren die besten Tänzer, auch ich war ziemlich gut, nicht die Beste, aber auch nicht übel. Irgendwann kamen sogar Jungs aus South Philadelphia. Die meisten trugen Lederjacken, aber einer, der sehr still war, hob sich vom Rest ab. Er trug einen Mantel, lehnte an der Wand, beobachtete nur. Kein offizieller Anführer, aber definitiv jemand, der sich nichts sagen ließ. Er hieß Butchy Magic, das Gesicht meiner frühen Teenagerfantasien.

Er kam nicht regelmäßig zu den Tanzveranstaltungen, und ich lebte für die wenigen Stunden, die ich in seiner Nähe verbringen konnte. Ich dachte so oft an ihn, dass ich das Gefühl hatte, er könnte mich durchschauen und wüsste, wie es um mich stand. An einem Sommerabend nahm ich, inspiriert von Li'l Abner, meinen ganzen Mut zusammen, veranstaltete meinen eigenen Sadie Hawkins Day, ergriff die Initiative und forderte ihn zum Tanzen auf. Tut mir leid, ich tanze nicht, mehr sagte er nicht. Ich lächelte und ging weg, etwas verlegen vielleicht, aber nicht entmutigt. Ich tanzte allein. Plötzlich spürte ich eine allgemeine Unruhe und beschloss, nach draußen zu gehen, frische Luft schnappen. Als ich mich der Tür näherte, brach plötzlich ein Tumult los. Ich drehte mich um, und im selben Augenblick schlug jemand mit einer Lederjacke nach einem Hornissennest in einem niedrigen Dachsparren direkt über mir. Das Nest fiel mir vor die Füße, und die aufgescheuchten Hornissen schwirrten aufgeregt um mich herum. Dann ging alles sehr schnell. Ich wurde mehrfach gestochen und war so geschockt, dass ich mich nicht rühren konnte. Einige schrien, und die Jungs aus Philly suchten massenhaft das Weite. Ich stand wie erstarrt da, mit einer Hornisse am Hals, während alle panisch an mir vorbeirannten. Plötzlich war er da, direkt vor mir, sah mir in die Augen, als befehle er mir, stillzuhalten. Den Blick auf mich gerichtet, zog er langsam die Hornisse samt Stachel aus meinem Hals, legte sie in sein Taschentuch und ging ohne ein Wort davon.

Genau danach sehnt sich der Schriftsteller, in einem Café in den frühen Morgenstunden, im leeren Salon eines Hotels oder schreibend auf der Bank in einer stillen Kathedrale. Ein plötzlicher Lichtstrahl, der die Schwingungen eines bestimmten Augenblicks in sich birgt. Johnny Stahl, der mir den Schnürsenkel bindet. Butchy Magics Finger, die den Stachel herausziehen. Die unbefleckte Erinnerung an unerwartete freundliche Gesten. Sie sind das Brot der Engel. Der Stift fällt aus der Hand, ich berühre imaginäre Wunden. Die Jungs aus Philly kehrten nie zurück. Als ich fünfzehn war, erfüllte das Gesicht eines anderen meine heimlichen Fantasien. Die Engel servierten eine neue Portion; ich entdeckte Arthur Rimbaud.

An Samstagvormittagen saß ich Modell an der Philadelphia Academy und erhielt als Gegenleistung dafür Zeichenunterricht. Gegenüber vom Busbahnhof gab es einen Stand mit Büchern für 99 Cent. Ich durchforstete ihn wie gewohnt und fühlte mich angezogen vom Gesicht des jungen Dichters auf dem Cover von *Illuminationen*. Nachdem ich ein paar Zeilen gelesen hatte, war ich von seinen Worten ebenso betört wie von seiner unverschämten Schönheit. Da ich keinen Dollar hatte und auch nicht bereit gewesen wäre, mich von ihm zu trennen, steckte ich das Buch in meine Tasche, eine Tat, die ich nicht bereute. Obwohl sein Werk ziemlich unzugänglich war, bot es eine neue poetische Sprache. Ich suchte in der hiesigen Bibliothek nach weiteren Werken von ihm und entdeckte *Eine Zeit in der Hölle*. Dieses Prosagedicht berührte mich zutiefst.

Eine Zeit in der Hölle ist sowohl schändliches Geständnis als auch Dichtung. Rimbaud räumt seine scheinbar übernatürliche Macht über die Sprache ein und offenbart zugleich einen leidenschaftlichen Selbsthass. *Du sollst Hyäne bleiben,* schreibt er und reißt sich selbst entzwei in seinem inneren Bürgerkrieg. Ich erkannte eine nachvollziehbare Dualität, bei der das Dämonische Hand in Hand mit dem Wohltätigen ging. Ich war verblüfft, dass er mit kaum neunzehn sein Leiden auf die Seiten eines Buches gebannt hatte. Ich wollte glauben, dass sein Geständnis ihn von seinem inneren Aufruhr befreite, und ich versuchte, ihm auf seinem erschütternden geistigen Weg zu folgen.

Dann, an meinem sechzehnten Geburtstag, schenkte mir meine Mutter eine Ausgabe von *Das fabelhafte Leben des Diego Rivera*. Ich hatte noch nie die Biografie eines Künstlers gelesen, und die Wirkung auf mich war tiefgreifend, ich kam mir vor wie von Pfeilen getroffen, wenn auch nicht von vergifteten. Ich folgte seinen irdischen Abenteuern und vielen Phasen, was er von Picasso lernte und an ihm ablehnte, sein politisches Engagement sowie das kulturelle Erbe und die Charakteristika seines Heimatlandes. Mich faszinierten die Bilder der einflussreichen Frauen in seinem Leben, das starke maskuline Gesicht von Guadalupe Marín und der revolutionären Künstlerin Frida Kahlo. Das Buch war ein Beweis für die Hingabe, die harte Arbeit und die visionäre Integrität eines Künstlers, die auch ich mir zu eigen machen wollte.

Meine Mutter hatte keine Ahnung, wie ich auf ein solches Buch oder auf andere wundersame Dinge reagieren würde, die sie mir arglos schenkte. Sie bemühte sich, mich im Zaum zu halten, und besorgte mir dennoch unwissentlich die Handbücher zur Flucht. Erst *Silver Pennies,* dann *Diego Rivera* und später *Another Side of Bob Dylan*. Sie entdeckte die Platte in einer Krabbelkiste in einem Drugstore und kaufte sie für nicht mal einen Dollar, weil er angeblich ausgesehen hatte wie jemand, der mir gefällt. Mit siebzehn war es ein nahtloser Übergang von Rimbaud zu Bob Dylan. Noch einer, der die geheiligte Poesie neu erfand. Selbst ihre engelhaften und zugleich trotzigen Gesichter spiegelten einander wider. Ich war sicher, dass *A Hard Rain's A-Gonna Fall* von *Nach der Flut* in *Illuminationen* profitierte, und ich konnte mir gut vorstellen, wie Rimbaud auf einer Wiese döste und *It's alright, Ma (I'm Only Bleeding)* hörte. Die Texte beider Dichter schienen für den Stamm der schwarzen Schafe geschrieben, für Außenseiter, die versuchten, in der ihnen zugeteilten Zeit zu existieren. Beide Dichter schienen wie gefangen in einer statischen Gegenwart, während sie zugleich zukünftige Signale wahrnahmen, die sich entfalteten und überlagerten.

An den Hochschulen, darunter auch das Lehrer-College, das ich besuchte, saßen die Studenten an langen Tischen und nahmen Rimbaud auseinander oder analysierten die Stücke auf dem Album *Highway 61 Revisited*. Ich schloss mich ihnen nicht an, ihre Methoden der Decodierung interessierten mich nicht. Niemand konnte genau sagen, worauf Rimbaud oder Dylan in den Tiefenschichten der *Alchimie des Wortes* oder von *Desolation Row* abzielten. So wie nur Johannes von Patmos, trotz tausend Interpretationen, die Offenbarung vollständig kennen konnte. Ich verfolgte ehrgeizigere Ziele, als mich in Spekulationen darüber zu ergehen, worum es in diesem Gedicht oder jenem Song ging. Ich brannte darauf, einzutauchen in ihre neu entdeckte Sprache, genauso wie ich früher unbedingt von der weißen Schlange essen wollte, um die Sprache der Vögel zu verstehen oder in den Zungen heimgesuchter Apostel zu reden. Der Offenbarer besaß den apokalyptischen Schlüssel so wie Rimbaud die Schlüssel zum wilden Zirkus. Was, wenn die gleichen Schlüssel auf mystische Weise in Bob Dylans heilige Hosentasche gelandet wären, und nach einer Weile wäre ihm einer aus der Tasche gerutscht. Möge ich ihn im Staub finden, zertrampelt von tausend Hufen, den neuen Silberpenny.

Mit der Zerschlagung der Unschuld werden Peter Pan, Lumpen-Ann und Smokey Bär in ein staubiges Refugium verbannt. Kein Geld der Welt kann uns das Spielzeugland zurückkaufen. Die Schwelle ist voller Kerben, die wir unfreiwillig selbst geschnitzt haben. Mit neunzehn, in meinem dritten College-Jahr und ziemlich unerfahren, wurde ich schwanger. Im Bewusstsein der hart urteilenden Gesellschaft und der vielen Herausforderungen, die auf mich zukamen, unternahm ich die ersten schmerzhaften Schritte in Richtung der schwierigsten Entscheidung meines jungen Lebens. 1966 haftete unverheirateten Müttern noch immer ein schreckliches Stigma an, und ich verbrachte ohne das Wissen meiner Familie jede wache Stunde damit, mich um das Wohlergehen des Ungeborenen zu kümmern.

Ich betete, dass ich die richtige Entscheidung getroffen hatte, und rief die Familie zusammen, um sie über meine Lage zu informieren. Meine Eltern hatten darauf vertraut, dass ich das Lehrerstudium abschließe, eine Stelle finde und die Familie unterstütze. Mir graute davor, ihre Erwartungen zu enttäuschen, doch ich vertraute auch auf ihre Rücksicht und Toleranz. Es ist unmöglich, all die widersprüchlichen und belastenden Gefühle zu vermitteln, die meiner Beichte vorangingen. Ich stand vor ihnen und dachte an die Opfer, die sie gebracht hatten, an ihre Unterstützung, an die Krankheiten, durch die sie mich gebracht hatten. Ich bin schwanger, sagte ich. Ich habe die Verantwortung dafür übernommen und eine gute Familie für das Kind gefunden. Wenn ich nach der Geburt keine Arbeit finde, werde ich gehen. Ich stand in der schweren Atmosphäre des fassungslosen Schweigens meiner ungläubigen Eltern. Mein Bruder zerdrückte seine Zigarette. Das wollte ich euch mitteilen, sagte ich und wandte mich unwillkürlich an Todd, der immer zu mir aufgeblickt hatte. Ich bin schwanger, wiederholte ich, und was denkt ihr jetzt von mir? Doch bevor jemand etwas sagen konnte, ergriff Todd das Wort. Zu unser aller Bestürzung offenbarte er, dass auch er in einem großen persönlichen Dilemma steckte. Er gestand, dass er seit Jahren heimlich Frauenkleider anzog und dass alle fehlenden Teile unserer armseligen Garderobe in seinem Schrank lagen, versteckt unter seinen Baseballsachen und Comicheften. Er drehte sich um und sah uns alle direkt an, Linda, die mitfühlend schwieg, unsere weinende Mutter, unseren philosophischen und zugleich gebrochenen Vater, dann fixierte er mich. Ich bin halb Frau, halb Mann. Ich bin ein Transvestit, sagte er. Und was denkt ihr jetzt von mir?

Er hielt den Kopf für mich hin und lenkte von meiner Schande ab. Vielleicht hatte ich eine Tür für ihn geöffnet, aber ich konnte den Schmerz seines Konflikts nicht ganz begreifen, wie sehr er gelitten hatte und wie er seine Zukunft gestalten würde. Ich hatte nicht den geringsten Zweifel, dass mein Ritter, egal wie gekleidet, immer zur Stelle wäre, um mir den Weg freizuräumen.

Wir lassen alle Gedanken an Landkarten zurück, entfernen den Kompass aus unserer Weste und befahren ein fremdes Meer. Wir trennen uns und beginnen in einer neuen Welt, die sich kartografisch nicht erfassen lässt. Wir stecken unsere Talismane ein, bekennen uns zu schmerzhaften Schritten, bauen flink ein fragiles Uhrwerk wieder zusammen. Die Sanduhr kippt erneut, und die Körner ergießen sich über verschwundene Wege. Um der Einziehung zuvorzukommen, meldete sich Todd bei der Navy. Als der Unabhängigkeitstag näher rückte, band ich mir die Haare zum Pferdeschwanz, zog meinen Mantel an und ließ meine Familie zurück, mein Studium, das Kind, das ich geboren hatte, und das Brombeergestrüpp von Gottes Wohnstätte am Rand von Thomas' Field, um ein Gelübde einzulösen, das ich seinerzeit, kaum dreizehn Jahre alt, umgeben von Picasso-Bildern, im Stillen abgelegt hatte.

Mein Liberty-Kleid

art/rats

Ah! Unsere Knochen haben sich das Fleisch
eines neuen Liebeskörpers angezogen.

Arthur Rimbaud

Mit meinem karierten Koffer trat ich aus dem Busbahnhof Port Authority. Mein größter Wunsch war, Künstlerin zu werden. Vielleicht fehlten mir die nötigen Fähigkeiten, doch ich hatte den Willen, sie zu entwickeln, denn ich glaubte an meine Berufung und suchte unbeirrbar nach Arbeit. Es war über mich gekommen wie eine rauschhafte Lähmung. Mit meinen jugendlichen Gelübden war kein Faust'scher Pakt verbunden, keine dunklen Kräfte und auch keine Erwartungen an göttliche Elemente. Als ich mich entschied, Künstlerin zu werden, war mir klar, ich würde auf mich allein gestellt sein, hoffte aber insgeheim auf einen Gefährten, und die Vorsehung führte mich zu ihm.

Er war ein amerikanischer Junge, aufgewachsen in einer katholischen Familie mit militärischem Hintergrund. Er hatte als Ministrant gedient, in der Schule geglänzt, Saxofon in der Marschkapelle gespielt und ein ROTC-Stipendium (Reserve Officer Training Corps) erhalten, um Grafik am Pratt Institute in Brooklyn zu studieren. Seine Mutter, die ihn sehr mochte, hatte große Hoffnungen, dass er in den Priesterstand eintreten würde. Sein Vater jedoch hatte ihn fürs Militär auserkoren und stellte sich vor, sein Sohn würde in den Rängen aufsteigen und könnte notfalls auf eine kommerzielle Kunstausbildung zurückgreifen. Er hatte blasse Haut, grüne Augen und dunkles lockiges Haar, kurz geschnitten, wie beim Militär. Er war leicht o-beinig und hatte den natürlichen Gang eines Matrosen. Da er die Laufbahn akzeptierte, die sein Vater für ihn gewählt hatte, wurde er mit einer Wohnung, glänzenden kniehohen Lederstiefeln und einem großzügigen Stipendium belohnt. Im Pratt erwies er sich als außergewöhnliches Zeichentalent, und eine Zeit lang ging er den erwarteten Weg. Niemand ahnte, dass ein anderes Ich in ihm heranwuchs.

Im Alter von zwanzig Jahren legte Robert Mapplethorpe seine Roben, sein Saxofon, seine Stiefel und sein Gewehr ab. Er hatte mit LSD experimentiert. Als er in den Spiegel schaute, sah er weder einen Priester noch einen künftigen Offizier. Er sah sich selbst. Der zeitweilige innere Aufruhr, den er sein Leben lang gespürt hatte, ließ sich nun nicht mehr leugnen. Dieser Aufruhr war Kunst. Eine Berufung. Als er in diesen Spiegel blickte, legte er sich augenblicklich fest, und ebenso schnell waren alle Sicherheiten weg. Sein Stipendium, seine Wohnung, sein Taschengeld, seine glänzenden Stiefel und, am tiefgreifendsten, die Akzeptanz seines Vaters. Er schaute nicht zurück und trat in eine neue Welt.

Eine Zeit lang kam er in einem kleinen leer stehenden Zimmer bei einem Freund unter. Er schlief auf einem schlichten weißen Bett aus Eisen, umgeben von seinen Mappen. Er schlief wie Eros, den Bogen nah bei sich, nackt und ohne Decken. Das war der junge Mann, der mir im Sommer der Liebe begegnete. Ich fand den Weg zu ihm, und er öffnete die Augen und lächelte.

Wir retteten uns gegenseitig. Er war verstoßen und enterbt worden. Ich trug die emotionalen und physischen Narben einer schwierigen Kindsgeburt. Wir waren einander Rettungsanker und glaubten an die Gelübde, die wir uns gegeben hatten. Ich schenkte ihm einen silbernen Ring mit einem Anker; er schenkte mir einen goldenen mit einem kleinen Stein von der Farbe seiner Augen. Da wir wenig Geld hatten, gingen wir abends selten aus. Wir hörten Tim-Buckley-Platten und sahen uns Bücher über Picasso und den Surrealismus an. An regnerischen Abenden, wenn wir träge beieinanderlagen, erzählte ich ihm Geschichten oder sang ihm etwas vor, und er setzte sich irgendwann auf, um eine zu rauchen, das Laken bis zur Hüfte gezogen. Manchmal sah ich die wechselnden Identitäten meines Künstlers aufblitzen: ein zerbrechlicher Matrose, eine flüchtige Kokette oder eine junge Geisha mit einem Hauch Rouge auf den Lippen. Vielleicht spürte er eine Dualität in mir, den Tomboy, der alles Mädchenhafte ablehnte, sich aber insgeheim ein Kommunionkleid mit Schleier gewünscht hatte. Am Palmsonntag schenkte Robert mir eine andere Art weißes Kleid, ein zerfleddertes Ding aus Taschentuchleinen, ein viktorianisches Teekleid. Ich zog es an und nannte es mein Freiheitskleid, denn es erinnerte mich an das Kleid der Frau, die die Flagge der Julirevolution in dem Gemälde *Die Freiheit führt das Volk* von Delacroix trägt.

Dasselbe Kleid betrachte ich jetzt, zusammengesteckt, über hundert Jahre alt, schon fadenscheinig, als Robert es auf einem der vielen Flohmärkte entdeckte, die es 1968 gab. Man fand dort alles Mögliche: Hemden mit Monogramm, Kaschmirmäntel, die feinsten Laken, seidene Regenmäntel, Tafelsilber, Porzellantassen und -unterteller, Samtstoffe mit Fransen, sepiafarbene Postkarten aus Europa vor dem Krieg. Robert und ich verbrachten Stunden in solchen Läden, da wir wenig oder kein Geld hatten, das wir ausgeben konnten. Doch eines Tages ging er ohne mich los, auf der Suche nach einem Geschenk, das er sich nicht leisten konnte. Es liegt in einem kleinen Louis-Vuitton-Koffer mit kaputtem Verschluss, ebenfalls ein Fundstück in einem Secondhandladen, vor Jahrzehnten auf der Bowery. Es ist verfärbt wie die Wandbilder im alten Caffè Dante in Florenz, verfärbt durch Jahrzehnte von Rauch. Verfärbt durch Liebe und Nachlässigkeit, Spuren von verblichenem Blut, verrosteten Sicherheitsnadeln. So viel Hoffnung und Arroganz in einem Kleidungsstück, so dünn, dass man kaum von Stoff sprechen kann, gefaltet wie ein Origami-Schwan.

Robert und ich tauchten aus unserem romantischen Kokon in Brooklyn auf und traten durch das Portal des Chelsea Hotels. Wir ertrugen unsere Prüfungen, erlebten gemeinsam den Wechsel des Jahrzehnts und stellten uns mutig den Siebzigern. Auch wenn wir irgendwann unsere eigenen Wege gingen, kappten wir nie den goldenen Faden unserer Verbindung. Robert stürzte sich in die Fotografie, mit dem Bestreben, die Grenzen der üblichen Themen und Motive in der Kunst zu erweitern. Schon bald lernte er seine große Liebe und seinen Förderer Sam Wagstaff kennen, der seine Arbeit überaus schätzte. Unser Zimmer war zu klein, um darin zu arbeiten, deshalb saß ich oft in der Lobby des Chelsea, wo ich schrieb, las und Leute beobachtete. Ich begegnete dort vielen Musikern und Schriftstellern, darunter der einflussreiche Künstler Bob Neuwirth, Bob Dylans Sidekick in *Don't Look Back*. Er las meine Gedichte, stellte mich Künstlern und Musikern vor und drängte mich, Lyrics zu schreiben.

Im Chelsea herrschte damals ein reges musikalisches Treiben. Robert blieb in einem Loft in der Nähe. Ich lebte weiterhin im Hotel mit meiner abenteuerlichen neuen Liebe, dem Dramatiker Sam Shepard. Er nahm ein paar meiner frühen Balladen in sein Stück *Mad Dog Blues* auf. Als sich mir die Gelegenheit bot, meine Gedichte im Vorprogramm einer Lesung von Gerard Malanga in der St. Mark's Church vorzutragen, wollte ich etwas Neues probieren. Sam schlug vor, ich solle mir einen Gitarristen suchen, der es mit der Energie meiner Gedichte aufnehmen könne, und die Idee begeisterte mich. Ich hatte gerade den Autor Lenny Kaye kennengelernt, der bei Village Oldies arbeitete und erwähnte, er spiele ein bisschen Gitarre. Von Sam ermutigt, ging ich in den Plattenladen zurück und engagierte ihn. Lenny zögerte nie: Wenn ich mir einen Autounfall vorstellte, spielte er einen, wenn ich einen schlichten Blues singen wollte, zupfte er die Akkorde. Unser Auftritt in der St. Mark's Church zog erstaunlicherweise viel Aufmerksamkeit auf sich, positive wie negative, und führte zu einem Angebot von Steve Paul, dem Gründer des berüchtigten Klubs The Scene und Manager von Johnny Winter. Er wollte mich als Debütkünstlerin für sein neues Plattenlabel Blue Sky, sah in mir eine rohe, weniger geleckte Version von Cher. Er bot mir viel Geld, bestand aber auf die volle Kontrolle über mein Image und meine musikalischen Mitstreiter. Ich fühlte mich geschmeichelt, dachte aber nicht daran, einer solchen Vereinbarung zuzustimmen, und ging meinen eigenen Weg.

Im Frühjahr schrieben Sam und ich das Stück *Cowboy Mouth*. Die Premiere sollte im American Place Theatre stattfinden, mit Sam und mir in den Hauptrollen. An einer Stelle wollte Sam, dass unsere Figuren einen Streit in poetischer Sprache improvisieren. Ich hatte noch nie auf der Bühne improvisiert, aber Sam beruhigte mich und sagte, ich könne gar nichts falsch machen. Seine Methode war einfach, aber unvergesslich: Wenn du einen Beat auslässt, erfinde einen neuen. Ich nahm mir die Lektion zu Herzen, denn sie war ein unschätzbares Mantra und hilfreich bei allen künftigen kreativen Versuchen. Ich hatte das Glück, das Chelsea irgendwann mit einigen aufrichtigen Ratschlägen ausgerüstet zu verlassen. Sam hatte mich ermutigt, Mauern niederzureißen, und William Burroughs brachte mir bei, meinen Namen zu schützen und ihn rein zu halten.

1973 zog ich in eine kleine Wohnung in der MacDougal Street gegenüber vom Kettle of Fish, der Bar, in der einst auch Kerouac oft zu Gast war. Es war eine rasante Zeit. Tagsüber arbeitete ich stundenweise in Buchläden, abends saß ich auf dem Fußboden meiner Wohnung und schrieb, dann trieb es mich weiter, ich heftete große Papierbögen an die Wand und zeichnete mit einem Selbstvertrauen, das an Arroganz grenzte. Meine Arbeit wurde zunehmend physisch, die Gedichtzeilen liefen über die Ränder hinaus auf den Putz. Ich spie meine Gedichte aus, während sich ein etwas skurriles Manifest in meinem kleinen Universum ausbreitete: *we are art/rats, filthy pups, words we use up*.

Eines Vormittags kam Robert mit einigen Peyote-Knöpfen vorbei, eingewickelt in ein Taschentuch. Ich zögerte, eine heilige Droge zu missbrauchen, doch ich vertraute Robert, und wir teilten sie uns. Die Zeit wurde bedeutungslos, der Vormittag verschmolz mit dem Abend. Wo warst du?, fragte er. Ich hatte einen hohlen Berg betreten, der keinen Gipfel hatte, und ein prächtiger Vogel erschien, der ins Weiße überging. Der Vogel flog in die Höhe, und sein edler schneeweißer Kopf wurde zum Gipfel, ich konnte das Innere und Äußere sehen. Zweiundfünfzig Sterne fielen, Gesichter des Schicksals, die sich in Spielkarten verwandelten. Und was hast du gesehen?, fragte ich. Robert lächelte. Hier, das hab ich für dich gemacht, und er reichte mir einen Talisman, ein langes Stück Rohleder mit eingeknoteten Glasperlen, ein Cowboy-Rosenkranz.

Wir gingen die Bleecker Street entlang zum Pink Tea Cup. Robert bestellte Pfannkuchen, ich Wels mit Maisgrütze und schwarzen Kaffee. Ich erinnere mich noch, gedacht zu haben, dass er selbst unter dem Einfluss einer heiligen Droge der Künstler war und ich die Geschichtenerzählerin. Niemand denkt so wie wir, sagte er und verschwand in der Nacht. Ich hängte den Cowboy-Rosenkranz an einen Nagel neben meinem Bett.

Abends saß ich auf der Feuertreppe, immer mit einem Buch auf dem Schoß, und las Mrabet, Genet, Cossery oder Paul Bowles. Hoch über dem geschäftigen Treiben hielt ich Ausschau nach unseren modernen Engeln. Die Kunst hatte uns die frühesten Bilder von ihnen beschert, androgyne Flügelwesen auf Tuchfühlung mit Gott. Ein Engel erschien Hagar mit einer Verheißung, Maria mit einer Verkündung und Johannes mit der Offenbarung. Bestimmt weilten sie noch unter uns, aber würden sie auch jetzt noch zu uns sprechen? Wir wollten die Zeit zurückbringen, in der alle Bereiche der

Erkenntnis gegenwärtig waren, nicht beschränkt in Raten, sondern frei zugänglich in der Luft, die wir atmen.

Ich hatte wiederkehrende Visionen von Nomaden, Wüsten und Olivenhainen. Ich machte mir Couscous und schlief in meiner Djellaba aus Musselin, die ich in einem kleinen marokkanischen Laden um die Ecke gekauft hatte. Ich hörte Patty Waters, Albert Ayler und Pearls Before Swine. Ich tanzte allein zu den Rolling Stones und Velvet Underground. Damals war ich glücklich, alles schien möglich. Ich trat im La MaMa auf und spielte in Sam Shepards Einaktern. Ich stand gern auf der Bühne, war mir aber sicher, keine Schauspielerin zu sein. Ich war es bald leid, Abend für Abend dasselbe Stück zu spielen und die Worte anderer aufzusagen. Lieber wollte ich meine Texte selbst schreiben und sprechen. Ich schrieb Kritiken über Platten, die mir gefielen, und arbeitete weiter im Buchladen von Scribner. In den Mittagspausen besuchte ich oft Andreas Brown, den Besitzer des Gotham Book Mart. Er fand Gefallen an meiner Arbeit, veröffentlichte ein kleines Buch mit meinen Prosagedichten und präsentierte meine erste Ausstellung von Zeichnungen in seiner kleinen Galerie.

Im Chelsea Hotel hatte ich viele Dichter und Musiker kennengelernt. Ich sah mir ihre Auftritte in St. Mark's an und wurde eingeladen, mit Jim Carroll und Allen Ginsberg aufzutreten. Ich hatte Glück, mit diesen zwei großartigen Dichtern zu lesen, doch das genügte mir nicht, ich wollte mehr. Ein Freund stellte mich dem brillanten und vielseitigen Sandy Bull vor; als Teenager hatte ich stundenlang sein Album *Fantasias* gehört. Wir beschlossen, in einem kleinen Jazzklub gemeinsam etwas auszuprobieren. Ich las ein langes Stück mit dem Titel *All the hipsters go to the movies*, das ich nach der Hälfte abbrach und dann nur noch riffartige Phrasen über seine vertrackten Themen auf der Oud setzte. Es war eine beglückende Erfahrung. Er hatte mich inspiriert und herausgefordert. Da ich eine positive Eigendynamik spürte, machte ich auf gut Glück meine ersten Schritte in die Öffentlichkeit. Ich sprach oder sang meine Gedichte, oft begleitet von Lenny Kaye auf der E-Gitarre, in Kunstgalerien, Bibliotheken, auf Dachterrassen und sogar in einem Planetarium.

Du bist nicht Herr deiner selbst, schrieb Hermann Hesse. Ich dachte lange darüber nach und kam zu dem Schluss, dass es vielleicht stimmt, aber ich bin Herrin über meine eigene Arbeit. In meinem Kopf blieb Bob Dylan mein Vorbild, es gab niemanden, mit dem ich mich stärker identifizierte: seine Sprache, seine Art zu gehen, sein *Tarantula*-Aussehen, die Hemden mit Druckknopfkragen, die dunkle Sonnenbrille. Aber kein einziges Mal fühlte ich mich wie er, ich fühlte mich immer wie ich selbst. Und es gab Zeiten, in denen ich mich mit niemandem identifizierte. Ich lebte meine persönliche Grunge-Phase aus, Strickweste über Vintage-Kleider. Ich schlüpfte in meine Kampfstiefel, ging mit großen Schritten über den Washington Square und fragte mich: Wie soll ich meine Seele formen?

Lenny und ich gewannen eine kleine, treue Fangemeinde, als wir sporadisch unsere Mischung aus Poesie, drei Akkorden und herrlichem Krach darboten, eine Zusammenarbeit, die uns beiden gefiel. Rimbaud diente uns als spontane Direktive, und da wir den hundertsten Geburtstag der Veröffentlichung von *Eine Zeit in der Hölle* würdigen wollten, verspürten wir das Bedürfnis, uns musikalisch zu erweitern, und suchten einen Pianisten als Begleitung. Danny

Fields, der ein Auge für musikalische Partnerschaften hatte, schickte uns Richard Sol. Richard war jünger als wir, mit langen blonden Locken wie Tadzio in *Tod in Venedig*. Er war intuitiv, klassisch ausgebildet und spielte Mendelssohn, Musical-Nummern und Drei-Akkorde-Rock gleichermaßen unbekümmert. Mit Lenny Kaye und Richard Sohl fand ich zu meiner eigenen Stimme, durch die beiden wurde sie noch stärker. Ich konnte endlos auf Richards rhythmischen Akkordfolgen dahingleiten, während Lenny frei darüber improvisierte. Wir wurden zu einer Einheit, einem Dreier-Knäuel, wie Lenny sagen würde.

1974 suchten wir nach Gleichgesinnten und fanden sie in Tom Verlaine und Richard Hell, beide Dichter, die die Gruppe Television bildeten. Sie hatten das CBGB entdeckt, eine ungenutzte schäbige Bar auf der Bowery, und der Besitzer Hilly Kristal erlaubte ihnen, eine kleine Bühne aufzubauen. Es gab keine Regeln, außer frei zu sein, ohne materielle Erwartungen. Wir strebten alle nach dem Neuen, verschmolzen Poesie und Rock, ehrlich bis auf die Haut, ohne Kunstgriffe. Auf der Suche nach Erleuchtung werden wir vielleicht beschmutzt, die Suche nach Schlichtheit hingegen wirkt reinigend; wir wollten beides.

Ich fühlte mich angezogen von Tom Verlaine, diesem fahrigen Zeichentrickengel, der vielleicht begabteste und schönste. Doch die Jugend ist von sich aus schön, und selbst durch einen fleckigen Schleier der Unvollkommenheit lässt sich etwas entdecken, das aufmerken lässt. Wenn ich zurückschaue, ist es atemberaubend, welches Tempo die wachsende Szene vorlegte, diese Kunstratten, die das Erbe der Kultur zuerst umhegten und dann zerlegten, wie sie in die Zukunft rasten mit ihrer produktiven Energie.

Anfang Juni gingen Richard, Lenny und ich ins Electric-Lady-Studio an der West Eigth Street, nur ein paar Blocks von meiner Wohnung entfernt. In den 50er- und frühen 60er-Jahren war es die Straße der Künstler. Hans Hofmann hatte im selben Gebäude unterrichtet, in dem Jimi Hendrix sein Studio einrichtete, und auf der anderen Straßenseite waren die Ateliers von Jackson Pollock und Lee Krasner. Wir nahmen unsere erste Single auf, *Hey Joe* in der Hendrix-Version und *Piss Factory,* ein Rap, der von den schlimmen Bedingungen handelt, die ich als nicht gewerkschaftlich organisierte Fabrikarbeiterin in South Jersey erlebt hatte. Robert finanzierte uns voller Stolz drei Stunden Studiozeit, Lenny produzierte, und Tom Verlaine brachte auf *Hey Joe* seinen ganz eigenen, revolutionären Gitarrenstil mit ein. Die Single wurde in Philadelphia gepresst, und wir verkauften sie für zwei Dollar auf der Straße, im Washington Square Park, im Gotham Book Mart und auf den Stufen des Metropolitan Museum of Art. Im August spielte unser Trio zusammen mit Television zwei Wochen lang im Max's Kansas City, wo ich Velvet Underground zum ersten Mal gesehen hatte. Richard steckte einen Vierteldollar in Max's Jukebox und wählte *Piss Factory*. Wir waren alle unheimlich stolz.

Es gab weder einen Plan noch ein Konzept, nur einen organischen Umbruch, der mich vom geschriebenen zum gesprochenen Wort führte. Von der Einsamkeit zur Zusammenarbeit. Vom Chelsea zum Caffè Dante zur Kleinkunstbühne. Aus einer Sache ergab sich die nächste. Jane Friedman, die Chefin von Wartoke Concern, wurde unsere inoffizielle Managerin. Sie stellte uns einen Proberaum hinter dem alten Victoria Theatre auf der Westseite des Times Square zur Verfügung, dem Herzen von New York. Lenny,

Richard und ich hatten nun einen eigenen Ort, um an neuem Material zu arbeiten. An Rimbauds Todestag präsentierten wir Rock 'n' Rimbaud III im Roosevelt Hotel neben dem Grand Central Terminal, mit einem Gastauftritt von Sandy Bull. Trotz der ungewöhnlichen Location standen die Leute um den Block Schlange und bestätigten unsere rätselhafte, aber wachsende Popularität. Danach flogen wir mit Jane Friedman an die Westküste, spielten in Klubs und Bars und würdigten Rimbaud bei Rather Ripped Records, einem Plattenladen in Pittsburgh. Unsere Gefolgschaft wuchs schnell, ebenso wie unsere musikalischen Ideen. Wir fanden, es war an der Zeit, uns zu erweitern.

Mitte Dezember gab es heftige Regenfälle. Wir suchten nach einem Gitarristen/Bassisten und luden zum Vorspielen in unseren Proberaum ein. Wir wollten jemanden, der so klang wie wir und der nicht versuchte, uns in eine konventionellere Richtung zu drängen. Ivan Kral, ein aus der Tschechoslowakei geflohener, begabter Musiker, stach aus allen anderen hervor, die größtenteils keine Lust hatten, in einer Band mit einer Frau als Chefin zu spielen. Er war fleißig und sympathisch und passte perfekt zu uns. Unsere Proben bestanden teilweise aus einem stundenlangen Mix aus Poesie und drei Akkorden, was mir die Möglichkeit bot, meine Riffs zu entwickeln und dabei zu tanzen. Unser erster Auftritt als Quartett war im Main Point, außerhalb von Philadelphia, als Vorgruppe von Eric Burdon. Es war uns allen eine Ehre, vor dem Sänger der Animals zu spielen.

Am ersten Frühlingstag taten wir uns für ein fünfwöchiges Engagement im CBGB mit Television zusammen. Wir spielten von Donnerstag bis Sonntag, zwei Sets pro Abend, einschließlich Ostern und Karfreitag. Nachdem wir bisher nur Einzelkonzerte gespielt hatten, bekamen wir durch dieses geballte längerfristige Engagement die Möglichkeit, uns auf der Bühne in Echtzeit weiterzuentwickeln. Die kleine Bar mit dem Billardtisch und den mit Graffitis beschmierten Toiletten war noch relativ unbekannt, ein Ort, an dem Bands gegründet wurden und neues Material entstand. Erfolge und Misserfolge wurden nicht dokumentiert, sodass unsere Arrangements organisch wachsen konnten. Wir hatten allabendlich die Freiheit, verschiedene Richtungen auszuprobieren, unsere Songs auf ihre Innenwelt zu überprüfen und die äußeren Grenzen der Improvisation zu erkunden. Im sich windenden weichen Flow der Band entdeckte ich seltsame Nebenflüsse und folgte einfach Sams Rat, ohne Angst davor, zu stolpern.

Es gab ausgelassene Nächte und karge. Es gab Soundprobleme, Equipmentausfälle, Tränen und kleine Triumphe. Unsere Kerngemeinde folgte uns bald nach Downtown. Clive Davis, Lou Reed und Dave Marsh vom *Creem*-Magazin kamen, um beide Bands zu hören. Die Abende wurden immer elektrischer. Unser letztes Stück war eine Drei-Akkorde-Landschaft, inspiriert von Chris Kenners Klassiker *Land of a Thousand Dances,* in dem ich Johnnys diverse Missgeschicke besang, eine Anspielung auf Robert und den Protagonisten aus Burroughs' *Die wilden Boys*. An einem entscheidenden Abend saß Robert in seiner Motorradjacke neben William Burroughs. Ob ich wollte oder nicht, ihre Anwesenheit inspirierte mich, mein Mentor und meine Muse. Gegen Ende April musste das CBGB zum ersten Mal Leute wegschicken.

Der 30. April 1975 markierte das Ende des Vietnamkriegs. Die Aktivistin Cora Weiss und Phil Ochs, dessen Songs eine tragende Säule der Antikriegsbewegung waren, organisierten das kostenlose *The War is Over* auf der Sheep Meadow im Central Park. Am 11. Mai erschienen Zehntausende von Menschen zu der historischen Zusammenkunft, an der Harry Belafonte, Joan Baez, Bella Abzug und Paul Simon teilnahmen. Phil Ochs hatte alle zusammengetrommelt und uns, den neuen Upstarts, großzügigerweise einen Platz eingeräumt. Ich trug eine Sonnenbrille, ein ausgefranstes weißes Hemd, schwarze Seidenkrawatte. Wir waren noch nie vor einer so großen Menge aufgetreten, aber als ich auf das Meer von Menschen blickte, hatte ich ein merkwürdiges Machtgefühl. Tausende saßen auf den abschüssigen Hängen des Parks, und als Richard und Lenny die schmetternden Akkorde von *Gloria* anschlugen, schien sich auf die hoffnungsvolle Menge das trümmerübersäte Schlachtfeld der Sechzigerjahre herabzusenken. Selbst inmitten dieser bittersüßen Feier trauerten wir um die Stimmen, die man ausgelöscht hatte. Jetzt war es an unserer Generation, den hitzigen Geist der kulturellen Revolution wieder aufleben zu lassen.

Ende Mai unterstützten wir den Sender WBAI, die großartige Radiostation der Gegenkultur, mit einem Benefizkonzert in einer umgebauten Kirche nahe der Queensboro Bridge, das mit einer großen Reichweite live übertragen wurde. Während des Improvisationsteils von *Gloria* erzählte ich kurz, wie wir vier zusammengekommen waren. Am Ende gab ich bekannt, dass wir einen Schlagzeuger suchten. Jay Dee Daugherty meldete sich auf den Aufruf, und ein paar Tage später probten wir mit ihm. Nicht mal einen Monat später hatten wir unseren ersten Auftritt als Rock-'n'-Roll-Band, art/rats auf 78 rpm.

Am 26. Juni 1975 spielten wir im Bitter End im Village,

unser erster Auftritt mit einem Drummer – wir waren jetzt eine echte Rockband. Als ich auf die Bühne trat, spürte ich sofort, dass etwas anders und die Atmosphäre äußerst aufgeladen war. Anfangs führte ich das auf unseren erweiterten Sound zurück, doch da war noch etwas anderes. Ich konnte spüren, wie die Luftfeuchtigkeit auf der Haut und die daraus resultierende Elektrizität unsere ohnehin schon raue Performance weiter befeuerten. Hinterher kam Bob Dylan in unsere Garderobe. Ich hörte, wie die unverkennbare Stimme rief – Irgendwelche Poeten hier hinten? Randvoll mit Adrenalin und unerklärlicherweise aggressiv platzte ich heraus – Ich hasse Poesie. Wenn ich bedenke, wie viel er mir bedeutete, ist mir meine Reaktion unbegreiflich. Doch Bob lachte nur, und nichts schien wunderbarer, als ihn lächeln zu sehen. Seine Anwesenheit sorgte für reichlich Aufsehen. Der Fotograf Chuck Pulin fragte, ob er ein Porträt von uns zusammen draußen am Eingang machen dürfe. Als es ein paar Tage später auf dem Cover der *Village Voice* erschien, machte ich mir Gedanken, was Dylan davon halten könnte. Dann begegnete ich ihm zufällig auf der West Fourth vor einem Zeitungskiosk, wo ein Stapel *Village Voice* lag. Er fragte mich verschmitzt, ob ich die zwei kennen würde, worauf ich ihn fragte, ob er verrückt sei. Er schüttelte nur den Kopf und grinste.

Wir lebten eine Zeit lang in derselben Straße, und in diesem Sommer sah ich ihn öfter an meiner Feuertreppe vorbeigehen. Wenn wir uns begegneten und er irgendwohin unterwegs war, nahm er mich manchmal mit. Eines Abends gingen wir zu einem Loft im West Village. Die Leute waren etwas älter, und ich fühlte mich misstrauisch beobachtet, was mich aber nicht wirklich störte. Ich saß zu seinen Füßen, als er sich eine Akustikgitarre griff und jeden Song spielte, der später auf dem *Desire*-Album landete. Am meisten berührte mich *One More Cup of Coffee (Valley Below)* mit diesem leicht arabischen Touch. Ich war dankbar, die Songs hören zu dürfen, wurde aber nach einer Weile unruhig. Er wollte gerade das nächste Stück spielen, als ich aufstand. Haust du ab?, fragte er. Ja, sagte ich schüchtern, ist nicht wirklich meine Szene.

Ich konnte Bob gegenüber immer meine Meinung äußern, ohne dass er sich vor den Kopf gestoßen fühlte. Er fragte mich, woran ich arbeite, und sagte mir dann, was er davon hielt. Ich kann nicht behaupten, dass wir Freunde waren, aber er schien meinem Urteil in bestimmten Angelegenheiten zu trauen. Er brauchte einen Drehbuchautor für einen Film, den er plante, und ich erwähnte Sam Shepard und schlug vor, er solle ihn anrufen. Später fragte er, ob ich eine junge Sängerin für seine neue Platte wüsste.

– Ich bin Sängerin, sagte ich.

– Nein, ich meine, eine richtige Sängerin.

– Du meinst, ich bin keine richtige Sängerin?

– Nein, sagte er lachend, ich meine, du bist eher wie ich.

Ich tat so, als wäre ich beleidigt, fühlte mich insgeheim aber geschmeichelt.

In den Tagen darauf erzählte er von seinen Plänen, eine Art Wanderzirkus auf die Beine zu stellen, und bat mich ohne nähere Erklärung, ins Gerde's Folk City zu kommen. Ich wusste nicht, was mich erwartete, doch als ich dort erschien, traf ich auf einen Haufen bekannter Musiker und spannungsvolle Erwartung lag in der Luft. Bob saß zwischen seinen Leuten, seiner Frau Sara, Joan Baez, Ramblin' Jack Elliot und Allen Ginsberg. Ich erfuhr, dass jeder etwas vorführen sollte, ein Gedicht rezitieren oder singen. Ich wusste nicht, was ich machen sollte, denn ich spielte kein Instrument und hatte nichts vorbereitet, als mein Name aufgerufen wurde. Ich überflog den Raum, holte tief Luft und improvisierte eine Geschichte über den Wahnsinn zwischen einem Bogenschützen und seiner Schwester im Japan des sechzehnten Jahrhunderts. Eric Anderson stieg mit der Gitarre ein. Nach einigen Unsicherheiten baute ich einen starken Rhythmus auf, der mit dem Sprechgesang *I move in another dimension* endete. Das Ganze war nichts Großartiges, ein völlig natürlicher Prozess, aber ich stand meine Frau und bewies, dass ich schnell reagieren konnte. Dann machte ich mich auf den Weg durch die Stadt ins CBGB, dem Bollwerk der Unbekannten, um bei meinen eigenen Leuten zu sein.

Ich spürte eine wechselnde, richtungsweisende Energie. Hinzu kam, dass mein Mietvertrag auslief und die Miete beträchtlich erhöht werden sollte, ich musste mir also eine neue Bleibe suchen. Meine Feuertreppe mit Ausblick auf die lebhafte kleine Straße würde mir fehlen, aber ich war auch bereit für Veränderung. Ich wurde zum ersten Treffen der Rolling Thunder Revue in New Haven gebeten. Ich wartete in einer leeren Umkleidekabine, unsicher, was von mir erwartet wurde, als Bob reinkam. Er setzte sich und wirkte nervös. Ich spürte genau, dass er etwas auf dem Herzen hatte, also sagte ich, raus damit. Inzwischen waren immer mehr Leute aufgetaucht, die dabei sein wollten. Er meinte, sie müssten meinen Slot kürzen und mich höchstwahrscheinlich sogar ganz aus dem Programm nehmen. Ich rechnete es ihm hoch an, dass er mir das höchstpersönlich mitteilte, und fixierte ihn die ganze Zeit. Für mich ging das in Ordnung, ich wusste, dass ich nicht in deren Bild passte, ich war zu rau und pietätlos. Ich wickelte ihm meinen langen indischen Schal um den Hals und wünschte ihm Glück. Später sah ich Bilder von ihm mit dem Schal, als wäre es ein Gruß, und das genügte mir. Ich war stolz darauf, dass er etwas in unserer Band sah, und nahm es als Segen für die kommenden schwierigen Zeiten. Seine Bestätigung führte dazu, dass auch andere Künstler uns ihren Respekt erwiesen. Am Ende schloss ich mich also nicht der Rolling Thunder Tour an, unterschrieb stattdessen bei Clive Davis auf seinem neuen Arista-Label und ging bald meinen eigenen Weg.

Die St. Mark's Church in-the-Bowery an der East Tenth Street war lange ein Zufluchtsort für Tänzer, Dichter und Aktivisten gewesen. Das historische Juwel in meinem neuen Viertel, die Stätte meiner ersten Lesung und der Ursprung meiner Zusammenarbeit mit Lenny Kaye. Ich fand ein Apartment in der Nähe der Kirche, fünfter Stock ohne Fahrstuhl, mit einer Badewanne in der Küche, in der East Eleventh Street. Tom Verlaine lebte nebenan, er half mir, mit meinen Sachen umzuziehen, ein kleiner Tisch, Bettzeug, Arbeitsmappen, alle meine Bücher und Platten. Ich legte die Matratze auf den Boden, hängte marokkanische Tücher vor die Fenster, ordnete meine Talismane und erklärte das Ganze zu meinem Heim.

Ich hörte bis spät in die Nacht Velvet Underground und schrieb lange Prosagedichte. Manchmal wünschte ich, Schreiben wäre meine einzige Berufung, doch irgendeine Kraft zog mich ständig anderswohin. Morgens ging ich nach unten, holte Kaffee und Schoko-Donuts, die ich Tom vorbeibrachte. Wir hatten kein Telefon, aber unsere Küchenfenster lagen einander gegenüber, wir riefen uns oder trafen uns einfach auf der Straße. Wir hatten beide unsere Bands, nebenbei Halbtagsjobs und verbrachten unsere freie Zeit in Buchläden. Wir drückten uns stundenlang im Flying Saucer News Bookstore auf der Ninth Avenue herum, durchstöberten den Fundus an spiritueller und wissenschaftlicher Ufologie und machten uns Gedanken über die Bedeutung des großen Blechschilds, auf dem PROSPERITY CLINIC stand. Wir waren wie uralte Kinder, hielten uns an den Händen und erzählten uns Geschichten, die Berichte über die Alhambra und Entführungen durch Außerirdische miteinander verwoben.

Ich ging nie allzu weit nach Osten, weil es damals jenseits der Avenue B eine harte Drogenszene gab. Doch in unserem Umkreis waren St. Mark's mit den Hartriegelbäumen und einem kleinen Friedhof, Egg Creams am Gem-Spa-Zeitungskiosk, Rühreier und Challah im B&H Dairy, italienische Bäckereien und frühmorgens Gemüsestände. Das East Village war spät am Abend seltsam still, die Straßenlaternen geheimnisvoll und künstlich, wie auf einem Filmset. Sie weckten eine Sehnsucht nach etwas, das erst noch geschehen würde, etwas, das mit dem dunklen Puls eines hübschen Brandstifters die Sinne elektrisieren würde.

Als ich eines Abends allein vom CBGB nach Hause ging, sah ich einen roten Ball in einem umzäunten Spielplatz schweben. Ich meinte, jemanden *Fang* sagen zu hören, doch da war niemand. Ich bog schnell um die Ecke und stieß fast mit einem einsamen Husky zusammen, der stehen blieb und mich anstarrte, während aus seinen weißen Augen Musik strömte. Später summte ich Lenny Bruchstücke der Melodie vor. Die Akkorde flogen uns praktisch zu, als wir *Free Money* komponierten, es war der erste Song, den wir zusammen schrieben. Die Textzeile *Scoop the pearls from the sea, cash them in and buy you all the things you need* war meiner Mutter gewidmet. Wir alle wünschen uns Dinge, die außerhalb unserer Reichweite liegen. Sie träumte von einem großen Haus für die Familie, mit vielen Schlafzimmern, auf einer Klippe und mit Ausblick auf den Mystic River.

In unserem Übungsraum, der versteckt am Times Square lag, folgten wir im kleinen Kreis unserem eigenen entspannten Tempo, während sich um uns herum alles so schnell bewegte. Viele unserer Songs entwickelten sich, wenn wir live spielten, andere im Proberaum, wo ich improvisieren und unterbrechen konnte, um ein paar Zeilen aufzuschreiben. *Redondo Beach* war ursprünglich ein Gedicht, das ich in der Lobby des Chelsea geschrieben hatte. Lenny, Richard und ich machten daraus später eine Reggae-Nummer. Die Lyrics zum beschwingten *Kimberly,* komponiert von Ivan Kral, sollten Schutz für meine jüngste Schwester heraufbeschwören. Begabt, klein, klug und von meiner Mutter verehrt, war sie ein kompliziertes Wesen und wählte einen steinigen Weg, auch wenn wir unser Bestes taten, um ihr zu helfen. *And I feel like some misplaced Joan of arc and the cause is you looking up at me*. Der Text ging auf die Erinnerung zurück, als ich sie im Arm hielt, während die alte schwarze Scheune bei Thomas' Field in Flammen aufging.

Da ich einige Schwierigkeiten mit dem Wechsel von Dichtung zu Lyrics hatte, wandte ich mich an Tom, dessen eigene Produktivität unerschöpflich schien. Er verriet mir eine seiner Techniken: Er schlug mein Notizbuch an einer beliebigen Stelle auf, etwa bei einem Prosagedicht, das ich geschrieben hatte, einem Traum, in dem Jim Morrison wie Prometheus in Ketten gelegt in einer Marmorstatue gefangen ist. In dem Traum spürte ich, wie seine Lebensenergie erwachte, und schrie *Break it up, break it up, Jim, break it up.* Gefangen in meiner eigenen Leere, schrie ich, bis der Marmorkokon riss und zerbrach: Jim erschien geflügelt wie ein Engel und flog rasch in Richtung Himmel. Für den Text von *Break it up* mischten wir zufällige Gesprächsfetzen mit Zeilen aus meinem Notizbuch, die Tom parallel vertonte.

Während die Band an den Songs und Arrangements feilte, machte ich mir Gedanken über unsere Ziele und überlegte, was wir, unerfahren wie wir waren, unserem kulturellen Kanon bieten konnten. Als ich jung war, hatte ich einen romantischen Hang zum Heroischen gehegt und gelernt, dass ein Held aus bescheidenen Verhältnissen aufsteigen konnte. Nun war es an der Zeit, diese jungen Träume in die Form eines Albums zu kleiden. Ich war die dritte Künstlerin, die bei Clive Davis' neuem Label Arista unter Vertrag genommen wurde. Alles Rechtliche überließ ich Wartoke, bestand aber auf der vollen Kontrolle darüber, wie meine Arbeit präsentiert werden sollte. Es gab andere Plattenfirmen, die Interesse signalisierten und mehr zahlten, doch nur Clive zeigte volles Verständnis für meine Haltung und bot mir die kreative Freiheit, die ich verlangte. Für die damalige Zeit war das ein außergewöhnlicher Schritt, vor allem für einen Plattenmanager, dessen Entscheidungen stets auf Erfolg im Mainstream abzielten. Während der Vereinbarung kam es zwar zu einigen hitzigen Diskussionen, doch Clive hielt immer sein Wort.

Wartoke glaubte, dass Paul Rothchild, der Produzent der Doors, im Studio gut zu mir passen würde. Wir trafen uns im Büro von Wartoke, doch es war kein ergiebiges Treffen. Ich saß in einem alten grauen Mantel und Beatnik-Sanda-

Mit Richard Sohl, Proberaum, Times Square

len auf einer Couch, als Rothchild, tadellos gekleidet, den Raum betrat und sich vor mir aufbaute. Er eröffnete unser Gespräch, indem er seine Leistungen anpries, dass er einen Star aus Jim Morrison gemacht hatte, und er glaube, auch aus mir einen machen zu können, allerdings müsste ich ihm die volle Kontrolle überlassen. Ich dachte kurz darüber nach, stand auf, um zu gehen, und erwiderte: Jim Morrison war ein Dichter, wahrscheinlich hat er sich selbst erschaffen.

Am Ende entschied ich mich für John Cale, einen Künstler und Komponisten, der nicht mit seinen Fähigkeiten angeben musste und keine Forderungen an seine Künstler stellte. Die Band bewunderte seine Arbeit und schätzte den Sound seiner Solo-Alben. Leider konnten wir uns John Wood, seinen begabten Ingenieur, nicht leisten, aber Cale erklärte sich bereit, von London nach New York zu fliegen und mit uns zu arbeiten.

Am Tag nach dem Labor Day kehrten wir in das Studio zurück, das Jimi Hendrix eingerichtet hatte. Lenny, Richard, Ivan, Jay und ich gingen die Stufen hinunter, vorbei an den kosmischen Wandgemälden in den Fluren, und betraten Studio A, wo John Cale wartete. Den ganzen Abend schleppten die Jungs unser Equipment und bauten es auf. Um Mitternacht nahmen wir unsere Fassung von *Gloria* auf, eine Mischung aus dem Van-Morrison-Klassiker und dem Gedicht *Oath,* das ich 1968 geschrieben hatte. Es schien, als hätte jede junge Rockband *Gloria* gecovert, aber vielleicht nicht mit einer Frau als Sängerin. Den Song aufzunehmen, war meine Initiation und eine Antwort an alle, die versuchten, mich in eine Ecke zu stellen, oder wollten, dass ich mich auf etwas festlegte. Richard spielte selbstbewusst die ersten Akkorde, während ich die Worte *Jesus died for somebody's sins but not mine* aus *Oath* sprach und damit die Verantwortung für meine Entscheidungen im Leben und in der Kunst übernahm.

Gloria entsprach unserem Live-Arrangement. Ich kannte mich mit dem Aufnahmeprozess nicht aus und wollte die Aufrichtigkeit eines Live-Auftritts bewahren. Ich war eine Anfängerin, manchmal unvernünftig, wollte unbedingt unsere Arbeit schützen und war misstrauisch gegenüber jeglichen Änderungen, übermäßigem Overdubbing oder Streichereinsätzen. Das führte zu einigen Auseinandersetzungen, doch John tat sein Bestes, um unserem Wunsch nach Authentizität gerecht zu werden, während er uns gleichzeitig ermutigte, das unerforschte Potenzial des Studios zu nutzen.

Lenny nannte *Birdland* das strahlendste Stück unserer musikalischen Reise. Ursprünglich war es eine Nummer namens *The Harbor Song,* eine metaphorische Reise von Vögeln im Unterwasserflug, bei der wir über Richards fließenden Akkorden improvisierten. Es sollte die einzige echte Improvisation des Albums sein. John fand es musikalisch vielversprechend, stellte aber die Idee, es live zu spielen, infrage. Als ich darauf bestand, forderte er mich auf, mich zu beweisen. Er trieb uns immer weiter an, während wir mehrere anstrengende Takes einspielten. Ich hatte gerade Peter Reichs *A Book of Dreams* gelesen und stellte mir noch einmal die Szene der Beerdigung seines Vaters vor: Der Sohn glaubt, die Lichter des Raumschiffs seines Vaters zu sehen, und bittet darum, mitgenommen zu werden. Worte, die nicht mehr meine eigenen waren, drückten die Verwandlung des Sohnes aus und erzeugten eine Art Phosphoreszenz. Wir arbeiteten uns durch ein emotionales Feld, beherrscht von den verzweifelten Schreien des Jungen, während Lenny auf seiner Fender

Stratocaster kreischende Amseln nachahmte. John erklärte schließlich sichtbar erschöpft, dass wir es geschafft hatten. Später fragte er mich nach meiner Herkunft. Ich sagte ihm, dass ich irische und englische Wurzeln hätte. Du bist nicht irisch, sagte er, du bist walisisch, vielleicht Nachfahrin eines walisischen Predigers, was ich, angesichts dessen, dass John ein Waliser war, als großes Kompliment empfand.

Land, das zehnminütige Schlussstück, abgeleitet von *Land of Thousand Dances,* war eine zermürbende Synthese aus Einfachheit und improvisiertem Chaos. Seine wechselnden Falten bewahren die flackernde Aura des CBGB, wo es eigentlich entstanden war. Der allgegenwärtige Hilly Kristal, der Gestank von Urin und Bier, Lizzy Merciers schwingendes Haar und die Gesichter der Verwirrten, die sich fieberhaft auf die Bowery ergossen. Alle waren unser Spiegel, überschwänglich und besudelt. Johnny, mit der strahlenden Haut der Sehnsucht, bewegt sich durch die Trümmer seines Jahrhunderts, die von einem endlosen Flur über Chris Kenners Tanzgesellschaft bis hin zur Portobello-Vision eines vom Puls des Rock 'n' Roll getragenen, sterbenden Jimi Hendrix reichen. Ich wollte die Unmittelbarkeit eines Live-Auftritts erhalten, stellte mir aber auch Johnny vor, wie er von einem Engelschor geführt und bedrängt wird. Wir entwarfen einen Plan; unter Johns geduldiger Anleitung entwickelte ich mehrere Gesangsspuren und zeichnete sie gewissenhaft auf. Dann mischten wir sie gemeinsam von Hand ab. Diese Momente konzentrierter Zusammenarbeit waren das Beste an einem angenehmen Lernprozess im Studio A von Electric Lady.

Elegy, eine Hommage an die Verstorbenen, wurde am fünften Todestag von Jimi Hendrix aufgenommen. Richard begleitete mich makellos auf dem Klavier. In der Gesangskabine zögerte ich und wünschte mir, ich wäre eine bessere Sängerin, aber John und die Band ermunterten mich, fortzufahren. Die Musik schrieb Allen Lanier von Blue Öyster Cult, der seine ätherischen Gitarrenläufe hinzufügte. Ursprünglich wollte ich, dass Chet Baker die letzten Töne von *Elegie* spielte, dafür fehlte leider das Budget. Doch irgendwie bleibt der Ruf seiner Trompete im stillen Grund des Unerreichten.

Bei der Zusammenstellung des Albums bemühte ich mich, wenn auch abstrakt, die Illusion eines Kinoerlebnisses zu vermitteln. Ich entschied mich, mit unserer Version von *Gloria* zu beginnen, und beanspruchte für mich das Recht, aus einer Haltung heraus zu schaffen, die sich über Geschlecht und soziale Herkunft hinwegsetzte, nicht aber über die Verantwortung, etwas Wertvolles zu schaffen. Die Liner Notes dienten als eine Art poetisches Manifest. Als ich sie schrieb, dachte ich an meinen Bruder, der ebenso zwischen zwei Geschlechtern hin- und hergerissen war. Als ich jung war, beklagte ich mich, dass ich kein Junge war. Aber eigentlich wollte ich gar nicht wirklich ein Junge sein, ich wollte nur die Wahlmöglichkeiten, die Jungs offenbar hatten, aber als ich selbst. Ich wollte Freiheit, und als Kind hieß das, Flanellhemden zu tragen und blaue Turnschuhe statt rote, mich zu kleiden, wie ich wollte, abzulehnen, was ich wollte. In der Jugend hieß das, kein Make-up und keinen Nagellack zu tragen, mir nicht die Beine zu rasieren, nicht für geeignete Berufe getrimmt zu werden. Mit zwanzig hieß das, sich über jedes vorbestimmte Modell weiblichen Verhaltens hinwegzusetzen. Das waren die Dinge, gegen die ich mich widersetzte und vor denen ich floh.

Todds Konflikt war ganz anders. Bei ihm ging es um das unsichtbare Kleid. Das erste, entwendet aus dem Schrank einer Schwester und versteckt unter Bluejeans und Comicheften, verbotenen Zigarettenschachteln und Baseballkarten. Im Lauf der Zeit eine fehlende Bluse und ein ungesäumter Rock, der dunkelblaue, dessen Nähte sich auflösten, weswegen er auf dem Nähhaufen lag, von dem er eines Tages einfach verschwand. Niemand ahnte, dass seine Männlichkeit mit sich im Konflikt stand. Der Billardspieler mit seinen Sportseiten und Zigaretten, plötzlich überwältigt von Angstattacken und dem Bedürfnis, in den Körper von Rachel zu schlüpfen, Deckards Replikanten-Liebste in *Blade Runner,* ein Name, den er auch für sich selbst wählte. Todd konnte nicht fliehen, denn Rachel war in ihm; ihr weibliches Herz schlug unter seinem ART/RAT-T-Shirt.

Wir wuchsen in einem humanistischen Umfeld auf, und das Bedürfnis nach Offenheit entsprach dem unserer Eltern. Ich schlug ihm vor, nach New York zu kommen, wo eine weitaus verständnisvollere Gemeinde lebte, und für die Band zu arbeiten. Nach einiger Zeit packte er seine Taschen, schloss sich unserer kleinen technischen Crew an und war für einige Zeit viel glücklicher.

Bei der Fertigstellung des Albums sahen wir uns ständig mit neuen Herausforderungen konfrontiert. Man war besorgt darüber, wie ich mich präsentierte, weshalb die Grafikabteilung Robert Mapplethorpes Cover-Foto retuschierte, meine Haare und Ungleichmäßigkeiten im Gesicht glättete. Ich lehnte solche Veränderungen ab und stellte Clive zur Rede, und das veränderte Bild wurde wieder durch Roberts Original ersetzt. Ich behielt alles im Auge und schrieb auch den Promotext um, damit er besser zu uns passte: *drei Akkorde, verbunden mit der Kraft des Wortes,* ein Satz, der bald genauso oft zitiert wurde wie meine Lyrics.

ACADEMIE CHARLES CROS
GRAND PRIX DU DISQUE
Bilalian News
THE TOWER

Ich war nicht undankbar für die Möglichkeit, ein Album aufzunehmen, aber ich hatte viel zu schützen. Der Dichter steht allein, doch wenn er sich mit einer Band zusammentut, muss er sich dem Wunder der Teamarbeit ergeben. Ich hatte jetzt treue Verbündete, so wie ich es als Kind mit meiner Geschwisterarmee erlebt hatte. Unsere Band hatte gemeinsam ein Werk geboren. Trotz aller Fehler hielten wir an dem Wunsch fest, etwas Neues zu schaffen. Schon bei der Aufnahme war mir klar, dass das Album keinen Anklang beim Mainstream finden würde, aber ich hatte das Gefühl, dass ich andere erreichen und mich mit den Rändern der Gesellschaft, die auch meine Gesellschaft war, verbinden könnte. Wir hatten das Album nicht gemacht, um Ruhm und Reichtum zu erlangen, sondern für die bekannten und unbekannten Künstlerratten, die Ausgestoßenen, die Entrechteten. Es war für die Mädchen, die nach dem Banner griffen, die Neo-Jungs der Zukunft, jene, die von Venus und Mars fielen. Ich entschied mich für den Titel *Horses,* ein Motiv aus dem improvisierten Text von *Land.* Die Pferde repräsentierten den panischen Zustand der Welt, den Ansturm aus allen Richtungen, und kündeten vom Auftritt Johnnys und den Fallstricken und Möglichkeiten der Jugend.

Am 10. Oktober saßen wir die ganze Nacht am Mix von *Redondo Beach* und schlossen unser Projekt ab. Als Lenny und ich in die Morgendämmerung traten, wurde uns bewusst, wie weit wir seit unserem ersten Auftritt in der St. Mark's Church gereist waren. *Horses* sollte in Pitman, New Jersey, im Presswerk von Columbia gepresst werden, wo ich mich 1967 vergeblich um einen Job beworben hatte. Die beste Freundin meiner Mutter rief sie aus dem Werk an, um ihr zu sagen, dass sie dafür vorgesehen war, meine Platte zu pressen.

Leider löste ein Ölengpass eine Vinylknappheit aus und der Erscheinungstermin der Platte am 20. Oktober, Arthur Rimbauds Geburtstag, musste verschoben werden. Clive Davis rief mich persönlich an, um es mir mitzuteilen, da er wusste, ich wäre enttäuscht.

– Wann kommt sie dann raus?, fragte ich.

– Am 10. November ist der nächste mögliche Termin.

– Gut, sagte ich. Das ist Rimbauds Todestag.

– Wie hast du das gemacht?

– Nicht ich, sagte ich lachend, das war Rimbaud.

Als ich mich auf den Weg nach New York machte, wollte ich Künstlerin werden, doch das Schicksal führte mich an den Rand des öffentlichen Lebens. Ich fühlte mich in erster Linie als Arbeiterin und empfand unseren Kampf als Privileg. Überall waren Mauern, für die Risse darin hatten andere gesorgt. Wir mussten nur mit aller Kraft dagegentreten und sie zum Einsturz bringen, die Trümmer wegräumen und Platz schaffen für die Neo-Ratten, deren Kommen ich bereits spürte. *Horses* signalisierte Freiheit, die Offenheit einer Epoche. Die Jungs packten das Equipment ein, schlossen unseren Proberaum, und wir gingen auf Tour. Aufwachen! Aufwachen! Worte, die um die Erde gingen, gesprochen von einer anderen Art von Paul Revere. Ich hatte eine neue Sonnenbrille, auf meinem Ärmel stand *charms, sweet angels*. Die Hyäne zeigte ihre glitzernden Zähne.

Dancing Barefoot

Tu immer das, was dich am meisten kostet.
Simone Weil

Es war 1976, die Zweihundertjahrfeier der Revolution. Wir tourten mit *Horses* und ritten direkt in die Zukunft. Ich besuchte William Burroughs in seinem »Bunker« auf der Bowery, ging ins CBGB, um Fernsehen zu gucken, spann mit meinem Bruder Todd wüste Zukunftsvisionen und fuhr mit einer Rock-'n'-Roll-Band quer durch Amerika. Unser Land hatte seine schlimmen Verfehlungen, die Schande von Vietnam, Rassismus und Geschlechterdiskriminierung. Doch wir schwelgten in den kulturellen Errungenschaften Amerikas: Rock 'n' Roll, Jazz, Aktivismus, abstrakter Expressionismus, die Beat Generation. New Wave. Es war eine Zeit, in der ich meine eigene Kraft spürte und an unsere Mission glaubte.

Auf der *Horses*-Tour an der Westküste wurden wir von Paul Getty und der französischen Schauspielerin Maria Schneider begleitet. Maria, hochverehrt für ihre Rollen in *Beruf: Reporter* und *Der letzte Tango in Paris,* mit durchdringenden schwarzen Augen und nicht zu bändigendem

Haarschopf, war ein Spiegel in weißem Hemd und schwarzer Krawatte. Paul war der Enkel eines der reichsten Ölmagnaten der Welt und Opfer einer bekanntermaßen verbockten Entführung in Italien. William Burroughs hatte ihn mir vorgestellt, ein blasser Akolyth, der jüngste, der sein Portal an Heiligen durchschritt. Ich mochte Paul gern, die wilden roten Haare, die Sommersprossen, der leicht verschleierte Blick, der dem meinen glich. William hatte mich gebeten, auf ihn aufzupassen, was praktisch unmöglich war, denn Paul war brillant, intuitiv und leichtsinnig. In San Francisco trafen wir auf Gleichgesinnte, und in Los Angeles erlebten wir ein paar wilde Abende, als wir im Roxy spielten. L. A. hatte eine einzigartige, gierige Szene, die so viel verschlang, wie sie gab. Paul, Maria und ich gaben vermutlich ein merkwürdiges Trio ab, als wir mit der Band im Tropicana Hotel in West Hollywood abstiegen. Wir alle fanden es dort toll, es war billig, rau und legendär, seit die Doors auf der anderen Straßenseite *L. A. Woman* aufgenommen hatten.

Am 9. März 1976 verabschiedeten wir uns von Maria und stiegen ins Flugzeug, um unsere ersten Konzerte im Mittleren Westen zu spielen. Ich trug ein schwarzes Faltenkleid aus Seide, das Paul mir bei Bendel's gekauft hatte. Es war das gleiche Kleid, das Sylvia Kristel in *Emmanuelle* trug, nur war ihres cremefarben. Es wurde meine Uniform, ein fünfhundert Dollar teures Kleid, kombiniert mit meiner schwarzen *Horses*-Jacke und Kampfstiefeln.

Wir landeten an einem windigen Dienstagnachmittag in Detroit. Während die Crew ins Ford Theatre fuhr, um die Anlage aufzubauen, ging der Rest von uns direkt ins Lafayette Coney Island zu einer Begrüßungsparty, ausgerichtet von der Musiker-Community in Detroit. Eigentlich hielt ich nicht viel von Partys, aber mich lockten die legendären Hotdogs, und so schloss ich mich Paul und der Band an. Wir wurden herzlich empfangen, blieben eine Weile, ließen uns die zu Recht gepriesenen Hotdogs schmecken, verabschiedeten uns von allen und wandten uns zum Gehen. Und da sah ich ihn. Er stand in einem blauen Mantel vor einem weißen Heizkörper. Mir fielen die Fäden auf, wo ein Knopf fehlte. Dieser flüchtige Augenblick veränderte mein ganzes Leben. Lenny stellte uns denkbar schlicht vor: Fred Smith, das ist Patti Smith, Patti Smith, das ist Fred Smith. Er hatte strähnige braune Haare und Augen wie Wasser. Er legte den Knopf in meine Hand, und ich erklärte ihn wortlos zu einem kostbaren Schatz. Ich fühlte mich stark zu ihm hingezogen; mein Sein war zutiefst erschüttert und schürte mein Verlangen nach dem Einen, dem besseren Wilden. Das Schicksal hatte uns berührt. Ich wusste im selben Moment, dass er der Mann war, den ich heiraten würde.

Kurz nach dem Einchecken im Hotel packte Paul seine Sachen und verabschiedete sich von mir. Als ich ihn fragte, warum er ging, sah er mich unverwandt an und sagte: Ihr zwei seid füreinander bestimmt. Ich erwiderte kleinlaut, dass ich ihn ja gar nicht kannte, konnte aber nicht wirklich widersprechen. Als er ging, lächelte er mich an, Paul mit seinem blassen sommersprossigen Teint, dem einen Ohr und dem roten Wuschelkopf, ein gefallener scharfsichtiger Erzengel.

Fred Sonic Smith wurde in West Virginia in der Küche seines Großvaters geboren. Der kleine, quirlige Mann, ein ehemaliger Bergarbeiter, brachte ihn selbst zur Welt, weil die Hebamme es nicht rechtzeitig schaffte. Freds Mutter war

Fred mit seinem Großvater, West Virginia

tiefreligiös. Sein Vater war ein raubeiniger Lkw-Fahrer, der auf Bill Monroe stand und alle Songs von Hank Williams kannte. Ein hart arbeitender Mann, im Grunde gutmütig, aber mit gemeinen Zügen. Seit Fred ein kleiner Junge war, kam es zwischen Vater und Sohn oft zu Handgreiflichkeiten.

In der Highschool war Fred extrem sportlich. Der Boxtrainer war beeindruckt von seiner defensiven Wendigkeit und Reichweite. Doch da ihm seine unterdrückte Wut bewusst war, gab Fred aus Angst, er könnte jemanden verletzen, das Boxen wieder auf. Auch das Farmteam der Tigers wollte ihn wegen seines grandiosen Wurfarms haben. Er war hocherfreut und zugleich gespalten, denn er hatte gerade die Band mitgegründet, die später als MC5 Geschichte schreiben sollte. Mit sechzehn floh er von zu Hause und kehrte Schule und Sport den Rücken. Fred benutzte die Gitarre wie eine Waffe und ließ seine widersprüchlichen Gefühle in sein Spiel einfließen. Als wir uns kennenlernten, hatte ich keine Ahnung, wer er war, doch ich wusste sofort, dass er mein Leben bedeutete. Ich verstand das schreckliche Geheimnis der Liebe, das uns von allem, was wir kennen, entfremdet.

Ich sah Fred erst im Dezember wieder, nach unserem zweiten Konzert in Detroit. Unsere Band und Crew trafen sich mit Musikern aus der Stadt in der Bar des Renaissance Hotels. Fred nahm meine Hand, und wir schlichen uns davon, stiegen in den Panorama-Aufzug aus Glas und Stahl, und er drückte auf den 25. Stock. In diesem langsam aufsteigenden Fahrstuhl waren wir zum ersten Mal allein, und ich erinnere noch gut, wie mein Herz klopfte. Während das Panorama der Motor City unter uns entschwand, begann unsere Liebesbeziehung, die eher auf Vertrauen und Geduld als auf gemeinsam verbrachter Zeit fußte. Briefe, telepathische

Wünsche und gelegentliche Anrufe in einer Zeit, als Ferngespräche noch unsäglich teuer waren. Wenn ich unterwegs in irgendeinem obskuren Ort eine Telefonzelle sah, ließ ich den Tourbus am Straßenrand halten, schnorrte von allen Kleingeld und rief ihn an, um seine Stimme wenigstens für ein paar Minuten zu hören.

Die Gelegenheit, um die Welt zu touren, war ein Segen für eine mittellose Reisende, auch wenn Fred und ich uns deshalb kaum sahen. Es war, als blätterte man Seiten aus *In 1000 Bildern um die Welt* um. Aber nichts hatte uns darauf vorbereitet, wie die jungen Menschen in Brüssel, London, Paris, Amsterdam, Deutschland und ganz Europa auf uns reagierten. Lenny und ich redeten oft mit den Kids, die vor unserem Hotel, auf der Straße oder in der Schlange vor unseren Konzerten warteten. Wir beantworteten ihre Fragen und ermunterten sie, ihre eigenen Bands zu gründen. Erfreut trafen wir bekannte und noch unbekannte Mitglieder aufstrebender neuer Bands: Siouxsie Sioux, Musiker von den Slits und The Clash.

Sonic's Rendezvous Band tourte am anderen Ende der Welt. Fred und ich sahen uns, wann immer wir konnten. Am Anfang, als wir frisch verliebt waren, flog ich oft für nur zwei Tage zu ihm nach Detroit. Je näher wir uns kamen, umso mehr schien er meinen Glauben an ihn zu testen. Einmal, als wir anhalten mussten, um einen Reifen an seinem Wagen zu wechseln, gingen wir ein Stück die Straße entlang. Plötzlich blieb er stehen und streckte die Hand aus. Vertraust du mir?, fragte er. Ja, sagte ich, nahm seine Hand, und er führte mich auf den Mittelstreifen. Ich ließ mich von ihm in den Arm nehmen, schloss die Augen und tanzte mit ihm. Selbst als der Verkehr stärker wurde, drehten wir uns unbehelligt weiter.

An einem verlassenen Speicherbecken folgten wir im spärlichen Mondlicht einem steinigen Pfad. Fred hob die Hände zu den Sternen, als wollte er sie neu ordnen, sie näher heranholen und in den Händen wenden. Solche Momente fühlten sich an wie Stunden, und doch waren es nur Sekunden, in denen wir eins waren. Wir redeten nicht darüber, wir lebten sie. Fred konnte abstrakt sein, futuristisch, er hatte die Hände eines Musikers, Mathematikers und Magiers.

Mein Schreiben geriet mehr denn je ins Hintertreffen, denn ich lebte leidenschaftlich in der Gegenwart, Tour um Tour, eine physisch nach außen gerichtete Zeit, in der sich die Autorin der Sängerin unterordnete und der Stift der E-Gitarre. Eine Zeit lang entglitt mir meine Sprache; meine Fender-Duo-Sonic sprach für mich, ein stöhnendes, kreischendes Feedback anstelle von Worten. Beim Anblick meiner Notizbücher fühlte ich mich innerlich zerrissen, denn sie enthielten kaum mehr als ein paar verstreute Songzeilen und nicht beendete Briefe an Fred. Rimbaud hatte sich selbst als Geißel und Seher ausgerufen, der voranschreitet, sich absichtlich in den Fuß schießt und aufrecht weitergeht. Meine Füße waren durchsiebt von imaginierten Löchern. Ich fühlte mich wie ein wandelnder Widerspruch, jemand, der den Wunsch verspürt, still zu stehen, und doch in die Zukunft rasen muss. Todd war immer an meiner Seite. In unserer Kindheit hatte er sich stets zurückgenommen und mir die Rolle des Helden, des Generals, des Königs überlassen, mit ihm als ergebenem ersten Soldaten oder erstem Ritter.

Ich akzeptierte meine Verantwortung als Anführerin, aber eine, die mit ihren Truppen das Brot brach, immer offen für die Crew und andere Menschen. Schon bald wurde Todd zum Crew-Chef ernannt. Unsere jahrelangen Spiele hatten uns auf unsere Rollen vorbereitet. Todd führte Befehle aus, trug Gitarren, Verstärker und erstattete noch spätabends Bericht. An unseren freien Abenden sah ich gern zu, wie er, Zigarette im Mundwinkel, einen Queue mit Kreide einrieb, seine eisblauen Augen auf eine Kugel fixierte und unter dem bewundernden Fluchen seiner Gegner den Tisch abräumte. Auf unseren Reisen hatte ich immer *Die sieben Säulen der Weisheit* bei mir, ein Buch, nach dem ich unseren Schlachtplan entwarf. Todd hielt mir den Weg frei und ließ mich in meiner Rolle als müder Feldmarschall noch heller strahlen. Wir bewältigten verzückte Menschenmengen und Scharen junger Fans, die abends vor dem Hotel nach uns riefen. Manchmal versammelten wir uns nach dem Konzert alle auf meinem Zimmer und lachten bis zum Morgengrauen über nichts. Es war kein Glück, eher etwas, das ich damals als noch berauschender empfand: Hingabe.

Zwischen den Tourneen wurden wir aufgefordert, eine Pause einzulegen und eine neue Platte aufzunehmen. Ich hatte nicht mit einem Nachfolger von *Horses* gerechnet, daher schrieb ich beim mühseligen Verfassen der Lyrics für das nächste Album einfach über das, was mich gerade beschäftigte: die Hungersnot in Äthiopien, das Schicksal eines Boxers, Rimbaud in Abessinien, die Klangsprache elektrischer Gitarren. Ich erhielt einen Brief von einer gewissen Andi Ostrowe, die gelesen hatte, dass wir *Radio Ethiopia* aufnehmen wollten. Sie war vor Kurzem von einem im ländlichen Süden Äthiopiens stationierten Friedenskorps zurückgekehrt. Wir trafen uns und sprachen über die dortige Revolution, den Sturz von Haile Selassie, den gewaltsamen Militärputsch und die Stadt Harar, wo Rimbaud als Kaffeehändler gearbeitet hatte. Sie war eine kleine, ernste Person mit dunklen Haaren und dunklen Augen. Ihre Bilder und Erinnerungen aus dem Land, das ich selbst so gern bereisen wollte, berührten mich sehr, und ich versprach, sie ins Studio einzuladen.

Ich wollte, dass Jack Douglas das Album produzierte, weil ich glaubte, dass er gut mit den beiden Charakterseiten unserer Band klarkam. Wir konnten exzessiv sein und mitunter auch schwer verständlich, profitierten aber von Ivans nachvollziehbaren Songstrukturen. *Ask the Angels* war für ein florierendes Netzwerk von Aussteigern geschrieben, mit einer tiefen Verbeugung vor der Jugend in Los Angeles. Das vom Reggae inspirierte *Ain't it Strange* war eine streitbare Einladung zu einem unmöglichen Tanz. Das emotionale *Pissing in the River* schwenkte vom Verweis auf die Vergangenheit zur kritischen Betrachtung der Zukunft. Die größte Herausforderung war der Titeltrack, den ich mir als reine Improvisation vorstellte, in erster Linie geprägt von Lennys aufwühlendem Riff und dann ins scheinbar Unerreichbare kippend. Ich drängte die Band, sich mitreißen zu lassen und Risiken einzugehen, wie ich es bei Albert Ayler und Ornette Coleman so bewunderte. Wir nahmen ein paar Takes auf, waren aber nicht zufrieden und einigten uns darauf, zu warten und es später noch mal zu versuchen.

Am 9. August erteilte uns Jack Hausarrest, weil ein Hurrikan auf New York zuraste. Ich tigerte unruhig durchs Zimmer, spürte die Wirkung des kommenden Sturms und des Vollmonds, und plötzlich überkam mich die Vorahnung, dass wir in dieser Nacht den Titeltrack hinkriegen würden. Ich rief Jack an, und nach einem kurzen Wortgefecht fuhr er in die Stadt, während die ersten Ausläufer von Hurrikan Belle über die Stadt zogen. Todd trommelte die Band zusammen, ich packte meine Duo-Sonic ein und rief Andi an, dann trafen wir uns alle bei Record Plant. Jack stopfte Handtücher unter die Türen des Abhörraums, falls schwere Regenfälle Überschwemmungen verursachen würden. Als die Sintflut um Mitternacht den Höhepunkt erreichte, tauchten wir gemeinsam in den Brunnen unseres ambitioniertesten Unterfangens. Ich hatte keinen Text, nur die Vorstellung von den Leiden eines Volks, dem Todesröcheln eines unserer größten Dichter, und den Wunsch, dass wir unsere eigene Sturzflut entfesselten. Mitten in der Aufnahme gab Lennys Big-Muff-Pedal den Geist auf, ein echtes Desaster, weil es das Grundelement seines Sounds war. Wie sich herausstellte, spielte Andi ebenfalls Gitarre und hatte einen Muff; sie trotzte dem Wetter und rettete uns. Um drei Uhr morgens hatten zehn Zentimeter Regen die Straßen geflutet, der Wind hatte Bäume und Strommasten umgemäht, und wir hatten die chaotische Landung der Natur auf Erden erfolgreich ergänzt. Zwölf Minuten treibende Verzerrung, Jay Dees donnernde Drums und klingelnde Becken, Ivans pumpender Bass, und während meine wimmernde Fender-Duo-Sonic sich mit Lennys klagender Stratocaster duellierte, leitete Richard Sohl mit einem unerwarteten melodischen Übergang die melancholische Schönheit von *Abyssinia* ein. Während der Faden unseres kollektiven Bewusstseins niemals riss, beschwor ich mit meinem demonstrativen Gemurmel die Hungersnot in Äthiopien herauf, den Meißel und die harten Arme des Bildhauers Brâncusi und die letzten Worte Arthur Rimbauds.

Jacks Bereitschaft, dem Sturm die Stirn zu bieten und das Studio aufzuschließen, ermöglichte es uns, den Titeltrack zu entwickeln, der alles enthielt, was ich mir erhofft hatte. Für das Cover fotografierte mich die Fotografin Judy Linn mit ihrer Leica in einem dunklen Seidenmantel und mit Pferdeschwanz. Sie fing meine Stimmung und die düstere Atmosphäre unseres Proberaums perfekt ein. Aus Solidarität mit der Band setzte ich hinter meinen Namen das Wort »Group«. Andi stellte ihre Bilder für die Album-Beilage zur Verfügung und schrieb darunter die Worte *the tongue of love* auf Amharisch. Wenig später wurde sie als Todds technische Assistentin angestellt, eine erfreuliche Ergänzung für unsere treue kleine Crew, die jede anstehende Aufgabe bereitwillig in Angriff nahm.

Radio Ehtiopia, das fast ein Jahr nach *Horses* herauskam, fand wenig Anklang, und der Titeltrack, auf den ich so stolz war, galt als unhörbar. Einige unserer ehemaligen Verteidiger bezichtigten uns des Verrats, und John Douglas, dem man unseren angeblichen Richtungswechsel vorwarf, wurde besonders auseinandergenommen. Wir entwickelten uns energetisch weiter, und ich war ganz bestimmt kein Fähnchen im Wind. Jack holte aus uns heraus, was wir angestrebt hatten und unbedingt geben wollten, brüchig und unbändig wie wir waren. Zu allem Übel wurde auch noch *Pissing in a River* als Single-Auskopplung gewählt. Man bat mich, »pissing« in »swimming« oder »wading« umzuändern. Ich hatte nicht bedacht, dass das Wort so viel Aufsehen erregen würde, aber da ich nicht darauf verzichten wollte, wurde der Song im Radio nur selten gespielt und das Wort überpiept.

Es hagelte Pfeile, aber ich nahm es gelassen und sammelte unser Lager mit einer Botschaft aus den Liner Notes um mich: *Die Kunst aus dem grenzenlosen Reich des Rock 'n' Roll braucht keinen Schutzherrn, sie braucht das Volk.* Mit diesem Leitspruch stürzten wir uns in die nächste Tournee, die in Stockholm begann und im schwedischen Fernsehen übertragen wurde. Eines unserer denkwürdigsten Konzerte fand in Spanien statt. Das ehemalige faschistische Regime hatte zwei Glanzpunkte der spanischen Kultur geleugnet: Picassos *Guernica* und den Rock 'n' Roll. Nach Francos Tod wurde Picassos Meisterwerk, seine Antwort auf die Gräuel des Kriegs, in Madrid aufgehängt. Und an Rimbauds Geburtstag ließ uns der kühne, idealistische Veranstalter Gay Mercader für ein spontanes Konzert von Paris nach Barcelona einfliegen. Wir benutzten das Equipment, das vorhanden war, und am Abend tanzten wir alle und feierten das Ereignis, ein Abend, aus dem eine lebenslange Freundschaft mit dem spanischen Volk entstand.

Im Dezember kehrten wir in die Staaten zurück und spielten im Tower Theater in Upper Darby, ganz in der Nähe der Rambo Terrace, wo wir 1949 bei unserer streitsüchtigen Tante Gloria gewohnt hatten. In der ersten Reihe saß meine Mutter, die unter der Energie unseres Konzerts aufblühte, umgeben von ihren eigenen bewundernden Fans. Als Lenny die Downstrokes zu Johnnys ständig wechselnden Missgeschicken anschlug, sah ich plötzlich die weiten Flächen der amerikanischen Prärie vor mir. Wildpferde mit Blitzstrahl-Tattoos auf den Ohren galoppierten durch den Staub, während wir nahtlos zu *Gloria* übergingen. Als ich das Theater mit meiner Mutter verließ, wartete eine Gruppe Kids mit Platten, die ich signieren sollte. Es war kalt, ich war unruhig, erschöpft, wollte weitergehen. Meine Mutter war empört. Du signierst jedes Album, befahl sie mir, vergiss nicht, wer dich so weit gebracht hat.

Wir tourten endlos lange mit *Radio Ethiopia*. Ich fühlte mich bereit für eine Pause und wollte Fred in Detroit sehen. Dann wurden wir gebeten, noch zwei weitere Konzerte an unseren ohnehin schon fordernden Tourplan zu hängen, um in Florida mit Bob Seger zu spielen. Ich stimmte widerwillig zu, da es eine nützliche Herausforderung war. Am ersten Abend gestand man uns sehr wenig Licht und Platz zu. Die Bühne war hoch, und da ich unter Höhenangst litt, war mir wegen des zweiten Auftritts, auf einer noch höheren Bühne, nicht ganz wohl. Ich rief Fred an, wollte ihn um Rat fragen, und er bot an, Seger für mich anzurufen, aber ich hielt es für meine Pflicht, ihn selbst darauf anzusprechen. Sag ihm einfach, wie du dich fühlst, riet mir Fred, er kommt aus Detroit, er wird das Richtige tun. Ich wusste, dass ich manchmal ziemlich ätzend rüberkam, und überlegte mir deshalb genau, wie ich meine Bitte um mehr Platz und Licht vorbringen wollte. Seger hatte wenig zu sagen, wirkte verwirrt und ließ mich stehen.

Bevor wir auf die Bühne gingen, war mein Bruder in heller Aufregung. Er hatte uns gerade mal einen halben Meter Platz verschafft, aber Segers Crew räumte unser Equipment wieder zurück und verbannte ihn bis zu unserem Auftritt von der Bühne. Todd wirkte besorgt und sagte, ich solle vorsichtig sein. Normalerweise waren meine Auftritte sehr physisch, aber ich versuchte mich zurückzuhalten, zumal ich den Bühnenrand in der schummrigen Beleuchtung kaum erkennen konnte. Der siebte Song, *Ain't it Strange,* war unser dynamischster, und ich wirbelte wie immer Derwisch-artig über die Bühne und stoppte mich selbst, indem ich den Fuß fest auf meinen Bodenmonitor stellte. Allerdings hatte Segers Crew den Monitor teilweise über den Bühnenrand geschoben, und als ich den Fuß darauf setzte, kippte er um und ich fiel Kopf voran von der Bühne. Mein Bruder sprang sofort hinter mir her. Ich werde nie den Blick in seinen Augen vergessen, als er meinen blutenden Kopf hielt. In der Notaufnahme säuberten sie meine Kopfwunde ohne Betäubung und nähten sie mit vierzig Stichen. Denk einfach an den Bürgerkrieg, sagte Todd ständig, denk dran, was die Soldaten auf dem Schlachtfeld ausgehalten haben, denk an den Bürgerkrieg.

Ich hatte einen Schädelbruch, eine schwere Gehirnerschütterung und vier gebrochene Wirbel. Mein Management wollte, dass ich die Verantwortlichen verklage, doch die Vorstellung, mich an der Sache finanziell zu bereichern, war mir zuwider. Ich hatte diese Haltung von meinen Eltern übernommen und hielt daran fest. In den Zeitungen hieß es zu Unrecht, ich sei so bekifft gewesen, dass ich von der Bühne getanzt war. Und da ich völlig außer Gefecht gesetzt war, konnte ich mich nicht selbst verteidigen. Für Todd war mein Sturz schrecklich, weil man ihn daran gehindert hatte, seinen Job zu machen.

Zu der Zeit lebte ich noch in meiner Wohnung im fünften Stock ohne Aufzug im East Village, doch dorthin konnte ich unmöglich zurückkehren. Und so verbrachte ich meine bewegungsunfähigen Monate mit einer Halsmanschette in der Wohnung, die ich einst mit Allen Lanier geteilt hatte, der mit Blue Öyster Cult auf einer längeren Tour war. Da ich nicht krankenversichert war, wurde ich rund um die Uhr von meinen Leuten versorgt. Andi Ostrowe kümmerte sich um meine persönlichen Belange. Robert schaute jeden Tag nach mir, und sein Geliebter und Mäzen Sam Wagstaff übernahm großzügigerweise alle Arztrechnungen. Tom Verlaine kam mit Büchern vorbei, die ich wegen meiner verschwommenen Sicht nicht lesen konnte, aber ich behielt sie bei mir.

Einmal brachten mir die Ramones eine kleine Flasche Tequila in einer braunen Papiertüte und eine Ausgabe der Zeitschrift *Punk* mit zwei Zeichnungen von mir auf dem Cover. Joey Ramone stand am Fußende meines Bettes, langes Haar, Sonnenbrille und zerrissene Latzhose. Wir redeten über die Entstehung des Wortes »Punk« und wie es vom Negativen ins Positive umgedeutet wurde. Ein Thema, über das ich mir schon viele Gedanken gemacht hatte, die sich wandelnde Bedeutung bestimmter Wörter.

Während meiner langen Genesungszeit versuchte ich herauszufinden, wo ich im Leben stand, wie meine Zukunft aussah. Auch wenn ich den Unfall nicht selbst verursacht hatte, sah ich darin irgendwie den Schatten einer göttlichen Warnung. William Burroughs besuchte mich mit einem in Zeitungspapier eingewickelten Fisch und bereitete uns eine Mahlzeit. Er zog einen Stuhl an mein Bett, fragte mich nach dem Unfall, und ich gestand ihm meine Gedanken. Er erzählte, ein schlimmer Unfall habe ihn zum Schriftsteller gemacht, und sprach vom schmalen Grat zwischen schlichten Tatsachen und atmosphärischen oder mystischen Eingriffen.

Nach einiger Zeit sah ich auch die positiven Aspekte meines Sturzes. Trotz meines lädierten Sehvermögens und meiner eingeschränkten körperlichen Fähigkeiten entfaltete sich mein Bewusstsein wie eine strahlende Schriftrolle, und ich verband mich wieder mit dem mystischen Fluss der Sprache, der goldenen Waage heldenhafter Taten. Mit Lennys Hilfe verfasste ich mündlich die langen Prosagedichte, die Eingang in meinen ersten großen Gedichtband fanden. Dank unserer Freundschaft und jahrelangem Improvisieren konnte ich ihm unbefangen die Texte diktieren, die er blitzschnell in meine Hermes 2000 tippte. Ich nannte das Buch *Babel,* ein

Verweis auf einige Themen unseres nächsten Albums: die Suche nach einer neuen Sprache, das Bekenntnis zur Liebe und mein Versuch, die Wunden der Dichtung zu öffnen.

Sam Wagstaff besorgte mir einen kleinen Schwarz-Weiß-Fernseher, auf dem Toddy und ich oft fernsahen. Während eines Wiederholungsmarathons entdeckten wir *Raumschiff Enterprise*. Als ich sah, wie Captain Kirk seine Crew dirigierte, wünschte ich mir sehnlichst, meine Rolle als Bandleaderin wieder aufzunehmen. In der Reihe *Movie of the Week* wurde in Dauerschleife ein obskurer Film gezeigt. *Das 1. Evangelium – Matthäus* lief von Palmsonntag bis Ostern. Ich sah ihn mir oft allein an und erlag fasziniert der ästhetischen Schönheit von Pasolinis Dokumentarstil, der das Evangelium treu wiedergab. Pasolini stellte den Messias als Revolutionär dar, dessen Lehren auf dem Grundsatz der Liebe beruhten, und weckte in mir erneut das Bewusstsein für die ursprünglichen Absichten Christi.

Meine Halskrause war aus Gips, schwer und unbequem. Sam zog einen Spezialisten heran, der sie durch eine abnehmbare Manschette aus festem Schaumstoff ersetzte. Ich nahm sie einmal ab, damit Robert mich fotografieren konnte. Er war zufrieden mit dem Bild, weil es eine faszinierende Mischung aus Angst und Entschlossenheit zeigte. Obwohl ich ihm vertraute, fühlte ich mich ohne die Manschette ziemlich entblößt. Ich sah ein, dass es noch einige Zeit dauern würde, bis ich mich wieder normal bewegen oder reisen konnte. Als Fred aus Detroit einflog, um mich zu besuchen, freute ich mich riesig, wollte aber nicht, dass er mich in der Manschette sah. Er setzte sich zu mir und nahm sie geschickt ab. In seiner Gegenwart fühlte ich mich sicher und konnte mir zum ersten Mal vorstellen, sie endgültig zu entfernen.

Irgendwann müssen wir handeln und einen Prozess in Gang setzen, der uns näher an die offene Wunde drängt. Nach vier Monaten Unbeweglichkeit, in denen ich wertvolle Zeit mit Fred verbrachte, brannte ich darauf, wieder frei zu sein. Sam Wagstaff war mit Arthur Allen Jones befreundet, einem Pionier des Resistenztrainings, und sorgte dafür, dass ich in sein Nautilus Institute for Sports Medicine aufgenommen wurde. Ich hatte Glück, dass sich mir als Nichtsportlerin und einziger Frau diese Gelegenheit bot, und unterzog mich voll und ganz dem strengen Programm. Die Aussicht, auf die Bühne zurückzukehren, machte mir zwar noch Angst, doch die intensive Physiotherapie bereitete mich gut darauf vor. Unter dem Namen Basic hatten wir einen kurzen Auftritt im CBGB. Ich trat mit meiner Halsmanschette auf, während Toddy und Andi an der Seite der Bühne kauerten und auf jeden meiner Schritte achteten. Ich war glücklich, auf vertrautem Terrain zu stehen, aber ich war auch vorsichtig und blieb nah am Mikrofon, als wäre es ein Verbündeter. Der Klub war jeden Abend voll, und trotz meiner Unbeweglichkeit empfingen uns die Leute mit herzlichem Applaus.

Es ist schwer, die rasanten Veränderungen in dieser Phase meines Lebens wiederzugeben. Der Balanceakt der aufreibenden Rehabilitation, meine zunehmenden Gefühle für Fred, das berauschende Gefühl des Dichtens. Manchmal überwältigten mich die polarisierenden Möglichkeiten der Zukunft. Während der Arbeit an *Babel* sehnte ich mich nach der Einsamkeit des Schreibens, danach, die Geheimnisse der Welt in Worte zu gießen. Aber auf der Bühne zu stehen, wie eingeschränkt auch immer, schürte in mir den Drang, wieder in Aktion zu treten, mich mit den Brüdern zu vereinen und E-Gitarren anstelle von Waffen zu schwingen.

Allmählich wagte ich mich wieder nach draußen, noch immer mit Halsmanschette. William lud mich ein, ihn zum Gotham Book Mart zu begleiten, um mit Allen Ginsberg und Carl Solomon die Neuauflage von *Junkie* zu feiern. Später fragte er mich, ob ich die Rolle der Mary in der Verfilmung von *Junkie* übernehmen würde, und stellte mich seinem etwas exzentrischen Produzenten vor. Jacques Stern alias Baron Rothschild saß wegen einer Kinderlähmung im elektrischen Rollstuhl. Er bedeckte seine untere Hälfte mit einem Überwurf, der manchmal verrutschte, sodass man seine schmächtigen, schlaffen Beine sah. Sein braunes Haar umrahmte ein markantes Gesicht, das mich an Artaud erinnerte. Jacques beauftragte Terry Southern, das Drehbuch zu schreiben. Dennis Hopper sollte Bill Lee spielen, den Erzähler im Roman. Wir trafen uns alle in der El Quixote Bar neben dem Chelsea. Es war ein seltsames Fenster, durch das ich da blickte. Wahrscheinlich wirkte auch ich etwas komisch, eine Frau mit Halsmanschette, die nicht trank, nicht rauchte und keine Drogen nahm. Doch William hatte sich für mich entschieden; Mary war die einzige weibliche Rolle.

Nachdem wir alles besprochen hatten, feierten wir in Jacques' spektakulärer Wohnung am Gramercy Park. Im Rollstuhl führte mich Jacques zu seinem Arbeitszimmer und gab mir den Schlüssel zu einer alten Truhe, in der angeblich Artauds Briefe lagen. In dem Moment stürmte eine äußerst schick gekleidete Frau schreiend durch die Flügeltür. Wie der Zufall es wollte, war die Baronin aus Europa zurückgekehrt. Sie drohte, Jacques auf der Stelle in eine Anstalt einzuweisen, und beschimpfte William, er würde ihr Geld durchbringen. Dann wurden wir vor die Tür gesetzt, und der Film war Geschichte, bevor er begann. Ich sehe noch vor mir, wie William kopfschüttelnd und mit den Händen in den Manteltaschen die Straße entlangschlurft. Ich sah Jacques nie wieder, widmete ihm aber ein langes Gedicht mit dem Titel *Ha-ha Houdini,* das Gotham Book Mart mit einem eigenen kleinen Schloss samt Schlüssel veröffentlichte.

Am 16. August saß ich bei Nautilus auf dem Standrad. Der Widerstand war viel höher eingestellt als sonst, vor Anstrengung musste ich mich fast übergeben. Ich wusste, dass meine Kraft getestet wurde, und fuhr tapfer weiter. Plötzlich wurde der Song im Radio von der Meldung unterbrochen, dass Elvis Presley gestorben war. Ich kann nicht sagen warum, doch im Kern meiner Trauer fühlte ich eine irrationale Wut. Er war erst zweiundvierzig und trotz seines großen Ruhms oft verleumdet und missverstanden worden. Ich verspürte den überwältigenden Drang, auszubrechen und wieder zur Tat zu schreiten. Ich verabschiedete mich dankbar von Mike O'Shay, meinem geduldigen Trainer, und verließ das Sportinstitut. Das Wetter war schön. Man hatte mir geraten, lange Spaziergänge zu machen, und so ging ich die vier Kilometer ins East Village zu Fuß. Unterwegs besuchte ich Lizzy Mercier, eine wilde, junge französische Künstlerin, die Rimbaud liebte. Ohne zu zögern, nahm ich die Halsmanschette ab und ließ sie auf den Boden fallen. Lizzy gab mir ein Feuerzeug, und ich zündete sie an.

Die Band spielte weiter in der näheren Umgebung. Durch das monatelange Training bei Nautilus war ich körperlich kräftiger geworden, auf der Bühne jedoch etwas zurückhaltender. Am Ende des Sommers fuhren Richard, Andi und ich mit der U-Bahn nach Coney Island. Richard überredete mich, mit ihm Achterbahn zu fahren, in der Hoffnung, die letzten Überreste meiner körperlichen Ängste zu verbannen. Es war ein grauenvolles und zugleich erhebendes Erlebnis, ein riesiger Schritt in Richtung angstfreies Verhalten.

Da mir längere Reisen noch untersagt waren, bereiteten wir die nächste Platte vor. Bei den Aufnahmen für unser letztes Album im Record Plant hatte ich mich mit Jimmy Iovine angefreundet, einem toughen Italiener, der Tontechniker bei Bruce Springsteen war. Ich bewunderte seine Herangehensweise, seinen unermüdlichen Arbeitseinsatz, und engagierte ihn als Produzent für unser Album. Die Wahl eines Unbekannten ohne Produktionserfahrung kam bei Arista nicht gut an, aber ich hielt ihn für genau den richtigen Mann. Ich fühlte mich noch ein wenig verletzlich und hatte den Eindruck, dass ich mich auf ihn als Produzent und Beschützer verlassen konnte. Toddy und Jimmy verstanden sich auf Anhieb und funktionierten perfekt als technisches Team.

Nach Monaten der Untätigkeit hatten wir kaum Material und bauten das Album Stück um Stück zusammen. Auf dem Boden unseres Proberaums lagen Seiten mit unfertigen Lyrics, Gedichten und Manifesten gegen die Zensur, es ging um spirituelle Alchimie, die Umwandlung von Müll, Erlösung und die Neudefinition von Wörtern. Lennys furioses *Till Victory* diente als Ankündigung, dass wir zurück waren. *Ghost Dance* schrieben wir zum Andenken an den Auferstehungstanz der Hopi. *We Three* stammte aus meiner Feder, ein langsamer Tanz, der an unsere ersten Nächte im CBGB erinnerte. Ivans aufwiegelndes *25th Floor* thematisierte mein erstes Rendezvous mit Fred auf dem Dach des Renaissance Hotel in Detroit und endete mit Feedbackschichten und kaskadenartigen Bildern.

Mitten in den Aufnahmen wurde Richard krank, man riet

ihm zu einer längeren Auszeit. Ich war verzweifelt, ihn zu verlieren, versicherte ihm aber, er könne zurückkommen, wenn er bereit wäre. Ivan holte den Musiker Bruce Brody mit ins Boot. Er hatte schon mit John Cale gearbeitet, war am Keyboard herausragend, handhabte die heikle Situation mit Respekt und arbeitete gut mit Jimmy und der Band zusammen.

Ich hatte beschlossen, das Album *Easter* zu nennen, und schrieb am Text für den Titeltrack, ohne eine Melodie im Kopf zu haben. Ich stellte mir die Rimbaud-Geschwister vor, die von ihrer Mutter in einer Reihe zur Kirche getrieben werden, und die mystische Flucht des empörten Kinddichters in himmlisches Glockengeläut. Eines Nachmittags kam ich zu früh in den Proberaum, Jay Dee war bereits da, saß aber nicht am Schlagzeug, sondern am Klavier und spielte ein überirdisch schönes Stück, das meinen Text perfekt ergänzte. *Easter* war der erste Song, den wir gemeinsam schrieben.

Jimmy ließ sich nicht anmerken, dass er unter enormem Druck stand, um sich vor Clive Davis zu beweisen. Er war gut mit Bruce Springsteen befreundet und erinnerte sich an einen Song, den er aufgegeben hatte, weil ihm der Text nicht gefiel. Auf seine Bitte hin gab ihm Bruce ein Demo für mich. Jimmy drängte darauf, dass ich es mir anhöre, aber ich wollte nur eigenes Material auf dem Album haben, zumal wir bereits eine gefühlvolle Coverversion von *Free Me* aus dem Film *Privilege* aufgenommen hatten. Ich legte die Kassette bei mir auf den Kaminsims und überging stur Jimmys ständige Bitten, sie mir anzuhören.

Ferngespräche waren damals teuer, Fred und ich telefonierten deshalb nur einmal pro Woche, immer am selben

Tag zur selben Zeit. Ich wartete auf seinen Anruf. Ich tigerte auf und ab, trank Kaffee und versuchte mich abzulenken, während die Stunden verstrichen. Irgendwann entdeckte ich die Kassette auf dem Kaminsims und hörte sie mir als Zugeständnis an Jimmy an. Ich erkannte sofort das Potenzial. Es war in meiner Tonart, der Song war sinnlich und von einer unerbittlichen Direktheit. Verdammt, das wird ein Hit, sagte ich zu mir. Gegen Mitternacht rief Fred endlich an. Doch zuvor war ich Bruce' musikalischem Können erlegen und hatte den Text *Have I doubt when I'm alone, love is a ring on the telephone* als Liebeslied für Fred geschrieben.

Because the Night war der letzte Song, den wir aufnahmen. Unter Jimmys Leitung legten wir ihn als Hymne an. Für mich stand zweifelsfrei fest, dass wir ein Geschenk erhalten hatten, dem wir im Gegenzug gute Dienste leisteten. Als Jimmy und Shelly Yakus das Album abmischten, war ich von einer seltsamen Wolke umhüllt. Ich spürte noch immer das rasende Adrenalin, das mich als Performerin antrieb, doch jetzt zog mich eine Sehnsucht fort, an einen anderen Ort, wo Natur mit der glänzenden Kraft eines Märchens alles erneuerte. Ein Ort, an dem man vielleicht Fionn dem Dichterkrieger begegnete, oder der wahren Liebe. Ein Zustand wie Wiedergeburt, wie er im Titelsong aufscheint, mit dieser stetig ansteigenden Kakofonie aus Glocken und Dudelsäcken.

Easter erschien am 3. März 1978 und erhielt freundliche Kritiken. Das Coverfoto hatte Lynn Goldsmith gemacht. Beim Shooting in ihrem Studio floss eine kollaborative Energie, aus der viele Aufnahmen entstanden, die an Frühling und Osterfarben aus Kindheitstagen erinnerten. Am Ende entschied ich mich aber für eins der kraftvolleren Bilder. Ich trug ein Hemdchen aus Dupionseide, die bloßen Arme erhoben, um meine Haarklammern zu richten, eine unbewusste Geste, die vor meiner Physiotherapie unmöglich gewesen wäre. Wir waren beide schockiert über die heftige Kritik an meiner Achselbehaarung, für einige Plattenläden ein Grund, das Album nicht sichtbar zu machen. Man unterstellte mir eine Trotzhandlung, aber ich hatte mich noch nie rasiert und das Bild ausgewählt, weil es die Vitalität meines gegenwärtigen Zustands zeigte.

Ich schenkte Jimmy meine Motorradjacke, durch seine Leistung war mein Vertrauen in ihn gewachsen. Nach fast einem Jahr Hausarrest gingen wir wieder auf Tour. Fred hatte mir zwei seiner liebsten Kleidungsstücke überlassen, eine alte, grün-weiß karierte Weste und ein ausgefranstes MC5-T-Shirt. Beides wurde, zusammen mit einer abgewetzten Wildlederjacke, meine Comeback-Uniform.

Wir stiegen in Deutschland in den Zug und kamen am Ostermorgen in Paris an. Meine körperliche Präsenz auf der Bühne hatte vom Schicksal vorübergehend einen Dämpfer bekommen. Ich war weniger gelenkig als früher und konnte mich mit der Gitarre nicht mehr zurückbiegen, fühlte mich aber kräftiger denn je. Doch im Inneren rang ich mit einem unerwarteten Dilemma. Es war schön, wieder da zu sein, in der Nähe meiner loyalen Band und Crew, aber gleichzeitig spürte ich, wie ich mich zurückzog. Ich kehrte mit einer unglaublichen Energie auf die Bühne zurück, fühlte mich aber zeitweise fehl am Platz und empfand eine ausgeprägte Demut, die im Widerspruch zu meiner früheren respektlosen Leichtigkeit stand. Wenn wir *Gloria* spielten, verfolgten mich die Augen Pasolinis und sein Bild von Jesus als Revolutionär. Die Anfangszeilen eines Gedichts, das ich mit zwanzig geschrieben hatte, genügten meinen derzeitigen Ansprüchen nicht mehr. Nicht, dass ich meine Worte zurücknehmen wollte, doch ich war über sie hinausgewachsen. Mir war auch bewusst, dass die Arbeit, die ich hinter mir gelassen hatte, für andere von Bedeutung war. Es war ein neuer Balanceakt, zwischen Bedürfnissen und Erwartungen und meinem aufkeimenden neuen Kodex.

Meinem Bruder tat es gut, wieder in die Arbeit als Chef der Crew einzutauchen. Er blühte auf unter der Last der Verantwortung und redete selten über seine inneren Konflikte. Auf unseren Reisen hatte er eine schöne Künstlerin kennengelernt, Tara, eine robuste, vorurteilsfreie Frau, bei der er ganz er selbst sein konnte. Sie hatte schon für andere Bands gearbeitet und stieß bald als Jay Dees Schlagzeugtechnikerin zu unserer Crew.

Unser neues Album war befreiend, und das Publikum empfing uns mit unbändiger Begeisterung. Die Band feierte, ich kehrte allein in mein Zimmer zurück und freute mich über eine kurze Nachricht, die man unter meiner Tür hindurchgeschoben hatte: Anruf von Mr Smith. Ich schloss die Augen und spürte seine Präsenz. Bevor wir zurückflogen, legten wir einen Zwischenstopp in Manchester ein, für einen Live-Auftritt in der BBC-Sendung *The Old Grey Whistle Test,* wo wir *Because the Night* und danach *25th Floor* spielten. Mit meiner Duo-Sonic in der Hand stürzte ich mich fast so wild wie früher in die Performance. Der Song war eine Hymne an meine Gitarre, die ihren Radar in Richtung Detroit lenkte. Ich liebte meine Gitarre, sie verlieh mir immer eine starke Körperlichkeit. Ihre schweren Saiten waren wie Stacheldraht, den ich mit einem Ruck herausreißen konnte. Selbst Fred schaffte das nicht.

Die Tournee war nicht lang gewesen, doch es drängte mich nach Hause, wo viel Arbeit auf mich wartete. Robert Miller hatte mir angeboten, meine Zeichnungen in seiner Galerie auf der Fifty-Seventh Street auszustellen. Ich wollte, dass es eine Doppelausstellung mit Robert wird, und er stimmte zu. Ich schuf viele neue Arbeiten während der Tour, klebte Zeichenpapier neben Roberts Fotografien an die Hotelwände und reagierte auf sie mit meinen eigenen Interpretationen. In einer Tourpause drehten wir den zwölfminütigen Film *Still Moving,* der die Ausstellung begleiten sollte. Als Kulisse verhängte er die Wände mit weißem Netzgewebe, davor nichts als eine Statue von Mephistoteles. Um selbst Stills aufnehmen zu können, verpflichtete er die talentierte junge Lisa Rinzler als Kamerafrau. Zum Dreh trug ich meine Schweizer Kampfstiefel und mein abgerissenes Freiheitskleid. Robert ergänzte mein Outfit durch ein langes Band aus weißem Leder, an dem er kleine weiße Federn befestigte, ein Halsschmuck für Geistertänze. Mein Monolog war völlig improvisiert, vereinte weibliche und männliche Elemente, und ich tauschte währenddessen das weiße Kleid mit meiner Arbeitskleidung. Irgendwann wollte ich das von ihm aufgehängte kokonartige Netz herunterziehen. Ich hatte mir die Augen mit einem zerfetzten Stück Stoff verbunden und konnte den Rand nicht finden. Robert half mir – eine Nahaufnahme mit seiner stark geäderten Hand, die mein Handgelenk umfasst, zeigt den perfekten Augenblick des Einsseins.

Wir waren beide am Unsichtbaren interessiert, so wie wir als Kinder die Vorstellung von Gott angenommen hatten. Ein Künstler sucht das Unendliche, doch er schafft auf Erden. Er versucht, Fühlung mit dem Göttlichen aufzunehmen, und kehrt zurück, um etwas Irdisches zu schöpfen. Für uns war das die ureigene Sünde im Vertrag des Künstlers mit Gott. Die Ausstellung war der Höhepunkt unserer zehnjährigen Zusammenarbeit. Sam Wagstaff ließ unsere Werke großzügig rahmen. Meine in Blattgold gefassten Zeichnungen verströmten die Aura erleuchteter Manuskripte. Roberts riesige Porträts von mir waren umwerfend: Ich mit der Halsmanschette in der Hand, wie ich mir die Haare schneide, wie ich mit verbundenen Augen nach dem Netz greife, diskrete Akte vor den Lamellen eines Heizkörpers. *Still Moving* auf die weiße Wand projiziert war ein Zeugnis des gemeinsam Erreichten. Robert Miller gab einen Empfang in seiner Wohnung am Central Park. Ich stand neben ihm, als es an der Tür läutete. Es waren John Lennon und Yoko Ono, die bedauerten, dass sie nicht bleiben konnten, aber die Ausstellung gesehen hatten. Yoko lächelte. John sah mich an und sagte: *Gute Arbeit*. Es war meine einzige Begegnung mit ihm, und ich bewahrte seine Worte wie ein Amulett für die Zukunft.

Because the Night war ein weltweiter Erfolg. Es erreichte Platz dreizehn der Billboard-Charts, aber meine Ablehnung bestimmter Werbeauftritte bremste vermutlich den weiteren Aufstieg. Meine Weigerung, den Song lippensynchron in Dick Clarks landesweiter Fernsehshow zu singen, kostete uns den Erfolg, den er mir bei einer Zusage versprochen hatte. Doch dazu konnte ich mich nicht durchringen, Playback singen war für mich der Gipfel der Heuchelei. Die Single rutschte schnell wieder aus den Charts. Es war wohl etwas naiv zu glauben, Erfolg stelle sich allein durch eigene Leistung ein.

Wir flogen wieder nach Europa, wo wir eine ungeahnte künstlerische Freiheit genossen. Nach Wales, das Land der alten Kelten, von Merlin und Dylan Thomas. Nach Deutschland, wo junge Leute durch die Dunkelheit schlichen, um

Graffiti an die Berliner Mauer zu sprühen. Nach Wien, wo wir mit den Geistern von Wittgenstein, Mozart und Harry Limes Walzer tanzten. Wir folgten den Schritten unserer Helden und gaben sie in Augenblicken gemeinsamer Trunkenheit einen nach dem anderen auf.

Im Delacroix Museum in Paris hängt eine Version des Künstlers von Maria Magdalena. Nichts ist uferloser als die Einfachheit des menschlichen Gesichts, kühn und schlicht, überflutet von mehr Licht als Verlust. Den Kopf leicht zurückgeneigt, blickt sie hoch zum gekreuzigten Herrn. Aus ihrem Gesicht sprechen Hoffnung und Verzweiflung. Der Herr hat ihre Stirn berührt, sie sieht, was er sieht, den tausendfachen Amoklauf der Menschheit in seinem Namen. Ich stand vor dem Gemälde, einem schlichten Meisterwerk, und versprach, einen Song für sie zu schreiben, der auch für mich war. Zur Inspiration klebte ich eine Postkarte der Magdalena in meinen Gitarrenkoffer und schrieb langsam Strophen eines noch titellosen Songs.

Im Oktober sprachen wir über eine neue Platte. In meinem tiefsten Inneren wusste ich, es würde unsere letzte sein. Richard war glücklicherweise wieder gesund in unsere offenen Arme zurückgekehrt. Wir fuhren mit der Fähre nach Staten Island ans Meer. Es war etwas kühl, er saß in seinen Regenmantel gehüllt am Strand, während ich allein auf und ab ging und ein kleines Lied schrieb, *Frederick*. Ich spürte ihn irgendwo tief schlafend in Detroit, traurig, dass er so weit weg war, aber auch glücklich, dass es ihn gab. Auf der Fähre zurück hatte ich den Song im Kopf und sang ihn Richard vor. Ein paar Tage später überraschte er mich im Proberaum mit einer Version von *Frederick* auf dem Klavier, ein tanzbares Schlaflied.

Lenny und ich schrieben eine kleine Hymne, die er auf seiner Autoharp spielte. Er vertonte außerdem ein Gedicht, das ich ein Jahrzehnt zuvor gegen die Kolonialherrschaft verfasst hatte. Ein merkwürdiges kleines Gedicht, das er in eine Abschiedshymne verwandelte. Ivan und ich schrieben *Citizen Ship,* ein Stück, in dem wir seine Erlebnisse 1968 als Flüchtling aus der Tschechoslowakei mit den politischen und kulturellen Unruhen in Amerika verknüpften. Außerdem gab er mir eine Kassette mit einigen Songideen, Gitarrenriffs und Melodien. Aus einer Skizze wurde *Dancing Barefoot*, der Song, den ich versprochen hatte zu schreiben, als ich vor dem Porträt von Maria Magdalena im Delacroix-Museum stand. Nachdem ich die Musik hatte, entwarf ich einen dreigliedrigen Text, in dem es um die Hingabe an die Menschen, den Geliebten und den Schöpfer ging.

Da Jimmy sehr gefragt war, erklärte sich mein Freund Todd Rundgren bereit, *Wave* zu produzieren. Er arbeitete im Bearsville Studio in der Nähe von Woodstock, wo er auch Meat Loafs *Bat Out of Hell* und seine eigenen Alben eingespielt hatte. Wir wohnten alle zusammen in den Räumen über dem Studio, schliefen auf Sofas und Stockbetten, während Richard sein Lager auf dem Billardtisch aufschlug. Andi kümmerte sich um unsere praktischen Bedürfnisse, Toddy und Tara blieben in der Stadt und arbeiteten bei der Crew von Skafish im Hurrah's. Mitten im Winter in Woodstock zu sitzen, war logistisch herausfordernd; manchmal waren wir eingeschneit und kamen nicht weg. Ich hatte einen Fuß in Detroit, einen in New York, und beide strandeten oft in Bearsville.

Anfang Dezember schlug Sid Vicious meinem Bruder im Hurrah's eine zerbrochene Flasche ins Gesicht und verfehlte nur knapp sein Auge. Toddy wurde mit sieben Stichen genäht, erstattete Anzeige, damit Sid sicher weggesperrt wurde, und empfahl der Polizei, ihn wegen Selbstmordgefährdung zu überwachen. Leider wurde er schnell aus dem Gefängnis entlassen, und zwei Tage später war er tot. An all das musste ich denken, als wir die Byrds-Nummer *So You Want to Be a Rock 'n' Roll Star* aufnahmen. Wir bretterten durch den Song, angetrieben von Jay Dees donnernder Hommage an Keith Moon. Im Breakdown sah ich Toddys blutiges Auge und den Tod von Sid Vicious vor mir und dachte über die Zukunft des Rock 'n' Roll als Kunstform nach. Durch die Improvisation versuchten wir, das Aufnahmemedium zu bezwingen. Wir hatten das bekenntnishafte *Seven Ways of Going* als Live-Stück entwickelt. Todd Rundgren hatte das Gefühl, nicht gebraucht zu werden, und ließ uns den Track auf unsere Weise einspielen: Lenny an der Gitarre, ich an der Klarinette. Richard am E-Piano, Ivan am Bass, Jay am Schlagzeug und Andi an den Pauken. Im Sog der Band gelang es mir, die widersprüchlichen Gefühle, die mich nach meinem Sturz geplagt hatten, auszutreiben. Die Band rang die ganze Nacht mit dem Stück, bis wir irgendwann eins waren und uns, nach Richards ergreifender Coda, der Liebe, dem unaussprechlichen Wunder, ergaben.

Am Morgen nahmen wir den Titeltrack auf, den ich auf dem Klavier improvisierte. Richard erzeugte den Klang des Ozeans auf dem Synthesizer, während Ivan auf dem Cello die immaterielle Stimme des Papstes hinzufügte.

Es war ein Stück mit gesprochenem Text. Ein Kind begegnet an einem windigen Strand Albino Luciano, Papst

Palladium, New York City, 1979

Johannes Paul I. Obwohl er nur dreiunddreißig Tage nach seiner Ernennung starb, hatte ich ihn aufgrund seiner klaren Art und Begeisterung für Pinocchio lieb gewonnen. Das Kind freut sich über sein Lächeln, dankt ihm dafür und verabschiedet sich winkend. *Wave,* eine Rückkehr zu meinem ursprünglichen Ich, bildete den Abschluss des Albums.

Robert schoss das Coverfoto in Sam Wagstaffs spärlich möblierter Wohnung, wo wir auch das Cover für *Horses* aufgenommen hatten. Ich wollte etwas Weißes tragen, aber mein Freiheitskleid war inzwischen so fadenscheinig, dass Toddy mir in einem Secondhandladen in Austin, Texas, ein anderes Kleid kaufte. Eine weiße Taube, eine Anspielung auf eine Zeile in *Frederick,* saß auf meiner Hand, eine zweite landete auf dem Finger, der den Weg zeigt. Sie standen für das, was ich früher gesucht hatte und was ich jetzt suchte.

Das fertige Album wurde zurückgehalten, solange ich mich mit Arista über den Text von *Dancing Barefoot* stritt. Man war sehr besorgt über meine Verwendung des Wortes »heroine« und bat mich, die Zeile zu ändern, damit sie das Stück im Radio spielen konnten. Ich versicherte ihnen, dass es keine Anspielung auf Drogen war, sondern die weibliche Form von »hero«, Heldin, deren einzige Sucht die Sehnsucht nach Liebe war, die Ruhm und Reichtum überstieg. Ich behauptete mich, der Text blieb und *Dancing Barefoot* wurde im Radio nur selten gespielt.

Im Juni flogen wir für einen letzten Auftritt vor unserer Pause nach Chicago, ein Doppelkonzert im Aragon Ballroom mit Sonic's Rendezvous Band. Ich war überglücklich, dass die beiden Bands zusammenspielen konnten, doch während wir schliefen, wurde unser Ryder-Truck vor dem Hotel gestohlen. Alles, das komplette Equipment, war weg. Lennys

1962er-Stratocaster, die alten Verstärker, Toddys Werkzeug, Ivans erstklassige Les Paul. Ich war am Boden zerstört, dass das ausgerechnet in meiner Geburtsstadt Chicago passierte. In Gedanken erstellte ich eine Liste der gestohlenen Sachen in meinem Metallkoffer. Freds Weste und sein ausgefranstes T-Shirt, meine *Horses*-Jacke mit dem kleinen goldenen Pferd am Revers. Toddys zerschlissenes rotes Seidentuch, das ich als Augenbinde benutzte. Roberts Kreuz, unveröffentlichte Gedichte, meine signierte, bei Ace Books erschienene Taschenbuchausgabe von *Junkie* und meine abgegriffene Ausgabe der *Illuminations*. Ich sah den Verlust als eindeutiges Omen, denn da ich leicht abergläubisch war, hatte ich diese Dinge immer nah bei mir gehabt. Alles, was mir wichtig war, mit einer Ausnahme. Vor einigen Wochen hatte ich meiner Duo-Sonic eine Pause gegönnt. Ich liebte diese Gitarre wie Fred seine Rickenbacker. Nun sind sie beide zusammen und liegen in Ehren ausgemustert unter meinem Bett.

Wir gingen alle unsere getrennten Wege und schoben den Schmerz über das verlorene Equipment vorübergehend beiseite. Todd und Tara heirateten in einer Mission in San Antonio, mit Lenny als Trauzeuge. Während ich mit Fred durch Europa reiste, fiel mir ein, dass eine der schönsten Belohnungen des Tourlebens darin bestand, dass Todd und ich unsere große Liebe gefunden hatten.

Der Verlust meines Koffers mit meiner abgerissenen, unersetzlichen Arbeitskleidung war für mich schwer zu verkraften. Ich hatte keine Ahnung, was ich anziehen sollte, und so trug ich einfach alte Latzhosen und T-Shirts, die Fans auf die Bühne warfen. Ähnlich untröstlich war ich über den Verlust meiner aufgemotzten Duo-Sonic, die ich mir als Ersatz für mein pensioniertes Original besorgt hatte. Andi und ich hatten Wochen damit verbracht, ein Metall-Schlagbrett, Danelectro-Tonabnehmer und ein Bigsby-Vibrato aufzutreiben, und dazu noch einen seltenen Vorverstärker, den uns irgendein exzentrisches Genie aus der Gegend von Chicago eingebaut hatte. Es war die lauteste Gitarre auf der Bühne. Ein echtes Tier. Vielleicht waren diese Verluste ja ein Zeichen, dass meine Zeit abgelaufen war. Seit Monaten hatte ich weder gezeichnet noch geschrieben und nicht mal ein Tagebuch auf meine Reise mitgenommen. Ich saß da und hörte *Andmoreagain* von Arthur Lee: *And I'm wrapped in my armor … but my things are material. And I'm lost in confusion … cause my things are material.*

Ich fuhr ständig nach Detroit, und jeder Abschied war herzzerreißender. Ich zog von Stadt zu Stadt, erledigte Job für Job, gab ein absurdes Interview nach dem anderen und klapperte endlos viele Radiosender ab. Mir lag viel an meiner Stadt, meiner Band und meiner Crew. Doch wenn man nicht aufpasst, erreicht man irgendwann den Punkt, an dem man sich selbst nicht mehr wiedererkennt. Ich rollte den Teppich meines Lebens aus. Ich erforschte, wohin ich gewandert war und was ich auf dem Weg zertreten hatte. Ich überlegte, wo ich gestolpert war, wann ich anderen gegenüber unfreundlich, fordernd und respektlos gewesen war. Was hatte ich zu Unrecht begehrt und was hatte ich beiseitegeworfen? Wo stand ich und in welcher Richtung sollte es weitergehen? Es war an der Zeit, mich selbst in die Verantwortung zu nehmen und darauf zu vertrauen, dass es keinen strengeren Richter gab als mich.

In ganz Europa fühlte ich mich von einer frenetischen Welle der Verehrung überrannt, alle schrien nach Aufmerksamkeit, wollten Haarsträhnen von mir. Jungs boten mir ihre Freundinnen an. Mädchen schenkten mir ihre Pullis. Ich hatte nie Bodyguards und rannte durch die Straßen von Cannes, Bologna und Florenz, mit Fans und Paparazzi auf den Fersen. Ich hatte das Gefühl, sie könnten mich verschlingen wie die Männer am Strand in *Plötzlich im letzten Sommer*. Der Dichter Gregory Corso stieß zu unserer Karawane. In Bologna besuchten wir einen Schneider, und ich erfüllte ihm freudig seinen Wunsch nach einem weißen Leinenanzug. Später, als er in einem Straßencafé einen Espresso bestellte und in Weiß gekleidet Shelley rezitierte, erinnerte ich mich daran, wie er im Chelsea beim Lesen meiner Gedichte eingenickt war und seine Hose mit Zigarettenasche verfleckte. Auf der Fahrt von Bologna nach Florenz blockierten mehrere Frauen die Straße, zwangen unseren Bus anzuhalten und schrien meinen Namen. Gregory und ich stiegen aus. Einige der Frauen küssten den Saum meines schwarzen Kleids. Ich war entsetzt, als sie die Hände rangen und auf Italienisch nach mir kreischten. Was wollen sie denn?, rief ich verzweifelt. Gregory sprach fließend Italienisch und übersetzte für mich. Sie wollen, dass du ihre Männer, alles politische Gefangene, aus dem Gefängnis holst, sagte er. Sie glauben, du hast die Macht dazu.

In diesem Augenblick kam ich mir wie eine Hochstaplerin vor. Ich hatte keine Ahnung, was diese Frauen gerade durchmachten oder wie ich ihnen helfen konnte. Ich musste noch viel über die Welt und meinen Platz darin lernen. Gregory notierte sich die Namen ihrer Männer und schlug vor, sie bei der nächsten Pressekonferenz vorzulesen. Ich erklärte mich dazu bereit, auch wenn es mir vollkommen sinnlos erschien. Ich war nur die Sängerin einer Rockband, ohne jede politische Macht. Ich stieg wieder in den Bus und kehrte zu meinem Platz zurück, niedergeschlagen und unwiederbringlich verändert.

Unser letztes Konzert fand am 17. September 1979 vor achtzigtausend Leuten in einem Fußballstadion in Florenz statt, mit Gregory Corso, einem unserer größten lebenden Dichter hinter der Bühne. Todd wollte eine riesige amerikanische Flagge aus seiner Navy-Zeit hissen. Nicht als politische Aussage, sondern als Hommage an den Rock 'n' Roll, das Geschenk Amerikas an die Kultur. Man hatte ihn gewarnt, dass es Ärger geben könnte, aber er wollte sie noch einmal hissen. Ich gab ihm grünes Licht, und er rief der Crew zu: Los, hoch damit, wir hissen zum Aufstand. Und genau das taten wir, wir schlugen zwei Stunden lang Krach.

Ich hatte mein weißes Hemd und die Krawatte im Hotel vergessen. Ich ging barfuß auf die Bühne, mit hochgekrempelter Hose und einem locker sitzenden gestreiften T-Shirt mit U-Boot-Ausschnitt. Mein Bruder überreichte mir feierlich meine E-Gitarre, und ich lieferte ihnen eine letzte ohrenbetäubende Rückkopplung aus Freds unerträglich lautem, aufgemotztem Fender Twin. Dann überließ ich unsere Bühne den Leuten und forderte sie auf, uns zu vergessen und sie selbst zu sein. Unser Tontechniker Carl Cornell erzählte mir, diesen Anblick am Mischpult werde er nie vergessen. Was hast du gesehen?, fragte ich. Diese Kids, sagte er, sie sind zu Tausenden nach vorne gedrängt und haben in Wellen die Bühne gestürmt.

Das Siegel meines stillen Gelübdes bekam Risse. Zum zweiten Mal in meinem Leben musste ich auf etwas Wertvolles verzichten, um weiter wachsen zu können. Ich hatte bereits meine Religion abgelegt, ein Kind weggegeben. Den

Mantel des Ruhms und des Reichtums abzuwerfen, war damit verglichen nichts. Niemand wusste von diesen Gedanken, nur mein Bruder, der am meisten unter meinem Abschied leiden würde. Er sah es in meinen Augen. Ich spürte seine nicht vergossenen Tränen.

Am Abend schlenderten Gregory und ich durch die Straßen von Florenz. Er bekniete mich, nicht aufzuhören. Was willst du denn machen?, rief er. Wir standen unter der riesigen David-Statue. Gregory weinte, doch ich tröstete ihn nicht. Um eine solche Entscheidung zu treffen, musste ich eisern bleiben. Ich spürte die Bedürfnisse meiner Freunde, die Loyalität und die komplexen Ambitionen meiner Bandmitglieder. Plötzlich nahm *Dancing Barefoot* seine Bedeutung in Echtzeit an, auf allen drei Ebenen gleichzeitig. Ich wusste, meine Entscheidung würde Unmut und Schmerz verursachen, aber es schien mir wichtig, wieder über mich selbst zu bestimmen. Als wir *Horses* fertigstellten, dachte ich, damit wäre mein Job erledigt. Doch ich wurde ermutigt weiterzumachen, blieb bei meiner Band, und wir schufen ein kleines und hoffentlich bleibendes Werk. Wir hatten den guten Kampf gekämpft, und ich hatte, in den Worten des Timotheus, den Lauf vollendet. Todd hatte seine Flagge eingeholt, sie gefaltet und verschnürt, auf dass sie nie wieder gehisst würde, und sie mir gegeben.

Vor meiner Rückkehr nach Detroit besuchte ich William Burroughs in New York. Er saß still da, die Hände ineinandergeschlungen, während ich ihm erzählte, was und wofür ich mich entschieden hatte. Er fragte nur: Was hat er dir zu bieten? Sich selbst, erwiderte ich. Ich verabschiedete mich von William, der mir sieben Jahre zuvor geraten hatte, meinen Namen rein zu halten. Ich war dem Ungebetenen gefolgt, jetzt war es an der Zeit, meinem eigenen Wunsch zu folgen. Rock 'n' Roll hatte mir die Möglichkeit gegeben, unser musikalisches und spirituelles Erbe anzuerkennen und zugleich preiszugeben. Mit einem ramponierten Metallkoffer voller Touraufkleber kehrte ich nach Detroit zurück. Ich tat es aus Liebe. Für die Kunst. Doch am meisten tat ich es für mich selbst. Es war an der Zeit, meinen alten Mantel abzuwerfen. Der Querbuckel schauderte. Wegzugehen war meine zweite Existenzerklärung.

My Madrigal

Wir lebten in jeder Zeitzone, manchmal endete die Nacht bei Sonnenaufgang und der Tag begann am Abend. Oft saßen wir in der Arcade Bar, unter einer großen runden Uhr ohne Zeiger. Dieser unbeseelte Gegenstand wurde unser erstes Geisttier. Fred schrieb einen Song über diese Uhr, eine langsame Gesangsmelodie über einem schnellen, zerstückelten Beat. Wir zogen ins Cadillac, ein Hotel, in dem wir einen Sondertarif für Langzeit-Bewohner bekamen. Es lebten dort nur eine Handvoll Leute.

Obwohl ich etwas isoliert war, nahm ich Detroit voll und ganz als mein neues Zuhause an. Wenn Fred bei der Probe war oder etwas besorgte, streifte ich in meinen alten Klamotten durch leere Innenstadt. Ich trug einen langen Fell-Militärmantel mit fehlenden Knöpfen. Abgewetzte Stiefel. Shirt mit U-Boot-Ausschnitt. Alles leicht daneben, wie aus einer alten Zeitschrift ausgeschnitten, eine bohemehafte Papierpuppe, die aufrecht durch die Gegend zog. Ich konnte Stunden und ganze Tage eingehüllt in Stille existieren.

Ich liebte die Architektur des Hotels, auch wenn die Innenausstattung ästhetisch einiges zu wünschen übrig ließ und nichts Romantisches hatte. Unser Zimmer war klein, mit einer orangefarbenen Wand, orange-schwarzer Bettwäsche und schlechter abstrakter Kunst. Ein kleiner eingebauter Schrank und ein Bad. Ganz gleich, wann wir aufstanden, wir aßen immer Steak mit Eiern und Orangen, manchmal unsere einzige Nahrung. Ich brauchte eine Weile, um mich an Freds langsame, besinnliche Art zu gewöhnen, die im Kontrast zu seinen vertrackten Beats und atemberaubenden Gitarrensoli stand.

Wenn ich mir selbst überlassen war, ging ich in den unbewohnten achten Stock, betrat unverschlossene Räume und blickte aus den Fenstern auf verschiedene Ausblicke der Stadt. Wenn ich unruhig war, tat ich so, als wäre ich Nijinsky und hüpfte glücklich durch die langen leeren Flure. Ich übte auf meiner Klarinette, die ich in einem Pfandleihhaus in Wien gekauft hatte. Fred hatte mir dazu geraten und ermunterte mich, darauf zu spielen, weil es meinen Atem stärken und sich positiv auf meinen Gesang auswirken würde. Er brachte mir die grundlegende Technik bei und schenkte mir ein Mundstück. Es machte mir zunehmend Spaß, obwohl ich nie auf traditionelle Weise spielte, sondern endlos improvisierte. Wenn wir auf Tour waren, hatte ich in Motelzimmern, auf Wiesen und öffentlichen Toiletten geübt. Ich lernte nie Tonleitern oder Noten, sondern hatte meinen eigenen Stil, der eher nach 1001 Nacht klang als nach mathematischer Musik. In Amsterdam hatte ich im American Hotel für William Burroughs bis drei Uhr morgens Klarinette gespielt. Er verstand mich, und als ich etwas verlegen aufhörte, bedeutete er mir, weiterzuspielen.

Diese Nacht mit seinem liebevollen Zuspruch ist mir auch jetzt noch in Erinnerung.

Das Hotel plante, wegen umfangreicher Renovierungsarbeiten für längere Zeit zu schließen, da die zahllosen Zimmer nach modernen Standards als unpraktisch und viel zu klein galten. Schließlich verkündeten die Besitzer, dass das Hotel aufgrund sinkender Auslastung schließen würde, worüber wir lachen mussten, da wir zu den Letzten gehörten, die die Stellung hielten. In den letzten Wochen konnte ich mir aussuchen, auf welcher Etage ich Klarinette spielen oder durch die Flure tanzen wollte.

1979 war es nicht leicht, eine Wohnung in der Innenstadt von Detroit zu finden, Freds heiß geliebter und schwer geprüfter Stadt. Schließlich fanden wir nur eineinhalb Kilometer vom Hotel entfernt eine Unterkunft an der East Jefferson in einer heruntergekommenen umgebauten Villa. In der Eingangshalle stand ein Klavier und nebenan war das durchgehend geöffnete Eight O'Clock Diner, ich kam also jederzeit an Kaffee. Es gab zwei spärlich möblierte Wohnungen. Eine war sonnig, mit einem Fenster, das auf eine breite Gasse mit Bäumen blickte. Ich war bezaubert von den zwitschernden Vögeln, aber Fred gefiel die zweite besser. Auf dem schwarzen Linoleumboden in der Küche waren fünf große gelbe Flecken, die an den Five Spot erinnerten, den historischen Jazzklub im East Village. Wegen dieses Fußbodens ließ ich mich von Fred überzeugen, denn wir hielten ihn für ein gutes Omen.

Mein Bruder packte meine wichtigen Sachen in einen Truck und brachte sie von New York nach Detroit. Mein Schreibtisch, meine Bücher und Notizbücher, geliebte Talismane, aber vieles blieb zurück und gelangte in fremde

East Jefferson, Detroit

Hände. Ich freute mich, unserer kleinen Wohnung meinen Stempel aufzudrücken. Wir stellten unsere Ständer für sein Saxofon und meine Klarinette auf. Kein Fernseher, aber eine Stereoanlage, unsere Platten, von Oper über Motown über die Ray Conniff Singers bis hin zu Sun Ra und John Coltrane. Ich hängte meine marokkanischen Seidentücher und breiten Paisleyschals vor die Fenster. Fred fand den Druck eines von ihm geliebten Mondrian-Bilds und heftete ihn neben unsere Instrumente an die Wand. Wir hielten die Einrichtung spärlich, alles spiegelte unseren Seelenzustand wider, Künstler, die wir liebten, Bücher, die wir lasen. Meine Tarotkarten. Freds Motorradjacke. Seine mit schwarzem Klebeband zusammengehaltenen Cowboystiefel. Unser Fünf-Flecken-Fußboden. An all das erinnere ich mich.

Nachts hörten wir unsere Platten und endeten oft mit *A Love Surpreme*. Freds Bewunderung für Coltrane war groß, und wir hörten seine Platten immer wieder und fühlten uns so inspiriert, dass wir im leeren Flur improvisierten, Fred auf dem Klavier, ich auf der Klarinette. Wir improvisierten lange Stücke, die wir wiederholten und perfektionierten – *Methadone Waiting Room,* wegen seines langsamen monotonen Grooves, ein anderes nannten wir *Dromedaries,* weil es die Bewegung von Kamelen einzufangen schien, die sich durch die Wüste quälten. Ein anderes war für den Dichter Rumi, bei dem wir mit repetitiven Melodien das Wirbeln der Derwische und die wallenden Röcke der Sufis imitierten. Wir komponierten Stücke, die niemand hörte, nur der Geist des Flurs oder die Geister, die in unserer kleinen Jazzwohnung abhingen. Wir wählten ein Gemälde aus einem unserer Jackson-Pollock-Bücher und interpretierten es; entfesselte Rufe nach dem Chaos der Welt, improvisierte Klageschreie, die anschwollen, dann verebbten und in sanften Schlaf sanken.

Der Wunsch nach Erleuchtung war stärker als mein Ehrgeiz. Einigen schien es, vielleicht weil ich nicht mehr im Licht der Öffentlichkeit stand, dass ich gar nichts machte. Aber wir entwickelten uns weiter. Am Anfang litt ich unter den Wachstumsschmerzen einer schlüpfenden Motte, die sich strecken und ausdehnen will, oder eines Fohlens, das versucht, auf unsicheren Beinen aufzustehen.

In dieser kleinen Wohnung feierten wir das Ende der Siebzigerjahre, und im letzten Moment der Dekade bat mich Fred, seine Frau zu werden. Auch wenn ich in Gedanken schon verheiratet war, war es eine schwierige Zeit, in der ich daran dachte zu fliehen, nicht nach Hause, sondern irgendwohin weit weg. Zum Beispiel auf das Dach der Welt oder in ein Kloster am Rand einer Klippe mit Ausblick aufs Meer. Fred spürte meine Unruhe und meine Sehnsucht nach dem Meer, er nahm meine Hand und gab mir Halt. Bei einem Gebrauchtwarenhändler hatte er ein dunkelbraunes Oldsmobile, Baujahr 1973, gekauft, mit dem wir die ganze Strecke zur Upper Peninsula fuhren. Die Grand Sable Dunes waren nach dem Rückzug der Gletscher entstanden, gewaltige Dünen, die sich an die Küste schmiegten, mit den tosenden Wellen des Lake Michigan zu unseren Füßen. Ich war begeistert und akzeptierte die Dünen als Wüste, den See als das Meer. *Wann immer du das Meer vermisst,* sagte er, *bringe ich dich hierher*.

Als ich meinen Eltern schrieb, dass wir vorhatten zu heiraten, antwortete mein Vater, dass er uns gern allein besuchen würde. Ich war leicht verunsichert, fühlte mich aber auch geehrt, weil mein Vater nie reiste. Er wollte sehen, was für ein

Leben ich führte, meinen künftigen Mann unter die Lupe nehmen und herausfinden, warum ich die Öffentlichkeit hinter mir gelassen hatte. Vielleicht auch, um meine Mutter zu beruhigen, die untröstlich war, dass ich mir solch goldene Gelegenheiten entgehen ließ. Fred holte ihn am Flughafen ab; er kam in seinen besten Kleidern und einem neuen Mantel an. Sie mochten sich auf Anhieb. Beide zeigten Respekt voreinander, waren ruhig und würdevoll. Fred ging mit meinem Vater ins Hotel Saint Regis mit seiner klassischen Bar, und die zwei tranken Cognac und unterhielten sich stundenlang. Es war das erste Mal, dass mein Vater echtes Interesse an einem meiner Partner zeigte. Er war beeindruckt von Freds sportlicher Begabung, seiner Lässigkeit, seinem Sinn für Humor und seinem Wissen über Sport und Politik. Sie kehrten in bester Stimmung zurück.

Mein Vater war ein guter Golfspieler, und er hatte Fred dazu überredet, sich von ihm unterrichten zu lassen. Wir einigten uns darauf, bald nach South Jersey zu fahren, damit Fred meine Familie kennenlernte und seine erste Golfstunde bekam. Mein Vater staunte über Freds Können und wie schnell er sich für das Spiel begeisterte. Beide hatten ein Gespür für die Bedeutung der Form, für die Schönheit, die dem Golf innewohnt, einem sowohl mental wie körperlich fordernden Sport. Abends saß Fred mit meiner Mutter am Küchentisch, sie rauchten und unterhielten sich über das Leben. Beide konnten gut zuhören, und meine Mutter war eine großartige Geschichtenerzählerin. Ich freute mich, dass ich ihn allein bei meinen Eltern lassen konnte und dass Fred sie mochte und umgekehrt.

Fred und ich heirateten in einem Schaltjahr. Wir gaben uns das Jawort in der Mariners' Church in der Innenstadt

1. März 1980, Mariners' Church

in Detroit, wo Matrosen gesegnet wurden, bevor sie in See stachen. In der Nacht zuvor, am 29. Februar, war der Mond fast voll, es sah aus, als würden zwei helle Lichter nah beieinanderhängen. Das sind Planeten, sagte Fred. Das sind wir, dachte ich. Am Morgen machte ich Frühstück und zog mich rasch an. Ich trug ein weißes viktorianisches Teekleid und eine weiße Strumpfhose. Ich wäre nie auf die Idee gekommen, mir weiße Schuhe zu kaufen. Ich bemerkte diesen Fehltritt nicht, erinnere mich aber an die offensichtliche Irritation meiner Schwiegermutter über meine schwarzen Ballerinas. Fred, schön wie immer, trug einen schwarzen Anzug mit einem weißen Hemd und schwarzer Seidenkrawatte. Wir fuhren ein paar Blocks auf der East Jefferson zur Kirche. Das Lafayette Coney Island, wo wir uns kennenlernten, das Hotel Renaissance, wo wir uns zum ersten Mal küssten, das Hotel Cadillac, wo wir am Anfang zusammenlebten, und unsere Wohnung lagen nur wenige Minuten voneinander entfernt. Die fünf Punkte unseres launischen, aber standhaften Sterns.

Es war eine bescheidene Hochzeit, nur unsere Eltern waren anwesend. Mein Vater in seinem guten Anzug und mit seiner gelassenen Haltung war der Ruhepol. Meine Mutter rauchte Kette. Freds Vater ging unruhig auf und ab. Seine Mutter, in einem makellosen rosafarbenen Kostüm, war ein Nervenbündel. Father Ingles trug anstelle eines Kruzifixes einen schweren goldenen Anker. Ich hatte mich für weiße Chrysanthemen entschieden. Fred hatte die Orgelmusik ausgewählt, *Jesus bleibet meine Freude* von J.S. Bach, Charles-Marie Widors *Toccata, Abide with Me* und das Lied *O komm, o komm, Emmanuel,* von dem er wusste, dass ich es liebte.

Die Zeremonie war unbeschwert, aber feierlich. Wir

knieten vor Father Ingles und erhielten seinen Segen. Beim Durchblättern der Bibel hatten wir uns für den Ratschlag aus dem Brief an die Hebräer 13:16 entschieden, den mein Vater mit seiner sonoren Stimme las: *Vergesst nicht, Gutes zu tun und mit anderen zu teilen; denn an solchen Opfern hat Gott Gefallen*. Wir erhoben uns und steckten einander die Ringe an. Meiner war ein schlichter goldener Ring, etwas zu groß, Fred musste ihn mit schwarzem Faden umwickeln. Seiner war ein antiker Goldring mit der Gravur FREDERICK, den ich vor einiger Zeit, insgeheim hoffend, für ihn auf dem Portobello-Markt in London gekauft hatte.

Meine Eltern schenkten uns einen großen weißen Kelch, der ein Andenken an Camelot hätte sein können. Als wir in die Wohnung zurückkehrten, wärmte ich uns Muschelsuppe von Campbell's auf, die wir gemeinsam aus dem Kelch verzehrten. Wir mussten uns beeilen, rechtzeitig zum Flughafen zu kommen, und verpassten fast unseren Flug nach Miami. Ich trug einen alten Kamelhaarmantel über meinem Hochzeitskleid und rannte voraus, um sicherzugehen, dass die Türen des Flugzeugs nicht geschlossen wurden. Fred rannte nicht, er schlurfte. Die Stewardess rief ihm zu, sich zu beeilen, doch er blieb gelassen.

Das Flugzeug war ausgebucht. Nach der Hälfte des Flugs gab es einen schrecklichen Sturm. Vor den Fenstern zuckten Blitze. Die Turbulenzen waren grauenvoll, die Leute schrien. Fred hatte eine kleine Flasche Cognac dabei, die uns mein Vater geschenkt hatte, und wir saßen still da, während wir abwechselnd daraus tranken. Er nahm meine Hand und sagte: Wenn wir abstürzen, dann wenigstens zusammen. Ich liebte ihn, aber ich wusste, wir würden es schaffen. Der Mann hinter uns rief ständig: Wir werden sterben, und sein

Sohn fing an zu weinen. Ich stand auf, hielt mich am Sitz fest, sah ihn an und erklärte laut, uns werde nichts passieren, weil wir gerade geheiratet hatten und auf Hochzeitsreise waren, er solle keine Angst haben, der Sturm sei nur ein Teil des Abenteuers. Die Leute verstummten. Hinter uns stand der Vollmond in der Jungfrau, Freds Sternzeichen. Wir hatten gehofft, später die Mondfinsternis zu sehen, wenn alles wie geplant gelaufen wäre. Irgendwo unter uns war ein aufgewühltes Meer mit hohen Wellen. Schließlich landeten wir in Fort Lauderdale, um Treibstoff aufzunehmen. Nur wenige von uns stiegen wieder in das Flugzeug. Gegen Mitternacht kamen wir in Miami an, fast sieben Stunden später als geplant.

Wir hatten zwei kleine Koffer. Fred holte ein Auto von einer durchgehend geöffneten Autovermietung, und wir fuhren ohne Plan oder Reservierung los. Über uns stand der Vollmond, während wir an einem NO-VACANCY-Schild nach dem anderen vorbeifuhren. Gegen zwei Uhr morgens entdeckte ich ein Schild mit einem Pfeil und der Aufschrift VACANCY. Wir verließen die Autobahn und bogen auf eine lange unbefestigte Straße ab, die zu einem kleinen Büro gegenüber einem einstöckigen Motel führte, das an *Psycho* erinnerte, weiß getüncht mit einem handgemalten Schild: NIRVANA MOTEL. Fred weckte den Besitzer, der nicht sehr erfreut war, aber als er uns im Mondlicht dastehen sah, mit unseren zwei kleinen Koffern und ich in meinem weichen viktorianischen Kleid, beruhigte er sich. Er gab Fred einen Schlüssel, und wir machten einen Spaziergang zum nahe gelegenen Strand, blickten hoch zu dem dreieckigen Bogen, den unser Mond, Jupiter und Mars bildeten. Meine Ballettschuhe waren voller Sand, und ich wusch meine Füße im Meer. Unser Zimmer war bescheiden, die Matratze nah am Boden. Ich zog mein Kleid aus, und wir verbrachten unsere erste Nacht als Mann und Frau.

Vielleicht lag es an den Planeten, dem Mond und der schützenden Kraft der Liebe, denn meine Rüstung schien undurchdringlich. Ich hatte keine Gefahr gespürt und gewusst, wir würden es schaffen, genau wie seinerzeit in Detroit, als wir mitten auf der Straße tanzten. Und dieses Gefühl, das ich im Flugzeug empfunden hatte, verließ mich auch nicht im Morgengrauen, als wir mit 225 km/h über die Seven Mile Bridge in Richtung Florida Keys rasten und plötzlich ein Reifen platzte. Fred hielt das Lenkrad fest, und das Auto geriet ins Schleudern, doch er brachte es mit einer gekonnten Drehung zum Stehen. Er stieg aus, begutachtete den Reifen und war insgeheim zufrieden mit meiner Reaktion. Ist alles in Ordnung?, fragte er. Ja, sagte ich, ich hatte keinen Zweifel, dass du damit fertigwirst. Fred ging die Brücke entlang zu einer Telefonzelle, erzählte der Autovermietung von unserem geplatzten Reifen und dass es schrecklich sei, es uns aber gut ginge und wir einen Ersatz bräuchten, da wir auf Hochzeitsreise waren. Nach einiger Zeit brachten sie uns ein sportliches rotes Cabriolet, ein Upgrade. Sei ehrlich, sagte er, hattest du Angst? Nein, sagte ich, ich kann nicht fahren, das überlasse ich dir, aber ich glaube, du hättest ein großer Rennfahrer werden können. Ich bin dein Rennfahrer, sagte er.

Als wir endlich die Keys erreichten, ging Fred als Erstes mit mir in ein Schmuckgeschäft und kaufte einen Ringschutz für meinen Ehering. Den schwarzen Faden, ein ehrwürdiges Überbleibsel, legte er in ein winziges Fach in seiner Brieftasche. Wir besuchten das Haus von Ernest Hemingway, wo Fred ein Foto von mir in einem weißen, lichtdurchfluteten

Raum machte, in dem ich neben einem antiken Gebärstuhl stand, ein stilles Zeichen für das, was kommen würde.

Unser Mietvertrag lief in wenigen Monaten aus, also suchten wir überall nach einer neuen Wohnung. Durch Zufall bogen wir in eine kleine Sackgasse ein, während wir die Seitenstraßen in St. Clair Shores abklapperten, wo es ein verstecktes Kanalsystem gab. Dort entdeckten wir den perfekten Ort, ein um die Jahrhundertwende erbautes und mit Kletterpflanzen bewachsenes Steinhaus, das einem belgischen Landhaus glich. Eine Miniversion der ersten Burg, auf die ich als kleines Kind von der Treppe in der Baring Street starrte. Ein stilles Abbild der weitläufigen Herrenhäuser, an denen Linda und ich auf dem Schulweg vorbeigingen. Irgendwann werde ich in so einem Haus leben, hatte ich zu ihr gesagt, auch wenn ich in meinem späteren Leben keine solchen Ambitionen hegte und glücklich war im East Village mit einer Wohnung im fünften Stock ohne Aufzug. Doch irgendetwas rührte sich in mir, als wir an jenem Winternachmittag daran vorbeifuhren und ein Heim für uns suchten. Es stand nicht zum Verkauf, aber ich hatte eine Vorahnung, dass wir eines Tages dort wohnen würden.

Die Vorstellung, an einem Kanal zu leben, begeisterte uns. Auf Klenk Island im äußersten Osten von Detroit fanden wir ein Grundstück an einem Kanal, nur eine kurze Bootsfahrt von der Mündung des Detroit River entfernt. Fred hatte die Idee, dort ein kleines Haus zu bauen, und wir schmiedeten nächtelang Pläne. Doch nach Wochen des Verhandelns platzte der Deal. Insgeheim war ich erleichtert, weil ich an das Haus in der Beach Street dachte. Bei jeder Spazierfahrt landeten wir irgendwie immer in dieser von Bäumen gesäumten Sackgasse, die am Eingang zum Lake St. Clair endete und in der es keine Bürgersteige gab. Wir parkten dort unbemerkt und malten uns die Zukunft aus.

Wir entdeckten ein kleines Haus in der Olive Street, in der Nähe einer Bahnlinie. Traurig saßen wir im Auto, beobachteten die vorbeifahrenden Züge und stellten uns vor, dort zu leben. Am Karfreitag bogen wir nach einer langen Fahrt wieder in die Beach Street ein, um das Haus noch einmal zu sehen, bevor wir unser Angebot abgaben. Unser kleines, aber inbrünstiges Gebet wurde erhört. Dort, auf dem Rasen im Vorgarten, war ein an einen Pfosten genageltes Schild, dass das Haus von privat zu verkaufen war. Die Besitzer waren nicht ganz einfach, aber wir einigten uns schließlich und waren bereit, am ersten April einzuziehen. Doch es wurde Ende Mai, und sie zeigten keine Anstalten auszuziehen. Fred hatte einige Auseinandersetzungen mit ihnen, ehe sie widerwillig zustimmten, bis zum ersten Juli auszuziehen. Am zweiten Juli hielten wir vor unserem neuen Haus. Im Garten türmte sich der Müll, und im ganzen Haus war Abfall verstreut. Zwei Tage lang räumten wir von morgens bis abends auf. Danach legten wir unsere Mäntel über eine Matratze und schliefen erschöpft ein.

Wir wachten auf, und es war Unabhängigkeitstag. Es gab viel zu tun, und wir tauften diese Zeit unseren Sommer der Handarbeit. Eine Wendeltreppe führte nach oben zu drei Zimmern und einem kleinen Bad. Unser Zimmer hatte einen von Wildrosen umrankten, schmiedeeisernen Balkon. Efeu kletterte am ganzen Haus empor. Wir schaufelten riesige Erdhaufen in die Grube zurück, die die Besitzer ausgehoben hatten, um einen Swimmingpool zu installieren. Ich legte eine alte Steinbank frei, auf der unsere Kinder irgendwann sitzen würden. All diese Entdeckungen waren eine Freude, und für uns war es trotz der vielen notwendigen Arbeit ein romantisches Haus.

Es berührte mich zutiefst, dass wir nun eigene Bäume besaßen, auf die wir achten mussten. Hohe uralte Weiden säumten den Kanal. Auf der Rückseite, hinter der Küche, befand sich ein Bootshaus mit Sandsäcken, Wischmopps und Sumpfpumpen, da ständig alles unter Wasser stand. Mir wurde klar, dass ich wenig Gespür dafür hatte, wie man ein Haus einrichtet. Bisher hatte ich überall provisorisch gelebt. Ich hatte benutzt, was jemand hinterließ, meine eigenen Sachen hinzugefügt, dann das meiste wieder zurückgelassen und von vorne angefangen. Wir richteten uns langsam ein. Ich wusste, wie man kocht und Wäsche macht, weil ich meiner Mutter geholfen hatte. Fred übernahm das Aufstellen der Möbel. Der frühere Besitzer hatte alle Wände rot gestrichen, und Fred musste eine riesige Leiter besorgen, um die hohen Wände neu zu streichen.

Ich wollte ein gebrauchtes Klavier, um darauf zu improvisieren, wie wir es im Flur unserer Wohnung gemacht hatten. Wir fanden einen Chickering-Flügel, der das Herzstück unseres Musikzimmers wurde, neben einem kleinen Fernseher, der auf einem mit einem Tuch abgedeckten Koffer stand, einem Ständer für meine Klarinette, einem für sein Saxofon und seine Akustikgitarre. Mein Schreibtisch im georgianischen Stil passte nicht mehr zu mir. Er wurde Freds Bürotisch, mit einer Uhr, einem Bild von seiner Mutter als Kind und unserem ersten Telefon und Anrufbeantworter.

Mein Lieblingsraum war die Küche. Sie war klein, aber groß genug für einen Kartentisch neben der Fliegengittertür, und wurde mein eigenes Café. Ich kochte mir Kaffee, setzte mich und schrieb, jedes Mal verzaubert von meiner neuen Umgebung. Wir wussten, das Haus war unpraktisch, mit dem einen kleinen Bad oben. Wir hatten nicht viel Stauraum, keine Waschmaschine und keinen Trockner. Dinge, über die ich früher nie nachgedacht hatte. Der See war nur wenige Schritte entfernt, ich führte also kein karges Leben, nur wenn ich es wollte. Wir hatten ständig Ideen. Erwies sich eine als unpraktikabel, fiel uns die nächste zu, als würde eine kleine Maschine, ein einmotoriges Flugzeug, eine Handvoll Flugblätter abwerfen. Nächster Schritt. Nächste Lektion. Die Winter waren kalt und dunkel. Der Kanal fror zu. Das Ganze war nicht luxuriös, aber sehr romantisch, alles gehörte nur uns, und mit jedem Frühling kam der Duft von Flieder und Rosen, gurrende Tauben, und im Herbst lagen Birnen zu meinen Füßen.

Vor der Geburt unserer Kinder richtete ich mir einen eigenen Raum ein. Neben unserem Schlafzimmer, klein, quadratisch, mit einem Fenster. Meine Vision, wie er mir am besten gerecht wurde, stammte aus *Tausendundeine Nacht*. Fred hatte einen Restpostenladen entdeckt, in dem wir meterweise schwarzen Filz kauften, einen kleinen Hammer, Nägel und schwarzes doppelseitiges Klebeband. Mit dem Filz bedeckte ich Boden und Fußleisten. Die Wand war weiß verputzt, und das eine Fenster blickte auf die Fliederbüsche in unserem verwilderten Garten.

In einem Secondhandladen fand ich einen niedrigen Tisch, und zum Sitzen bedeckte ich ein breites Dekokissen mit schwerer marokkanischer gestreifter Seide. Ich machte mir Tee aus frischer Minze, trank aus meiner persischen Tasse, saß mit meinem Tintenfass und meiner Füllfeder da, um zu schreiben. Ich hatte das Gefühl, eingefangen zu haben, was ich in *Tausendundeine Nacht* gelesen hatte, einen geheimnisvollen Raum zum Teetrinken und Nachdenken. In diesem Raum war ich ganz bei mir. Dort konnte ich sitzen und im Morgenlicht oder abends bei Kerzenlicht schreiben. Manchmal blieb mein Stift liegen, aber in Gedanken entspann ich lange Geschichten, die aus einer anderen Quelle zu kommen schienen, flüssig und zusammenhängend, während ich mich daranmachte, eine Mahlzeit vorzubereiten oder unsere Wäsche zusammenzulegen. Das Zimmer war mein *Vagabondia*. Fred schaute manchmal vorbei und steckte den Kopf durch die Tür, trat aber nie ein. Nicht ein einziges Mal störte er die Stimmung oder betrat den schwarzen Filz mit seinen staubigen Cowboystiefeln.

Kurz nach unserer Hochzeit äußerte Fred den Wunsch nach einem Sohn. Ich hatte nie daran gedacht, Kinder zu bekommen, da ich davon ausging, wir würden das unstete Leben von Bohemiens führen. Er versprach, vorher mit mir irgendwohin zu verreisen. Ich entschied mich für Saint Laurent-du-Maroni, eine Grenzstadt im Nordwesten von Französisch-Guayana. Wir planten die komplizierte Reise, zeichneten Karten und legten unsere Ziele fest. Er las Geschichtsbücher. Ich las »Tagebuch eines Diebes«.

Im folgenden Februar flogen wir nach Miami, von dort weiter nach Guadeloupe, Haiti und Surinam. In Paramaribo heuerte Fred zwei junge Männer an, die uns in einer Piroge über den Maroni-River bringen sollten, in dem es von Piranhas wimmelte. Sie setzten uns am anderen Ufer bei sintflutartigen Regen ab. Mit großer Anstrengung erklommen wir eine steile Böschung und folgten einem Weg in die Stadt St. Laurent, wo einst Sträflinge in Ketten auf der Straße zur Schau gestellt wurden. Wir fanden eine Bar und tranken Kaffee mit Cognac, während wir darauf warteten, dass der

Gefängnis, Saint-Laurent-du-Maroni

Regen aufhörte. In der Nähe befand sich das bescheidene Hotel Galibi, perfekt gelegen am Ende der Welt.

Am Valentinstag stand ich vor der Gemeinschaftszelle des verlassenen Gefängnisses von St. Laurent, das früher von groben Wärtern und abgebrühten Verbrechern bewohnt war. Genau das war mein Ziel gewesen, an jenem Ort zu sein, von dem Genet so geschwärmt hatte. Mir wurde bewusst, dass es lange dauern könnte, bis wir wieder frei wären, ein solches Abenteuer in Angriff zu nehmen. Wahrscheinlich würde ich mich in Gedanken auf den Weg machen müssen, wie damals mit meinen Geschwistern, wenn wir uns im Spiel der Knöpfe nach Nimmerland oder zu den Ringen des Saturn entführen ließen. Derart in Gedanken versunken, bemerkte ich nicht, dass Fred mich fotografierte. In diesem stillen Bild kann ich den inneren Bogen dieses Augenblicks noch einmal erleben. Ich trat in die Gemeinschaftszelle, kniete nieder, sammelte drei Steine vom Erdboden auf und legte sie in eine übergroße Gitane-Streichholzschachtel.

Fred und ich feierten unseren ersten Jahrestag in Kourou. Es war ein strahlender Sonntagnachmittag. Da es uns nicht gelungen war, eine Überfahrt nach Devil's Island zu buchen, saßen wir Händchen haltend auf einer Bank und sahen zu, wie das Boot zu der Strafkolonie ablegte, in der Albert Dreyfus eingekerkert war und Papillon seine wunderbare Flucht plante.

Nach unserer Rückkehr in Detroit setzten wir unsere Reisen in Büchern fort. Fred las abends über Schiffsreisen oder studierte Seekarten. Ich schrieb zur gleichen Zeit am imaginären Tagebuch einer Reisenden, die nie reiste und nur in den Siebenmeilenstiefeln ihres Geistes nach Damaskus, in entlegene Klöster und die Wüsten Arabiens gelangte. Fred fand für mich ein Buch mit Luftaufnahmen von Kairo, und ich fand für ihn einige vergilbte Tagebücher von unbekannten Seemännern. Er bewunderte die großen Kapitäne in der Geschichte und Literatur. Wenn wir nach Osten fuhren, um meine Eltern zu besuchen, machten wir Halt in Küstenorten in New England, um historische Museen und die Stätten der Walfangschiffe der Yankees zu besuchen. Ich konnte nicht viel mit Schiffen anfangen, ausgenommen die imaginierten Holzschiffe in Nimmerland. Fred jedoch liebte sie und hoffte, eines Tages Besitzer einer alten Chris Craft zu werden, um nach Lake St. Clair zu fahren.

Abends las Fred über Silas Talbot, der vom Bauernjungen zum Kapitän der *Old Ironsides* aufstieg, und Jacob Le Mair, ein Niederländer, der als Erster Kap Horn umsegelte. Doch am meisten verehrte er Captain Joshua Slocum. Der in Nova Scotia geborene Slocum wurde zum Schuhmacher ausgebildet, sehnte sich aber nach dem Meer. Dickköpfig und ehrgeizig, lief er mit vierzehn davon, um Schiffsjunge zu werden, und mit sechzehn heuerte er als einfacher Seemann auf einem Handelsschiff an. Obwohl er nicht schwimmen konnte, schaffte er als Erster eine alleinige Weltumsegelung, bevor er auf See verschwand. Fred las mir lange Passagen aus Slocums Bericht vor, der mit den unsterblichen Worten beginnt: *Ich hatte mich zu einer Reise um die Welt entschlossen.* Fred dachte daran, nach Argentinien zu fahren, um sich das Kap mit eigenen Augen anzusehen. Als Nichtschwimmerin fand ich den Gedanken an lange Reisen in der Kabine eines Segelschiffs nicht sehr verlockend. Ich stellte mir vor, dass ich mitkäme, um mir die Schafe auf den Falkland-Inseln anzusehen – wieder eine Möglichkeit, mich meinem Captain anzuschließen. Schließlich ist ein Captain nichts anderes als der Kommandant eines guten Schiffes, zu dem man aufschaut, von dem man lernt und von dem man beschützt wird.

Am Ende des Winters unternahmen wir lange Fahrten auf der Suche nach einem alten Chris Craft. Ich streifte durch die Werften, fasziniert von alten Schleppern, provisorischen Booten, Verstecken von Landstreichern und Obdachlosen. Eines Tages, in einer Stadt namens Harrison, ungefähr zwanzig Kilometer von unserem Haus entfernt, entdeckte ich ein Boot, das mir das Herz stahl. Ein kleines Holzschiff wie in dem Kindergedicht *Wynken, Blynken, and Nod*. Groß genug für zwei Leute, handgeschnitzt, mit glänzender Patina und einem blauen Segel. Überhaupt nicht praktisch und etwas zu teuer, aber ich sah mich sogleich unseren Kanal auf und ab segeln. Fred wusste, wie sehr ich es liebte. Wir standen da und bewunderten es gemeinsam, bis ich bereit war zu gehen. Wenn ich bedrückt wirkte, stieg er ins Auto und fuhr mich nach Harrison zum Bootsanleger. Ich hatte ein kleines Lied: *Sail little boat sail on / Dear little boat be true / We always hoped for one little boat like you*.

Eines Nachmittags sagte Fred, er müsse in Ann Arbor etwas erledigen, und fuhr weg. Ich wusste nicht, was er vorhatte, doch als er zurückkam, wirkte er traurig. Wir saßen am Tisch, und er gestand mir, dass er mit einem Vorschuss für ein künftiges Projekt nach Harrison gefahren war, um das Boot für mich zu kaufen, doch es war nicht mehr da. Wir bedauerten es schweigend. Ich war sehr gerührt, dass Fred das für mich getan hätte, und das Boot blieb in der Schatzkammer unserer Erinnerung wie ein verlorenes Kind. Ich sehe es noch heute vor mir, ein Boot, groß genug für zwei, mit einem blauen Segel, das einzige Boot, das ich mir je wünschte, und das einzige, das seinen Weg in Gedichte, Geschichten und meine nebligen Wasserläufe fand. Wochen später überraschte mich Fred mit einem noch kostbareren Geschenk, einer jungen Abessinierkatze, rötlich mit goldenen Augen, und prophezeite, sie würde eine große Jägerin werden. Sie war lebhaft und anmutig, daher nannten wir sie Ballo, was auf Lateinisch »ich tanze« heißt. Wir hatten viele Mäuse, und sie entsprach Freds Einschätzung. Außerdem hatte sie eine mystische Seite, ich fühlte mich eins mit ihr.

Irgendwann fand Fred unser Boot in Saginaw, Michigan. Ein pensionierter Seemann, der gern einen über den Durst trank, verkaufte es Fred für einen sehr niedrigen Preis. Ein neun Meter langer Chris Craft Constellation aus den späten Fünfzigern, leicht ramponiert, aber immer noch wunderschön. Fred und ein Kumpel holten es auf einem Anhänger nach St. Clair Shores. Es dauerte mehrere Stunden, weil sie sehr langsam fahren mussten. In der Abenddämmerung war er zu Hause. Das Boot nahm einen Großteil unseres Gartens ein. Neugierige Nachbarn versammelten sich drum herum, und Ballo fand ein neues Versteck.

Am nächsten Morgen machten wir uns nach dem Frühstück sofort an die Arbeit und scheuerten, schmirgelten, strichen und markierten die Wasserlinie. Ich verstand nichts von Booten, half aber eifrig mit. Eigentlich war ich für die anstehenden Aufgaben nicht geeignet. Im Geiste hörte ich die Stimme meiner Mutter, die mich rügte, weil ich beim Geschirrabtrocknen und anderen Aufgaben so langsam vorankam. Ich war nie in der Lage, die erforderliche Energie aufzubringen, um meine Pflichten schnell und effizient zu erfüllen. Und mit dreiunddreißig, fand ich, war ich in vielerlei Hinsicht noch das gleiche zwölfjährige Mädchen.

In diesem Frühjahr blühte der Flieder und die langhaarigen Äste unserer alten Weiden wogten im Wind. Das Innere des Boots passte zu uns. Es hatte etwas Jazziges, mit seinem gesprenkelten Resopaltisch. Wir saßen da und listeten auf, was wir noch brauchten: einen Schiffskompass, Rettungswesten und Stoff für Vorhänge, die ich selbst nähen würde. Abends saßen wir in der Kajüte, ich mit meiner Thermoskanne Kaffee, Fred mit einem Budweiser, und hörten uns Spiele der Detroit Tigers auf dem Kofferradio an. Fred breitete seine Seekarten aus, studierte den Lake St. Clair und suchte die beste Route, um über den Detroit River nach Ontario zu gelangen. Er beschäftigte sich mit Kursbestimmung, Kompassablesen, Steuern und Navigationsrouten. Ich las über Ägypten, Theben und die Sahara, und wir mussten oft lachen, weil uns beiden nicht entging, dass unser Resopaltisch zwischen Meer und Wüste aufgeteilt war.

Im Spätsommer tauften wir das Boot *Nawadir,* ein arabisches Wort für seltenes Ding, entlehnt aus einer Passage in Gérard de Nervals *Die Frauen von Kairo*. Fred legte eine Bootsinspektion fest; das Holz schimmerte, der Name glänzte in der Sonne. Die bewundernden Nachbarskinder versammelten sich vor dem Haus, um zu beobachten, wie es zum Jachthafen geschleppt und ins Wasser gelassen werden würde. Der Bootskontrolleur ließ sich lange Zeit und wollte Fred unter vier Augen sprechen. Wie sich erwies, hatte unser Boot eine gebrochene Achse und konnte nicht bewegt werden, doch es gab noch andere kostspielige Probleme, die behoben werden mussten, um das Boot seetüchtig zu machen. Fred nahm es mit Fassung, aber *Nawadir* war gestrandet, lag vertäut in unserem Garten und hallte mit den Klängen von Baseball und Beethoven wider, ohne je das Meer zu befahren.

Nawadir

Unser Kapitän

Im Januar 1982 herrschten rekordtiefe Temperaturen. Wir beschlossen, vor dem eisigen Wetter in den Süden zu fliehen, packten Freds Gitarre, ein paar Klamotten und Bücher ein und fuhren durch Cincinnati, Kentucky und die Okefenokees in Georgia nach Jacksonville, Florida. Ein Motel glich dem anderen. In einem flackerte eine gelbe Glühbirne in unregelmäßigen Abständen, und dann fing es an zu regnen. In einem anderen funktionierte alles nur mit 25-Cent-Stücken, als würde man im Waschsalon schlafen. Wir steckten Münzen in den Fernseher, in die Eismaschine, das vibrierende Bett. Es gab eine Kommode mit einem gestärkten Zierdeckchen und einer Glasvase mit künstlichen Blumen, die ich versehentlich goss.

Amelia Island verzauberte uns. Die Küste war geprägt von Kanälen und Buchten, Garnelenfängern, rostigen Schleppdampfern und überholten Fischkuttern. Fred interessierte sich dafür, wie die Menschen hier lebten, und überlegte, ob auch wir den Winter über auf einem kleinen Hausboot leben könnten. Am Valentinstag ritten wir über den Strand. Ich hatte einen Schimmel, Fred einen Falben. Es war das einzige Mal, dass ich ihn reiten sah. Sein Pferd startete plötzlich durch, und ich folgte ihm. Wäre es eine Szene in einem Film gewesen, ich hätte sie nie enden lassen.

Auf der Fahrt nach Saint Augustine entdeckten wir American Beach, ein Ort wie für uns gemacht, scheinbar vergessen, man konnte sich dort im Freien verstecken. Wir standen auf einer Düne und blickten auf die Ruinen eines einst großartigen Tanzlokals, ein Ballsaal, ein Ort, an dem tief in der Nacht der Jazz florierte, überbordend, frei von Grenzen, ohne Diskriminierung von Schwarzen, vereint durch die Liebe zur Musik. Und eine Zeit lang, in den späten Stunden, war es wie ein Weihnachtsfrieden im Bürgerkrieg. Alle feierten und tanzten im Mondlicht. Der Ruf des Saxofons ergoss sich ins Meer.

In Saint Auguste stießen wir auf einen rot-weiß gestreiften Leuchtturm, mit Ausblick auf die Bucht. Er war zu verkaufen und hätte problemlos wohnlich eingerichtet werden können. Auch der Preis war erschwinglich, er stand schon seit einiger Zeit leer. Begeistert beschlossen wir, ihn zu kaufen und in den Wintermonaten dort zu wohnen. Fred könnte das Meer beobachten, ich könnte schreiben. Wir standen kurz vor dem Vertragsabschluss, als sich die Kommunalverwaltung einschaltete und den Leuchtturm zur historischen Stätte erklärte – die Sache scheiterte. Während unserer letzten Tage am Strand war ich sicher, dass ich schwanger war. Bevor wir zurückfuhren, um bestätigt zu bekommen, was ich bereits wusste, und alle Gedanken an Schlepper, Garnelenfänger und den Leuchtturm hinter uns ließen, hielten wir noch einmal am American Beach. Es war ziemlich kühl, ich trug eine dicke weiße Strickjacke. Fred betrachtete die Umgebung, als wäre sie sein gefallenes Königreich, mit verlassenen Gebäuden und grasbewachsenen Dünen.

– Jetzt ist es eine Welt wie bei J. G. Ballard, sagte er.

Auf der langen Rückfahrt schwiegen wir über weite Strecken. Ein tröstliches, vertrauensvolles Schweigen, in dem wir beide über die Veränderungen nachdachten, die sicherlich auf uns zukamen. Ich hatte mich nie mit Kindern gesehen. Ich hatte mir nie vorgestellt, lange zu leben. Ich hatte immer nur gehofft, mir bliebe Zeit genug, um etwas Verdienstvolles zu tun und einen Gefährten zu finden, den ich lieben und mit dem ich arbeiten konnte. Nun ergänzte ich diese Hoffnungen mit Gedanken an neue Aufgaben und die Vorfreude

St. Clair Shores, Michigan

auf ein kommendes Kind. Ich zweifelte nicht im Geringsten daran, dass wir den Sohn bekamen, den Fred sich wünschte.

Fred wollte eine neue Art von Sinfonie komponieren, deren Sätze von Coltrane, Sun Ra und vor allem Beethoven inspiriert waren. Wir hörten uns die neun Sinfonien des Dirigenten Antal Dorati im Detroit Symphony Orchestra an, und an verregneten Nachmittagen lauschten wir Kassetten von Klavierkonzerten in unserem Boot, das nun endgültig im Garten vertäut lag. In stürmischen Nächten lauschten wir manchmal der Sinfonie Nr. 3 *Eroica* auf unserem Plattenspieler. Den zweiten Satz, eine Vereinigung von Trauer und Ekstase, mochte Fred am liebsten. Wir stellten uns vor, wie Napoleon, den Beethoven einst verehrt hatte, sich von seinem Feldbett erhob, ein General ohne Armee, allein auf den zerklüfteten Klippen des Exils. Durch die Kraft der Musik sahen wir den Mann, der seine antimonarchistischen Ideale verriet und sich selbst zum Kaiser krönte, am Rand des Fegefeuers entlangtaumeln. Danach wechselte Fred die Platte und legte den zweiten Satz der 7. Sinfonie auf, die ich am liebsten mochte, streckte die Arme aus und sagte: Komm Trisha, lass uns tanzen.

Unser Leben war unbedeutend und schien manchen vielleicht ziemlich uninteressant, doch für uns war es ein ausgefülltes Leben. Manchmal herausfordernd, aber ich konnte meine eigene Entwicklung in langsamer Echtzeit spüren. Es war schmerzhaft, als würde man Jahrhunderte von Haut, Asche und Schmutz von einem ausgegrabenen Gefäß kratzen, bis es endlich seine wahre Gestalt zeigte. *Querbuckel, Querbuckel, Querbuckel.* Ich bin dieselbe Person, sagte ich mir immer wieder, nur besser. Ich wurde leichter, gesünder und gefestigt in der Berufung, die ich vor allen anderen gewählt hatte: die einer Schriftstellerin.

In meiner Sehnsucht nach Reisen und fremden Straßen in fremden Ländern wandelte ich in Gedanken kleine Areale in meiner Umgebung um. Der Angelladen an der Ecke am Ende der Straße, mit den weiß getünchten Wänden und dem leeren Parkplatz, war mein Marokko. Ich machte mir Minztee, ging die kurze Strecke, setzte mich mit dem Rücken an die Wand, besonders wenn es heiß war, und stellte mir vor, ich wäre in Tanger, wo das Meer auf die Wüste trifft. Am anderen Ende der Straße lag mein Marseille. In der Ferne konnte ich die Schiffe auf dem Lake St. Clair sehen. Auf den Decks befanden sich große Zementblöcke mit schweren runden Messinghaken, die früher zum Anlegen kleiner Boote dienten. Umgewandelt wurde aus solchen schlichten Elementen eine ganze Hafenstadt, die Stadt der Matrosen und des sterbenden Rimbaud.

In meinem Zimmer mit dem schwarzen Filzboden stand ein Tisch mit meinen sieben in marineblaue Seide gebundenen Bänden von *Tausendundeine Nacht,* in der Übersetzung von Richard Burton. Ich musste sie nicht mehr lesen, fuhr nur mit den Fingern über den goldenen Titel am Buchrücken, wie geschickte Finger über Blindenschrift, um Hoffnungen freizusetzen. Mein Geist war immer rege und unterhielt mich bei langweiligen Hausarbeiten wie Geschirr abtrocknen, kochen, Wäsche waschen. Ich erledigte meine Aufgaben so langsam wie früher, als ich jung war, was meine Mutter zur Verzweiflung brachte, aber dies war mein eigenes Zuhause, wo mich niemand ins Gebet nahm. Ich ging meinen häuslichen Pflichten in meinem eigenen Tempo nach.

Ich sah nie den großen Stupa in Kathmandu. Ich fuhr

nie mit einem Zweimastsegelschiff auf dem Nil. Doch das Schreiben über einen imaginierten ägyptischen Winter, mein *Theben-Tagebuch,* war so in meinen Zellen verankert, dass ich mich an alles wirklich zu erinnern schien. Das wiederentdeckte Lied der Memnonkolosse. Als ich meiner Schwester am Telefon einige Stellen vorlas, war sie ziemlich überrascht. Es war eine Geschichte, in der ich in einem Low-Budget-Film eine Schlafwandlerin spielte, die in den Schatten der Pyramiden Zeugin eines Mordes wird. »Du hast mir nie erzählt, dass du das gemacht hast«, sagte sie, und ich war zufrieden, denn auf gewisse Weise hatte ich es doch. Linda war meine Rettungsleine. Sie hörte meinen Geschichten aufmerksam zu und ermutigte mich, weiterzumachen. Wir tauschten uns über die Bücher der Bibel aus. Wir lasen *Villette* von Charlotte Brontë, unterhielten uns am Telefon über die Welt von Lucy Snowe und lebten über große Entfernungen hinweg in ihrer Atmosphäre. Entfernung bedeutete uns nichts. Wir bewegten uns gemeinsam nahtlos von Welt zu Welt.

Gegen Ende meiner Schwangerschaft konnte ich nicht mehr auf dem Boden an meinem niedrigen Tisch sitzen. Manchmal stand ich einfach an der Tür, sah zu, wie das Licht wanderte, und betrachtete das Zimmer, als wäre es ein geheimer Korridor meines Geistes. Als es an der Zeit war, einen Raum für unseren Sohn zu schaffen, räumten wir alles weg und rollten den schwarzen Filz auf. Es gibt keine Fotos von meinem Zimmer, doch im Geist sehe ich es in Nahaufnahme, bis hin zu den faserigen Härchen des schwarzen Filzes, die den Staub auffingen, der in den durchs Fenster fallenden Lichtstrahlen zu sehen war. Es regte mich zu vielen mentalen Abenteuern an, aber irgendwann war es ein fröhliches, wenn auch bescheidenes Spielzimmer. In den folgenden Jahren spähte ich oft hinein und beobachtete, wie Jackson mit Soldaten, Robotern und Dinosauriern spielte. Er saß auf dem Boden, so wie ich zuvor, und schuf in völliger Stille seine eigenen Welten. Er stellte seine Soldaten auf dem Fensterbrett auf, nicht zum Kampf, sondern um nach oben in den Nachthimmel zu blicken, ehe er sie vor dem Schlafengehen in einen kleinen Beutel packte.

Die Uhr bestimmte nie, wie wir unser Leben führten, doch nun musste ich den Bedürfnissen eines Kindes folgen, und so lebten Fred und ich zum ersten Mal nicht im Gleichklang. Meine Zeit war reglementierter, ich entwickelte eine neue Arbeitsethik. Um fünf Uhr morgens stand ich auf, ging nach unten, kochte Kaffee und setzte mich an den Kartentisch, zunächst noch ziemlich benommen. Mit dem Anbruch der Morgendämmerung trat ich hinaus, während sich die Blumen öffneten, die Tauben gurrten und die langhaarigen Weiden leicht über dem dunklen Kanal schwangen. Ich war bezaubert von kleinen Dingen, dem Wunder, dass an unserem Baum Birnen wuchsen, die mir vor die Füße fielen, dass Wildrosen am Spalier emporkletterten und unseren Balkon umrankten, zu dem dieselben Tauben jedes Frühjahr zurückkehrten, um darauf zu nisten, und dass die Samen der Prunkwinde, die ich gepflanzt hatte, den Maschendrahtzaun am Rand unseres Grundstücks verdeckten und in einem unglaublichen Blau blühten. Ich liebte es, meine Wäsche zum Trocknen auf die Leine zu hängen wie einst meine Mutter, und später die Wäscheklammern und die in der Sonne getrockneten Windeln und Laken abzunehmen. Ich liebte den Wechsel der Jahreszeiten, den stillen Winterschnee. An meinem sechsunddreißigsten Geburtstag gab es eine totale Mondfinsternis. Fred schlief mit Jackson neben ihm in der

Korbwiege. Ich schlang Freds Wintermantel um mich und Ballo folgte mir, als ich die kleine Steintreppe hochstieg, die zum flachen Dach unseres leeren Bootshauses führte. Während ich die Finsternis beobachtete, blickte ich optimistisch in die Zukunft. Unser kleiner Sohn war gesund, Fred las Bücher über die Geschichte der Luftfahrt, und ich arbeitete an einer Reihe von Geschichten, die ich schon in Französisch-Guayana geplant hatte. Ich hielt es für ein gutes Omen, dass die Sonnenfinsternis auf meinen Geburtstag fiel, und wir traten in eine Phase relativen Friedens ein.

Mit der Zeit liebte ich diese frühen Morgenstunden, wenn unser kleiner Sohn schlief. Meine Schreibzeit. Nach einigen Monaten fühlte es sich natürlicher an, und ich ließ mich gern von meiner inneren Uhr wecken. Im Morgengrauen lief Jacksons Atem mit dem seines Vaters synchron, das Haus war eingehüllt in einen Kokon aus Schlaf. Ich ging leise nach unten und fuhr fort, an den Abenteuern einer Reisenden zu schreiben, die nicht reiste.

Eines frühen Morgens klopfte es leicht an die Tür, und als ich öffnete, schüttelte Ballo etwas aus ihrem Maul. Der Kopf eines Blauhähers rollte über den Boden: derselbe Häher, der die Eier der Tauben auf unserem Balkon bedrohte. Ballo hatte mir ein Geschenk gemacht, doch der Anblick betrübte mich, ein verwirrendes Omen. Nicht lange danach verfärbte sich der Himmel zu einem klaren Hellgrün. So etwas hatte ich noch nie gesehen, und die unheilvolle Schönheit löste widerstreitende Gefühle in mir aus. Fred sagte, das sei Tornadowetter. Ein Tornado kam zwar nicht, doch stattdessen ein Trockengewitter, in dem ein Blitz in unsere älteste Trauerweide einschlug. Von unserem Balkon schaute ich entsetzt zu, wie sie umstürzte und in den Garten fiel. Die Nachbarn standen neugierig und traurig um sie herum. Ich schauderte, als ich sie dort wie einen gefallenen Riesen liegen sah. Ich trauerte um sie und starrte auf die breite Lücke am Kanal, wo sie einst wie ein Schleier hing und unsere unberührte Welt zu beschützen schien.

Fred las *Mein Flug über den Ozean,* die Autobiografie von Charles Lindbergh, und verkündete hinterher, er wolle fliegen lernen. Er hatte die Highschool nicht abgeschlossen, was er nun mit atemberaubendem Eifer nachholte, und anschließend brillierte er in Kursen in höherer Mathematik und allem, was von einem künftigen Piloten verlangt wurde. Im Februar 1985 ließen wir uns auf ein neues Abenteuer ein. Erst fuhren wir mit unserem zweieinhalbjährigen Sohn nach Kill Devil Hills, um den Gebrüdern Wright die Ehre zu erweisen, und dann weiter nach St. Augustine. Wir mieteten ein billiges Motelzimmer mit einer kleinen Kochnische. Fred besuchte die Flugschule. Ich saß am Strand, mit dem still spielenden Jackson neben mir. Ich schrieb, Fred flog, und ich hatte das Gefühl, ich könnte ewig so leben. William Burroughs hatte mir seinen Roman *Queer* geschickt. Seine Einführung, das Geständnis eines Schriftstellers, erfüllte mich mit der aufgeregten Unruhe, die man verspürt, wenn man ein Gelübde ablegt. In diesem Augenblick wusste ich mit meinem ganzen Wesen, dass ich nur Schriftstellerin sein wollte.

Zurück in Michigan wurde der Kartentisch neben der Fliegengittertür in der Küche zu meinem festen Schreibtisch. Ich hatte ein Bild von Albert Camus an die Wand geheftet. Es hing dort schon so lange, dass unser Sohn glaubte, Camus sei sein Onkel. Er bastelte einen grün glasierten Rahmen dafür, verziert mit den Zähnen eines Roboters. Früher hatte ich mir einen schönen Schreibtisch gewünscht, mit Geheimfächern

und der schimmernden Patina der Zeit. Und nun war es dieser kleine Klapptisch, an dem ich einen heiligen Prozess in Ehren hielt, der mir das Gefühl gab, Schriftstellerin zu sein. Doch manchmal kam einfach nichts, als wäre über Nacht alles versiegt. Zog sich das hin, waren es schwierige Zeiten – die Fantasie stand sich selbst im Weg, und auch die Natur in ihrer grundsätzlichen Unschuld bewegte nichts mehr in mir. Ich schob mein leeres Notizbuch beiseite, stand widerstrebend auf, um Frühstück zu machen, und dann gingen Jackson und ich bis zum Ende der Straße, die an den Lake St. Clair grenzte. Wir saßen auf den Betonbarrieren und blickten in Richtung Ontario. Und plötzlich, ganz unerwartet, sah ich ihn in der Ferne, meinen Querbuckel, der sich ohne mich langsam in unbekannte Gefilde begab und ein Gefühl erzeugte, das einer Ohnmacht gleichkam, so tiefgreifend, dass nichts anderes mehr zu existieren schien als Sehnsucht. Dann griff Jacksons kleine Hand nach meiner. Zeit zu gehen, sagte er, und wir gingen zurück, vorbei an dem kleinen ausgeblichenen Gipsreh, das versteckt zwischen der Wegwarte und den Kiefern stand. Dann ließ er los und rannte voraus, um seinen Vater zu begrüßen, der am Fliegengitter stand.

– Wo seid ihr gewesen?, fragte Fred.

In unbekannten Gefilden, dachte ich im Stillen.

– Nur am Ende der Straße, unser Junge hat dem Reh guten Tag gewünscht.

Fred wusste immer, wenn ich woanders war, vielleicht glaubte er, ich sei wieder auf Tour mit meiner Band oder schlenderte über die Boulevards in Paris. Doch ich war weder dort noch in meinen Erinnerungen. Ich war viel weiter weg und folgte dieser Silhouette, einer dreieckigen Gestalt, die unregelmäßig und doch verlässlich nach mir rief. Der Atem in meiner Kehle war der Atem von Drachen, wie Kinder sie sich ausdachten, und mein Herz war ein wissender Kern. Ich bewahrte in mir die Gestalten von Wesen, die sich erst zeigten, wenn ich es ihnen befahl, Figuren aus Geschichten, die nicht geboren werden wollten, bis ich am Käfig der Vorstellungskraft rüttelte und sie freiließ, um Chaos zu stiften, Wünsche zu sammeln und die Zeit zu zertrampeln.

Plötzlich fing es an zu regnen. Ich ging nach draußen, um die Wäsche von der Leine zu nehmen, und Ballo flitzte zur Tür hinaus. Sie verschwand im Gebüsch und kam nicht zurück, als ich sie rief. Ich schlüpfte in meinen Regenmantel, konnte sie aber nicht finden und nahm an, dass sie in irgendeinem Versteck oder auf der Jagd nach Beutelratten war. Als es dunkel wurde und sie noch immer nicht zurück war, machte ich mir Sorgen. Fred ging mit einer Taschenlampe los, um sie zu suchen. Er kam mit Ballo in seinen Armen zurück. Eine Nachbarin hatte gesehen, wie sie auf unserer schmalen dunklen Straße von einem zu schnellen Auto angefahren wurde. Ich erinnerte mich mit grausamer Klarheit daran, wie sie durchs Gras schlich, meine geschmeidige Jägerin. Extrem unabhängig, doch zweifellos meine Katze. Am Morgen wickelte ich meine abessynische Kriegerin in ein äthiopisches Tuch, und wir begruben sie neben der Steinbank unter den Fliederbüschen. Seit Bambi hatte ich mein Herz nicht mehr an einen tierischen Gefährten verschenkt. Die Erinnerung daran, wie mein Vater sie in eine Decke eingewickelt neben dem Haus begraben hatte, verstärkte meinen Kummer. Eine Zeit lang fühlte ich mich unruhig und beklommen ohne Ballo, die nicht mehr hinter mir hertrottete, denn sie war eingetreten in das Reich des Verschwundenen, die private Grabstätte des Herzens.

Fred studierte die Geschichte der Luftfahrt und nahm seine Flugstunden sehr ernst. Er hatte das Befahren der Meere gegen das Segeln am Himmel getauscht und die erforderlichen Stunden absolviert, um mit Fluglehrern allein zu fliegen. In Detroit und Ohio besuchten wir Flugschauen, und er war von Ehrfurcht erfüllt, als er den Tuskegee Airmen begegnete. Fred erwarb seine Pilotenlizenz, ausgestellt am 30. November 1985, nachdem er fast neunzig Stunden mit Begleitung oder solo geflogen war. Zur Feier des Tages mietete er eine Piper Cherokee, mit der wir über Detroit flogen. Er war stolz auf seine Leistung, auch wenn ihm bald schmerzhaft bewusst wurde, dass die Kosten für die Anmietung selbst des kleinsten Flugzeugs unerschwinglich waren. Nur zu besonderen Anlässen nahm er mich mit, um über die Küste und Dünen im Norden Michigans zu fliegen.

Wenig später sagte mir Fred, er fände es schön, wenn wir eine Tochter hätten, und wir bewahrten unsere Hoffnungen still in uns auf. Unser Lebensstil war genügsam, aber um eine wachsende Familie zu ernähren, brauchten wir ein höheres Einkommen. Aus unserem gemeinsamen Interesse an Musik waren viele Stücke entstanden, also beschlossen wir, eine Platte aufzunehmen. Mit Clives Segen machte sich Fred daran, das Projekt mit Jimmy Iovine als Co-Produzent voranzutreiben. Anfang Oktober wurde ich krank. Unser einfühlsamer libanesischer Arzt, Daher Randi, untersuchte mich nicht, sondern schaute mir in die Augen, nahm meine Hand und sagte: Was du dir gewünscht hast, ist wahr geworden. Er meinte, es sei noch zu früh für einen Test, war aber sicher, dass ich schwanger war.

Wir ahnten nicht, in welchen Strudel unser Leben bald geraten würde. Robert wurde mit einer HIV-bedingten Lungenentzündung ins Krankenhaus eingeliefert. Fred packte das Auto, wir brachten Jackson zu meinen Eltern und fuhren nach New York. Robert war mittlerweile entlassen worden und zuversichtlich. Wir gingen gemeinsam ins Krankenhaus, um Sam Wagstaff zu besuchen, der an den letzten Stadien von Aids litt. Sam bat mich, ihm etwas vorzusingen, und ich entschied mich für ein Schlaflied, das Fred und ich gerade für Jackson geschrieben hatten. Ich sang in dem Bewusstsein, dass unser einst gesunder, strahlender Freund seinem Ende entgegensah, während ich neues Leben in mir trug.

Es war eine unaufhaltsame Abfolge von emotional herausfordernden Ereignissen. Schon bald wurde bei Robert Aids diagnostiziert, und wir kehrten nach New York zurück, um ihn im Krankenhaus zu besuchen, darauf vertrauend, er könnte das Virus besiegen. In Michigan hörten wir nicht viel über Aids, doch fast jede Woche erschienen alte Freunde in den Todesanzeigen – Tänzer und Tänzerinnen, Modedesigner, Museumskuratoren. Richard Sohl brachte mir Neuigkeiten über den Stand der Dinge in New York und blieb bei uns, um mit Fred Klavier-Arrangements zu schreiben. Obwohl Fred anderen gegenüber oft zurückhaltend war, wurden die beiden ziemlich enge Freunde. Abends, wenn ich mich schlafen legte, spielte Richard für ihn Klaviermusik von Mendelssohn.

Im Januar starb Sam Wagstaff an den Folgen von Aids. Robert war zutiefst erschüttert über den Verlust seines Freundes und bat mich, ein Gedicht für ihn zu schreiben, um es bei Sams Gedenkfeier zu lesen. Am Abend konzentrierte ich mich auf eins von Sams Lieblingsbildern: eine leuchtend weiße Tulpe, die sich anmutig vor einem schwarzen Hintergrund neigt. Ein Schwarz, in dem man sich verlieren kann, hatte Sam gesagt. Fred und ich schrieben außerdem das beschwingte *Paths that Cross* als Trostlied für Robert und die vielen Menschen, die ihre Geliebten an Aids verloren.

Unsere Tochter Jesse Paris kam im selben Krankenhaus zur Welt wie Jackson und wurde von einem Doppelregenbogen empfangen. Fred war begeistert, Jackson durfte sie als Erster im Arm halten. Meine Schwester flog zu uns nach Detroit, um mich zu unterstützen. Ich war erschöpft, und sie kümmerte sich um mich. Sie badete Jesse zum ersten Mal, sang ihr vor, während sie mit ihr von Zimmer zu Zimmer ging, wenn sie weinte, bis ich kräftig genug war, um es selbst zu tun. Unsere kleine stille Krankenschwester war erwachsen, hatte selbst eine Tochter, lebte ganz in ihrem Glauben und war auf ihrer eigenen Reise. Aber wir blieben immer wir selbst, nichts hatte sich im Lauf der Zeit verändert. Die gleiche unerschütterliche Liebe und Loyalität schufen eine Aura um uns.

Dream of Life verzögerte sich aufgrund der Geburt dreier Mädchen – Jimmy Iovine und unser Ingenieur Thom Panunzio bekamen ebenfalls Töchter. Inspiriert durch Jesses Geburt schrieben wir den Titelsong für sie. Das letzte Stück, *Looking for You,* war ein fröhliches Liebeslied für Fred und die Stadt Detroit. Clive war sehr angetan von dem Album und beglückwünschte uns per Telegramm. Doch selbst Clive Davis konnte weder ahnen noch uns vor den persönlichen Angriffen schützen, mit denen das Album aufgenommen wurde. Trotzdem glaubte Clive an *People Have the Power,* einen Schlachtruf für die Zukunft. Arista koppelte den Song als Single aus und Robert machte das Coverfoto. Fred bewunderte die Aufnahme und stellte fest, dass Roberts Bilder von mir irgendwie alle ihm glichen. Robert lächelte vielsagend. Ich stand ein Stück entfernt, während sie sich lachend unterhielten, die Liebe meines Lebens und der Künstler meines Lebens. Die Single wurde nicht oft im Radio gespielt, eine weitere schreckliche Enttäuschung, besonders für Fred. *People Have the Power* war Freds Idee. Seine große Hoffnung war gewesen, dass der Song den Menschen eine Stimme geben und denen zugutekommen würde, die sich für die gerechte Sache einsetzten. Die folgenden Monate waren schwierig. Wir mussten den Misserfolg der Platte verkraften und Roberts fortschreitende Krankheit.

Es wurde zunehmend schwierig, mit Robert zu telefonieren, weil jeder Anruf von seinem schrecklichen Husten beherrscht wurde. Im Februar besuchten wir meine Familie, ließen Jack und Jesse dort und fuhren wieder nach New York. Ich ging allein zu Robert, bis auf die Pflegerin war niemand anwesend. Es war ein schöner Besuch, denn er hustete nicht, und wir verbrachten einen friedlichen ungestörten Nachmittag. Ich fand es unerträglich, mich von ihm zu verabschieden, und wartete, bis er einschlief, doch im Gehen drehte ich mich noch einmal um und sah ihn an. Ich stand still da, und er öffnete die Augen und lächelte, so wie damals, als wir uns zum ersten Mal begegneten. Im selben Moment wusste ich in meinem tiefsten Inneren, ich würde ihn nie wieder sehen.

Als ich im letzten Schuljahr an der Highschool war, wurde Präsident Kennedy ermordet. Bestürzt sah ich mir mit meiner Familie und ganz Amerika seine Begräbnisfeier im Fernsehen an. Ich war untröstlich, konnte nichts essen, wurde beim Thanksgiving-Dinner krank und fiel in den Armen meines Vaters in Ohnmacht. Ich kam ins Krankenhaus, wo eine Reihe von Bluttests durchgeführt wurden. Meinen siebzehnten Geburtstag verbrachte ich im Krankenhaus und auch an Silvester war ich allein und hörte Ray Charles' *Ol' Man River* auf einem Kofferradio. Während meines Aufenthalts erfuhr ich, dass mein Freund sich eine neue Freundin gesucht hatte. Wahrscheinlich weinte ich, aber nicht so sehr wie während der Beerdigung unseres Präsidenten. Nicht so sehr wie damals, als ich zusah, wie der kleine John-John an seinem dritten Geburtstag seinem Vater salutierte. Nicht so sehr wie beim Anblick von Jackie Kennedys Gesicht, das durch einen schwarzen Schleier vage sichtbar war. Die Ärzte fanden nicht heraus, was mir fehlte, und sprachen von einer Blutkrankheit. Ich aber war fest überzeugt, dass ich mich krank gegrämt hatte. Seit dem Verlust von Robert, meinem zermarterten Zwilling, kämpfte ich dagegen an, nicht in den gleichen Abgrund zu fallen. In den Osterferien fuhren wir nach North Carolina. Ich saß am Strand und schaute zu, wie Jack seiner Schwester beibrachte, eine Sandburg zu bauen. Als die Flut kam, wurde Jesses Burg fortgespült, und ich musste sie trösten.

Im Mai kehrten wir für Roberts Trauerfeier nach New York zurück. Fred trug einen neuen Anzug. Ich war stolz, ihn, meinen Mann, alten Freunden und Bekannten vorstellen zu können. Erst da wurde mir bewusst, wie viele Menschen durch Aids ums Leben gekommen waren. Gegen Ende der Feier sang ich ein kleines Lied, das ich am Meer für ihn geschrieben hatte. Danach küsste ich seine Mutter, und wir verabschiedeten uns alle. Fred und ich gingen Hand in Hand unter einem wolkenlosen Himmel durch den Central Park. Zurück in Michigan bemühte ich mich, den Schleier der Trauer zu heben, der sich über unser Haus gelegt hatte. Flieder und Prunkwinde blühten, und die Helligkeit der Natur, die den Atem der Sterblichkeit durchdrang, ließ uns neuen Mut schöpfen. Das Lachen der Nachbarskinder erfüllte unseren Garten, während ich in der Küche saß und fieberhaft *The Coral Sea* schrieb, einen metamorphen Zyklus von Prosagedichten für Robert.

Den ganzen Winter über arbeitete Fred an neuem Material für ein weiteres Album namens *Going West*. Das Kernstück sollte ein Song mit dem Titel *Gone Again* werden. Fred befasste sich mit der Geschichte der Kiowa und bat mich, Lyrics aus der Sicht einer Matriarchin zu schreiben, die zu ihrem Volk über die endlose Wiederkehr der natürlichen Jahreszeiten spricht. Beflügelt von unseren Fortschritten, rief er Richard Sohl an, und sie planten, in den kommenden Monaten an den Songs zu arbeiten und vielleicht ein bisschen Mendelssohn zu spielen. Am 1. Juni las ich schockiert eine Todesanzeige des Malers Carl Apfelschnitt, der einst Richards große Liebe war. Zwei Tage später hatte Andi Ostrowe die schreckliche Aufgabe, anzurufen und uns mitzuteilen, dass Richard auf

Fire Island einen Herzkollaps erlitten hatte. Als Kind hatte er rheumatisches Fieber gehabt, das offenbar seine Herzklappe beschädigt hatte. Da es auf der Insel kein Krankenhaus gab, wurde er per Helikopter in die Stadt geflogen. Richard starb in den Armen unseres Freundes Danny Fields. Fred weinte leise, ging nach draußen und setzte sich allein an den Kanal. Richard war erst siebenunddreißig Jahre alt. Er hatte aufgehört zu rauchen, seine Locken abgeschnitten und nie lebendiger gewirkt. Ich erinnerte mich daran, wie ich mit Richard in Carls Loft war und in Schwarz gekleidet vor Carls lebensgroßem Porträt von mir stand. Auf Carls Overall, seinen Schuhen und auf dem Boden waren Farbspritzer. Nun waren sie beide tot, und das mentale Bild dieser farbbespritzten Schuhe löste unaufhaltsame Tränen in mir aus. Tränen, die auch Sam und Robert und einer unbekannten Anzahl anderer galten, die ein kleines Loch in mein Herz gruben.

Nach unserer Hochzeit und in den folgenden vierzehn Jahren waren Fred und ich, abgesehen von der Handvoll Stunden im Krankenhaus, wo ich unseren Sohn und unsere Tochter zur Welt brachte, nie getrennt. Wir hatten unter der Uhr ohne Zeiger verweilt, in derselben Haut gelebt und waren im selben Boot gesegelt, das nie das Land verließ. Jesse malte glückliche Mäuse und Blumen in meine Notizbücher. Jackson saß abends oft mit einer Angel am Kanal und hörte Pavarotti auf dem Gettoblaster. In schlaflosen Nächten oder in den frühen Morgenstunden schrieb ich. Barfuß stieg ich leise die Marmortreppe hinunter, ging durch die Holztür mit dem Buntglasbild einer aufgehenden Sonne und trat in unsere schlichte Küche mit dem vierflammigen Gasherd, einem Landhausspülbecken, schweren Eichenschränken, meinem Kartentisch mit einem aufgeschlagenen Notizbuch und einem kleinen Glas mit Stiften. Schreibe, was nicht geschrieben werden kann, rief meine Sternschnuppe, mein umgekehrtes Segel, das ins Meer fiel.

Im Herbst 1991 starb Rob Tyner, der ehemalige Leadsänger der MC5, an massivem Herzversagen. Fred, der sich zurückgezogen hatte, blieb stoisch, aber er besuchte erschüttert die Gedenkfeier, bei der er Jack Kerouacs *Sicher im Himmel tot* las. Fred sprach selten über die Jahre bei den MC5, doch Robs Tod brachte die rauschhafte und tragische Entwicklung dieser wichtigen Zeit in seinem Leben zurück. Er öffnete die ramponierten Koffer seiner wertvollsten erhaltenen Gitarren, eine Mosrite aus der Mitte der Sechzigerjahre mit Perlmuttlackierung und seine geliebte zwölfsaitige Rickenbacker. Er strich mit den Fingern über die Griffbretter, spielte sie aber nicht. Beide Instrumente besaßen die Aura der kulturellen Revolution, die Bands wie MC5 mitbegründet hatten.

Fred war zäh, aber auch empfindlich. Der Boxer, der Revolutionär, der Shortstop, der Pilot. Er war ein problembeladener Mann, aber ich drang nie zur wahren Natur dieser Probleme durch. Er glich einem Kriegsheimkehrer, der nie über seine Erlebnisse spricht, sie aber wie einen schweren Mantel bei jedem Wetter trägt. Aber Fred war nie im Krieg gewesen. Der Krieg tobte in ihm. Er hatte eine schwierige Kindheit gehabt, und als Teenager und in seinen frühen Zwanzigern hatte er mit Drogen zu kämpfen. Als wir uns kennenlernten, war er erst sechsundzwanzig und diese Zeit seines Lebens lag hinter ihm, doch seine Gesundheit war angegriffen, und wie bei seinem geliebten Coltrane und anderen vor ihm war der Schaden bereits angerichtet. Die Prüfungen und Herausforderungen, die Fred und ich durchstanden, gehörten nur uns.

Sein Hinschwinden war die Tragödie meines Lebens, und es nützt niemandem, die privaten Kämpfe eines sehr zurückhaltenden Menschen preiszugeben.

Im Sommer 1994 wurde Jesse sieben, Jackson wurde zwölf. Wir fuhren zum Lake Ann, aber wir angelten nicht auf dem Wasser. Fred war nicht kräftig genug, um das Boot loszumachen. Stattdessen saßen wir abends im Freien, hielten Händchen und sprachen kaum. Bei unserer Rückkehr fanden wir einen Brief, in dem man uns mitteilte, dass wir unsere letzte Hypothekenrate gezahlt hatten. Unsere marode Burg gehörte jetzt uns. Ich saß draußen im Garten, und unsere kleine Tochter, die meine Verzagtheit vielleicht spürte, brachte mir ein Geschenk. Jesse war ein Regenbogen und auch der Regen, denn sie weinte oft, doch ihr Lächeln war die Sonne selbst. Sie hatte einen Löwenzahn gepflückt, und der gelbe Löwenkopf war zu einer silbrigen Pusteblume geworden. Wünsch dir was, sagte sie, puste. Und es gab vieles, was ich mir hätte wünschen können, wichtige, dringende Dinge, aber ich wünschte mir das Erste, was mir in den Sinn kam: dass ich noch einmal übers Gras gleiten könnte wie damals, als ich so alt war wie sie und noch an alles glaubte.

Im September feierten wir in aller Stille Freds Geburtstag. Wir holten seine geliebte rote Harley ins Esszimmer, wo er sie sehen konnte. Als er schlief, saß ich in der Küche und schrieb dieselben Absätze immer wieder um. Das Licht, das durchs Fenster unserer rustikalen Küche fiel, verschmolz mit dem leuchtenden Flimmern einer Handvoll Wörter. Ich überarbeitete ein Manuskript, das ich nie beenden würde. Die Geschichte einer Reisenden, die nicht reiste, außer in Gedanken, mein einziges melancholisches Vergnügen. Im Herbst fielen die Birnen herunter, und ich sammelte sie auf.

An einem späten Oktobernachmittag zog Fred seinen Mantel an. Wohin gehst du?, wollte ich fragen, tat es aber nicht. Er nahm nicht das Auto, sondern ging an den weiß gestrichenen Wänden vorbei, die ich mein Marokko nannte, zum Angelladen. Er traf sich mit einem alten Fischer, der gerade einen der größten Hechte gefangen hatte, die je verzeichnet wurden. Der Fisch lag ausgebreitet auf der Ladefläche seines Pick-ups. Sie gingen über die Straße, tranken zusammen etwas, und der Angler erzählte ihm seine Lebensgeschichte. Sie feierten den Fang, trauerten aber auch der Freiheit des Hechts nach. Er ist nicht mehr, sagte der alte Mann zu Fred.

Mortal Shoes

Irgendwo in einem kleinen Überseekoffer befindet sich zwischen geliebten Überresten aus einem anderen Leben ein schlichtes graues Tagebuch, das meine letzten Aufzeichnungen in Michigan enthält. Ich arbeitete am Kartentisch in der Küche an zwei verschiedenen Absätzen, die ich immer wieder umschrieb, ohne mir ganz der Zwanghaftigkeit meines Vorgehens bewusst zu sein. Ich ahnte nicht, dass es die letzten Worte sein würden, die ich aus der von Fred und mir geschaffenen Atmosphäre zog. Ende Oktober, das Wetter wurde bedrohlich, als wollte es vor einem aufziehenden Sturm warnen, hörte ich auf zu schreiben. Die Illusion einer unruhigen, aber sicheren Ruhe löste sich auf, und wir waren schrecklich verwundbar. Er war unser Beschützer, auch wenn er sich schwertat, der König unserer sorgenvollen Burg.

Als Fred ins Krankenhaus kam, flogen Linda und Toddy nach Michigan, um bei den Kindern zu sein. Ich schlief mit dem Kopf auf dem Rand seines Bettes ein. Fred war nie

im Krankenhaus gewesen und überzeugt, wenn es je dazu käme, würde er es nicht mehr verlassen. Ich wachte auf, als ein Pfleger hereinkam, um nach ihm zu sehen. An der Wand hing ein Abreißkalender, und er hielt inne, um das gestrige Blatt abzureißen. Ich blickte auf das Datum und schauderte, 4. November, Roberts Geburtstag. Fred starb noch am selben Nachmittag, in dem Krankenhaus, wo unsere Kinder geboren waren. Geburt, Liebe und Tod – einander nie berührend und doch für immer verbunden.

Ich legte mein schwarzes Faltenkleid auf unser Bett. Dasselbe, das ich getragen hatte, als Fred und ich uns kennenlernten, das Kleid, das Paul Getty mir geschenkt hatte. Der Bogen unseres Lebens in den scharfen Falten eines seidenen Kleidungsstücks. Lang und locker sitzend, der Rock wirbelte, wenn ich mich drehte. Das Kleid einer Tänzerin, nun ein Trauerkleid. Es war ein bewölkter Novembermorgen, enge Freunde und die Familie versammelten sich auf Detroits ältestem Friedhof unter der Statue eines wohlwollenden Engels. Wir begruben ihn als unseren Captain, denn allem voran hatte er die Einstellung eines Captains, wenn auch ohne ein Schiff.

Freds Trauergottesdienst fand in der Mariners' Church statt, wo wir geheiratet hatten. Die Feier fiel mit dem Gedenktag an die neunundzwanzig Besatzungsmitglieder zusammen, die auf der *Edmund Fitzgerald* ertrunken waren, zu deren Ehren die Glocke neunundzwanzigmal schlug. Da Father Ingels wusste, wie zutiefst berührend Fred dieses jährliche Ritual fand, durften die Blumen und das Modell des verunglückten Schiffes auf der Empore bleiben.

Ich konnte nicht aufstehen. Ich schaffe das nicht, sagte ich zu meinem Bruder. Du musst es schaffen, sagte er, strich die Falten an meinem Kleid glatt, und wir fuhren zur Kirche.

– Was soll ich sagen?

– Dir fällt schon was ein, sagte er und schaltete das Radio ein.

Der Song *What a Wonderful World* lief. Ich mochte ihn nie, aber wenn Fred und ich ihn hörten, sagte er immer: Trisha, das ist dein Song. Ich protestierte, aber er bestand darauf, dass es mein Song war. Ich fragte Toddy, warum Fred das wohl gesagt hatte. Weil du eine hoffnungslose Optimistin bist, erwiderte er. Nicht zu fassen, dachte ich, er zwingt mich auch noch, diesen verflixten Song zu singen.

Meine Geschwister blieben nach der Beerdigung noch einige Tage bei mir. Linda kümmerte sich um den Haushalt und verströmte Liebe und Wärme. Toddy tröstete die Kinder und sorgte für ein verlässliches Gefühl von Stabilität. Ich hatte den Eindruck, dass er eine Hormontherapie machte. Mir fiel auf, dass er die Augenbrauen gezupft hatte, und das Gesicht wirkte weicher. Trotzdem saß er wie immer am Tisch, rauchte und las die Sportseite. Er versprach, mir bei der Erziehung der Kinder zu helfen und mir beizustehen. Den Kindern versicherte er, immer für sie da zu sein, und wir zogen die Möglichkeit in Betracht, nach Virginia zu ziehen, wo er ein kleines Haus im japanischen Stil besaß. Wir könnten alle zusammenleben.

Als der Dezember kam, gab mir ein hoffnungsvolles Gefühl die nötige Energie zum Einkauf von Weihnachtsgeschenken. Ich fuhr mit einem Taxi zum Toys“R“Us, kehrte mit Paketen beladen zurück und verspürte ein kleines Erfolgserlebnis. Der Anrufbeantworter war eingeschaltet – vierzehn Nachrichten. Wir hatten noch nie so viele Nachrichten erhalten, und alle waren gleichlautend. *Patti, ruf mich an*. Tara, meine Mutter, mein Vater, meine Schwester, meine Schwester, meine Schwester. Toddy hatte mir keine Nachricht hinterlassen. Ich atmete tief durch und rief Linda zurück. Was ist mit Toddy passiert? Ach, Patti, sagte sie weinend. Bitte sag es nicht, rief ich und dann nahm das Tier, das vermutlich in uns allen wohnt, meinen ganzen Körper in Besitz. Ich ließ den Hörer fallen, kauerte auf dem Boden und begann zu klagen.

Mein Bruder erlitt einen schweren Schlaganfall, während er Weihnachtsgeschenke für seine Tochter einpackte. Neben ihm lag eine aufgeschlagene Sportseite und ein Aschenbecher voller Kippen, aber Rachel hatte das letzte Wort gehabt: Ihr Haar, ihre Kleidung und ihr Make-up waren perfekt.

Früher hatte unsere Kindheit nur uns dreien gehört. Als Erwachsene erzählten wir uns oft alte Geschichten über unsere berüchtigten Piratenabenteuer und unsere heimlichen Waffen: eine Schleuder, ein Zweig als Peitsche oder eine Spange aus Lindas Haar, in die Sonne gehalten und verwandelt. Einige Jahre vor seinem Tod hatte Toddy versprochen, unsere Geschichten festzuhalten, zusammen mit seinen eigenen jungenhaften Missgeschicken. Hin und wieder versicherte er mir, dass er sie aufschrieb und das Buch würde *Thomas' Field* heißen. In einem kleinen Stapel Tagebücher fand sich nur eine solche Geschichte, der Sturz von Jackie Riley. Ich war zu Tränen gerührt, denn sie erzählte von meiner wunderbaren Heldentat und seiner Treue als Ritter in unserem erfindungsreichen Kreuzzug. Dort entdeckte ich auch, dass seine Geschichten nicht von einem Jungen handelten, sondern von dem Mädchen im Inneren, das sich an die Oberfläche sehnte. Leider lernte ich Rachel nie kennen. Ich

Toddy, Austin, Texas, 1978

klammerte mich an die männliche Hälfte meines Bruders, deshalb kannte ich ihn nie ganz. Aber ich kannte sein Herz, sehe noch immer seine hellblauen Augen und spüre seinen beteuernden Blick.

Wir hielten die Totenwache in South Jersey ab. Toddy wurde nicht weit von dem Ort begraben, an dem wir aufgewachsen waren. Ich hatte das Seidenkleid von Cacharel dabei, das er in einem Geschäft in Cannes für mich ausgesucht hatte. Es hatte mir nie gestanden, aber er war so beharrlich, dass ich es kaufte und manchmal zusammen mit meiner Motorradjacke anzog. Einige Zeit später wurde mir klar, dass er sich das Kleid nicht für mich, sondern für Rachel vorgestellt hatte. Ich gab es Kimberly und betraute sie damit, es in den Sarg zu legen, damit er es in seinem ägyptischen Boot auf der Fahrt in ein anderes Leben tragen konnte.

Als Weihnachten nahte, erhielt ich einen besorgten Anruf von Jimmy Iovine. Toddy hatte ihm einen Brief geschrieben und ihn gebeten, mir zu helfen, wieder auf die Beine zu kommen. Obwohl er selten Briefe schrieb, hatte er den Brief nur wenige Tage vor seinem Tod abgeschickt. Ich hatte die schreckliche Aufgabe, Jimmy vom Schicksal meines Bruders zu berichten. Jimmy war tief betrübt und schickte Jack und Jesse viele Geschenke, kümmerte sich um alle unsere unmittelbaren Bedürfnisse und beteuerte, immer für uns da zu sein. Ich war Jimmy und vielen anderen dankbar, die ihre Hilfe anboten, auch wenn ich oft nicht die Kraft hatte, darauf einzugehen. Eine Zeit lang fühlte ich mich leer und nutzlos. Das Licht schien zu blenden, die Welt fordernd und hart. Ich hielt mich nach wie vor für eine Schriftstellerin, schrieb aber nicht mehr; allem Anschein verließ mich die Fähigkeit, Gefühle in Poesie zu übertragen. Ich brannte nicht mehr darauf, mich an weit entfernte Orte wie das Meer oder die Wüste zu versetzen, mein *Theben-Journal* blieb unvollendet. Ich versprach mir nichts von lärmenden Marktplätzen, fremden Himmeln und mythischen Sternbildern. Ich war eingehüllt in klaustrophobisches Schweigen und wartete auf ein Zeichen von Fred.

Mitte Februar schneite es leicht. Jack und Jesse schliefen, und ich zog meinen Mantel an, um in den Garten zu gehen, als das Telefon klingelte. Es war Michael Stipe, der aus Spanien anrief und kleinlaut gestand, er sei leicht betrunken. Ich kannte Michael nicht, liebte aber seine Songs und war überrascht, seine Stimme zu hören. Er sagte, das mit Fred tue ihm schrecklich leid und er habe sich gedacht, dass dies vermutlich der erste Valentinstag war, den ich ohne ihn verbringen würde, und bot mir schüchtern an, mein Valentin zu sein. Diese aufmerksame Geste erfüllte mich mit einem Glück, das die ganze einsame Nacht über anhielt.

Der Frühling kam, die Rosen blühten früh, die Tauben kehrten zurück und bauten ihr Nest, so wie in jedem Frühjahr in den vergangenen sechzehn Jahren. Durch das Moskitonetz vor unserem Schlafzimmerfenster sah ich, wie sie sich bewegten. Das diffuse Licht verlieh unserem Zimmer einen überirdischen Anschein. Eines Morgens sah ich Freds Polaroidkamera auf dem Regal, zusammen mit seinen Büchern über die Reisen von Joshua Slocum, Donald Crowhurst und historische Segelschiffe. Ich verspürte den Drang, ein Foto zu machen. Mit dem Netz als Hintergrund arrangierte ich die tibetische Klangschale zusammen mit einem Paar von Nurejews Ballettschuhen. Diese Aufnahmen gaben mir das Gefühl, etwas vollbracht zu haben, und in den folgenden Monaten machte ich mehrere. Ich hatte etwas Greifbares geschaffen, unbehindert von Kummer oder Freude. Diese Gefühle waren vorübergehend beiseitegelegt, gefaltet wie Flaggen.

William Burroughs rief mich aus seinem »Bunker« an und blieb in der Leitung, solange ich ihn brauchte, auch wenn ich kaum sprechen konnte. Ihm war klar, dass es mich tröstete, ihn am anderen Ende zu wissen. Allen Ginsberg meldete sich und gab mir den Rat, auf die Bühne zurückzukehren. Er fand, ich sollte Trauer durch Großzügigkeit ersetzen und der Öffentlichkeit dienen. Aber noch war ich nicht gewillt zu arbeiten und schöpfte stattdessen aus dem Brunnen anderer, ohne etwas zurückzugeben. Jimmy Iovine verschaffte uns etwas Erholung und flog uns nach Malibu zu einem Familientreffen und ein paar Tagen am Meer. Bei einem Barbecue bei Jimmy sprach mir Bruce Springsteen sein Beileid aus und kümmerte sich fürsorglich um Jack und Jesse. Er fragte Jackson, ob er schon mal auf einem Motorrad gefahren sei. Fred hatte Jackson versprochen, ihn an seinem dreizehnten Geburtstag auf eine Fahrt mitzunehmen. Am nächsten Morgen stand Bruce mit zwei Helmen vor unserer Moteltür und fragte, ob er Jackson zu einer Ausfahrt mitnehmen dürfe. Nach ein paar Stunden kehrten sie zurück und strahlten die unvergessliche Energie jugendlicher Abenteurer aus.

Ich nahm Unterstützung an, um ein neues Leben zu beginnen. Irgendwann war es Zeit, wieder in die Welt einzutreten, zu arbeiten und meine Schulden zu begleichen. Ich strauchelte, rappelte mich auf und strauchelte wieder, nahm Musik auf und stand irgendwann wieder auf der Bühne.

Wenn auch nicht fotografiert von Robert, begleitet von Richard oder meinem Bruder, der einsatzbereit auf der Seitenbühne stand. Manchmal erstarrte ich. Wie war es möglich, dass Robert, Richard, Fred und Todd, keiner älter als fünfundvierzig, nicht mehr unter uns weilten? Alle der Möglichkeit beraubt, auf dieser Erde zu arbeiten, Abenteuer zu erleben und zu lieben.

Durch Dichter wurde ich wieder ins öffentliche Leben zurückgeholt. Alan Ginsberg besuchte mich in Michigan und ermutigte mich, mit ihm auf die Bühne zu gehen, um Jewel Heart, eine tibetisch-buddhistische Stiftung, zu unterstützen. Dort lernte ich den jungen Dichter Oliver Ray kennen, eine positive Quelle rimbaudianischer Energie. Ich pendelte ständig zwischen Detroit und New York, wo eine Gemeinde von Freunden wartete, und wir bereiteten das Album vor, das Fred und ich gegen Ende seines Lebens geplant hatten. Aus *Going West,* das Fred gewidmet war, wurde *Gone Again*. Unter Lenny Kayes Leitung gingen wir in die Electric Lady Studios, wo wir schon *Horses* aufgenommen hatten. Zusätzlich zu den Kernmitgliedern Jay Dee Daugherty, Tom Verlaine und dem Detroiter Pianisten Luis Resto holte Lenny Tony Shanahan als Bassisten in die Band, einen sympathischen und sensiblen Musiker von unschätzbarem Wert.

Der Titelsong, den Fred sich aus dem Mund einer Stammesmatriarchin gesprochen vorgestellt hatte, wurde nun der Song einer Witwe über ihren gefallenen Krieger. Freds zu Hause aufgenommenen Kriegsrufe benutzten wir als Backing Track. In *My Madrigal* wollte ich den Zauber unserer Anfangszeit als Paar beschreiben. Bei der musikalischen Umsetzung half mir der Detroiter Pianist Luis Resto, der mit Fred befreundet gewesen war und hemmungslos weinte, als wir an unserem zarten Walzer arbeiteten. *About a Boy,* teils ungestüme Hymne, teils improvisierter Klangwirbel, entstand im Studio im Gedenken an Kurt Cobain. Lenny und ich schrieben *Beneath the Southern Cross* am Telefon und verbanden seine kreisenden Akkorde mit dem linearen Gedicht eines Aspiranten auf das Leben, das ich für Oliver geschrieben hatte.

Die Musik für das Herzstück *Fireflies* wurde live aufgenommen, mit Tom Verlaine an der Leadgitarre, der dem Song mit seiner Jazzmaster eine sehnsüchtige Unruhe verlieh. Jeff Buckley war auch dabei, er wollte sich auf einen Gesangspart vorbereiten und fragte, ob er ein Glühwürmchen spielen könne. Er saß mit seinem Bogen auf dem Fußboden und erzeugte auf einem ägyptischen Lauteninstrument Schwingungen, die an Insektengeräusche erinnerten. *Fireflies* war eine Komposition von Oliver Ray, der später einige unserer stärksten Songs schrieb. Schließlich richtete ich noch eine letzte Botschaft an Fred. In seinen letzten Monaten hatte er mir geduldig eine Handvoll Akkorde beigebracht, und ich übte, wann immer ich konnte. Ich schrieb für ihn den Song *Farewell Reel,* den ich am Ende des Albums allein sang und spielte. *Gone Again* war ein Album, das ich mir kaum anhören konnte, denn mir war nicht bewusst gewesen, wie sehr die Trauer in meiner Stimme nachhallte.

In New York fielen mir sofort die vielen architektonischen Veränderungen auf, ganze Viertel waren nicht mehr zu erkennen. Ich suchte die vertrauten Straßen auf, die ich mit Robert gegangen war, und betrachtete die Schaufenster von Pfandhäusern oder Voodoo-Kräuterheilern, in denen kleine Flaschen mit heiligen Ölen zwischen Metallikonen vergessener Heiliger standen. In Freds lederner Bomberjacke schlenderte ich die Twenty-Second Street entlang in Richtung Hudson River und fühlte mich, als könnte ich sterben, wusste aber, ich würde einfach weitermachen. Als ich zufällig Annie Leibovitz traf, brach ich in Tränen aus und sagte: Ich weiß nicht, was ich tun soll. Komm mit, sagte sie, mein Studio ist gleich gegenüber, wir arbeiten ein bisschen. In diesem Moment gab es für mich kein besseres Heilmittel.

Im September 1995 wurde ich von der Internationalen Friedensuniversität in Berlin eingeladen. Bei der Pressekonferenz stellte ich erstaunt fest, dass der Dalai Lama neben mir saß, und ich rezitierte den Text von *People Have the Power*. In den folgenden Tagen hatte ich oft Gelegenheit, ihm bei Empfängen und Vorträgen nahe zu sein. Einmal saß ich ihm beim Nudelessen gegenüber, als ein beschwipster Robert McNamara ihn mit einem japanischen Mönch verwechselte. Ich erzählte ihm meine Tibet-Geschichte und das große Bedauern, das mein jugendlicher Ehrgeiz bei einer Lehrerin ausgelöst hatte. Als ich fertig war, wurde er zu einer Veranstaltung gerufen, und ich kehrte in mein Zimmer zurück. Das Licht strömte durch die offenen Jalousien, während ich dasaß und über mein Leben, meinen Hund, meine Gebete, meine Kinder und mein Witwentum nachdachte. Später wurde ich ins Zwischengeschoss gerufen. Ich trat in den Aufzug, in dem Seine Heiligkeit mit seinem Sekretär stand, und wir fuhren schweigend nach oben. Als wir seine Etage erreichten, legte er seine Hand auf meine, schaute mir eindringlich in die Augen und sagte: »Es war nicht deine Schuld.« Fünf Worte, die zu einem traurigen zwölfjährigen Mädchen zurückführten, das endlich den Segen der Vergebung spürte.

Nach meiner Rückkehr begleitete mich Allen zu einem Abendessen für William in seinem »Bunker«. Er war überglücklich, dass ich Seine Heiligkeit getroffen hatte, und bat mich, ihm bei der Unterstützung des tibetischen Volks zu helfen, indem ich bei der Benefizveranstaltung für das Tibet House in der Carnegie Hall auftrete. Er wollte mich wieder ins Rampenlicht zurückholen und appellierte an Bob Dylan, mir die Hand zu reichen. Bob lud mich ein, ihn im Dezember bei seiner Paradise Lost Tour an der Ostküste als Support Act zu begleiten. Michael Stipe fragte, ob er mitkommen solle, und so fuhren wir im Bus die Ostküste auf und ab. Allen Ginsberg und Gregory Corso besuchten uns oft, während wir unterwegs waren. Diese kleine Tour einschließlich Bobs aufmunternder Worte stärkten mein Selbstvertrauen und halfen mir wieder auf die Beine.

Am dritten Tag schickte er mir sein Textbuch, damit ich mir ein Lied aussuchte, das wir zusammen singen könnten. Ich saß die halbe Nacht da, hin- und hergerissen zwischen dem Schönen und dem Konfrontativen, und entschied mich schließlich für *Dark Eyes,* einen an William Blake erinnernden Song, der von Mitgefühl und stiller Würde handelt, perfekt geeignet, ihn zusammen zu singen. Michael Stipe kaufte mir ein locker fallendes Kleid und flocht mir die Haare. Ich war leicht nervös, als Bob mich auf die Bühne rief. Ich fing mit der Strophe an, und den Refrain sangen wir gemeinsam über dasselbe Mikro, unsere Gesichter berührten sich fast. Ich sah kleine Schweißtropfen auf seiner Stirn und spürte die Intensität seiner Augen. Ich ergriff mein Kleid und schaute auf meine bloßen Füße, und in diesem Moment war ich nur eine Witwe, und der zornige junge Dichter, der einst meine jungen Sinne beherrschte, war nur ein Mann.

Gone Again erschien im Juni 1996, auf dem Cover war Annie Leibovitz' Foto von mir mit Freds alter Jacke über meiner Schulter. Clive wollte ein Video für MTV drehen. Robert Frank führte Regie bei *Summer Cannibals,* Freds Song über die verschlingenden Seiten des Ruhms, in seinem Keller an der Bowery. Der Schwarz-Weiß-Film wurde, anders als alle anderen Arbeiten von Robert Frank, als nicht MTV-tauglich angesehen und verschwand schnell. Ich war enttäuscht, fühlte mich aber privilegiert, mit einem Meister befreundet zu sein und mit ihm zu arbeiten.

Wir passten unsere Tourdaten an Jacks und Jesses Stundenplan an. Bei der Beerdigung meines Bruders hatte ich die Künstlerin Patti Hudson getroffen. Sie erzählte mir, dass ihr Todd im Traum als Rachel erschienen war und sich gesorgt hatte, wer mich unterstützen würde. Patti folgte seinem Ruf und stellte ihre eigenen Ziele zurück. Sie half mir bei meinen Verpflichtungen und begleitete uns später, um Jesse zu beaufsichtigen. Da unsere erste große Sommertournee nahte, fragte ich mich, wie ich mich präsentieren sollte. Die Antwort kam in Form eines mysteriösen Pakets aus Belgien, eine weiße Schachtel mit schwarzer Schleife. Es enthielt drei in schwarzem Seidenpapier eingewickelte weiße Hemden, die an das Hemd erinnerten, das ich auf dem Cover von *Horses* getragen hatte, zart und besonders. Da kennt mich jemand, dachte ich, eine Fremde, die Kleider macht, wie ich sie mir vorstelle. Die flämische Designerin Ann Demuelemeester hatte sie mir geschickt, es wurden meine Bühnenhemden. Schon bald folgten ein schwarzes Sakko und weiche schwarze Lederboots. Als Teenager hatte sie 1976 unser Konzert in Brüssel gesehen und sich geschworen, eines Tages Kleider für mich zu machen. Ich erinnerte mich gut an das Konzert. Die Reaktion war so überwältigend, dass ich ein Gedicht mit dem Titel *The Children of Brussels* geschrieben hatte. Es berührte mich, dass Ann, die bald eine gute Freundin wurde, eins dieser Kinder war.

Da Todd nicht mehr bei uns war, bemühte sich die Band, meinen Kindern als Onkelersatz zu dienen. Tom Verlaine konnte besonders gut mit Jack und Jesse, durch seinen kindlichen Sinn für Humor verwandelte er die langweilige Reise in eine surreale Spielzeit. Ich tat mein Bestes, um mich auf die Gegenwart zu fokussieren, meine Ziele waren jetzt andere: Ich musste meinen Kindern ein gutes Leben ermöglichen und mit der Band ein gemeinschaftliches Werk schaffen. Meine bisherige Arbeit, die vielen Notizbücher, unveröffentlichten Geschichten, unvollendeten Romane, hatte ich eingelagert. Die imaginierte Saga der Reisenden, die nicht reiste, wurde eine Zeit lang die gelebte Saga der Schriftstellerin, die nicht schrieb.

Im Sommer 1997 verstarben Allen Ginsberg und auch William Burroughs. Am Nachmittag des 4. April nahm ich Jackson und Jesse mit in Allens Loft, um Abschied zu nehmen. Er lag im Todesschlaf auf seinem schlichten weißen Eisenbett, über ihm ein altes Foto von Walt Whitman. Die ihn geliebt hatten, darunter Robert Frank, Larry Rivers, Anne Waldman und Jonas Mekas, traten in den kleinen Raum und standen vor ihm, um Lebewohl zu sagen. Gregory Corso saß stundenlang neben ihm und murmelte *Oh my Allen, oh my Allen*. Im Hintergrund sangen Mönche. Sein spiritueller Führer Gelek Rimpoche schaute gelegentlich nach dem schlafenden Poeten. Er klammert sich ans Leben, sagte er lächelnd, ein schlechter Buddhist. Oliver Ray und ich saßen neben Allens Bett, zusammen mit seiner lieben Freundin Rosebud Petit. Peter Orlovsky verstreute weiße Rosenblätter und betete, wie

Allen ihn angewiesen hatte. Gegen halb drei Uhr morgens richtete sich Allen plötzlich auf, öffnete die Augen, sah uns alle an, legte sich zurück und tat seinen letzten Atemzug.

Oliver und ich nahmen an seiner Trauerfeier teil, und zwei Monate später flogen wir nach Lawrence, Kansas, um an Williams' teilzunehmen. Der Sheriff ist tot, sagte ich wie zu mir selbst. Auch wenn mir sein Dahinscheiden das Herz brach, vergoss ich keine Tränen. Stattdessen wurde ich von einer wütenden Gereiztheit erfasst und schrieb wie im Fieberrausch, als wollte ich ihn zurückholen und dem unauflösbaren Band, das uns alle zusammenhielt, eine Form geben.

Grant

Das Lieblingsgedicht meines Vaters war *Abou Ben Adhem* von dem englischen Schriftsteller Leigh Hunt. Er las es oft laut und schaute dabei kaum auf den Text, als wäre er in seinem Herzen eingeschrieben. Im Gespräch mit einem Engel erfährt Abu, dass er nicht im goldenen Buch steht, das die Namen derer enthält, die Gott lieben. Abu fragt gut gelaunt, ob man ihn nicht als jemanden hinzufügen könnte, der die Menschen liebt. Dieses kleine Gedicht schien für meinen Vater zu sprechen, auch wenn er sich in sich selbst zurückzog, endgültig desillusioniert angesichts der fortgesetzten Grausamkeit der Menschen.

Er beklagte sein zunehmendes Alter und dass er nicht mehr das Gesicht von May, seiner tragischen Liebe, heraufbeschwören konnte. Ich fragte mich, ob auch ich den Tag erleben würde, an dem Gesichter von Menschen, die mir wichtig waren, vor mir verschwammen. Stephanie oder Klara oder Johnny Stahl. Ich besitze keine Fotos von ihnen, nur vage Bilder. Ich schätze meine lebensverändernden Lehrer

Chicago, Juni 1947

und Schulkameraden noch heute sehr: Carol McFetridge, die beste Tänzerin. Barbara Beattie, die Kreativste. Billy Corsey, der mir die Musik von Coltrane und Nina Simone nahebrachte. Elaine Serota, die in mir die Künstlerin sah. Mr Meyers, der wegen seines Stotterns verspottet wurde, uns aber von Giuseppe Verdi erzählte und mich zum Singen ermutigte. Mr Oberparleiter, der unseren Horizont mit Büchern wie *Moby Dick* und dem verbotenen *Fänger im Roggen* erweiterte. Ich denke an so viele andere, die mich geprägt haben, von denen einige leider durch den Krieg in Vietnam, durch Krebs, Verbrechen, Ertrinken und Drogen ums Leben kamen.

Im Frühjahr fuhr ich sooft ich konnte nach Hause, ich wollte wenigstens ein paar Stunden mit meinem Vater verbringen. Manchmal saßen wir nur auf der Couch, sahen fern und hielten uns an der Hand. Er trug dunkle Hemden, schwarze Trainingshosen und Mokassins. Er besaß nicht viel, aber er mochte schöne Dinge. Als ich klein war, bewunderte ich die Art, wie er seine Zigarette hielt. Die leeren Päckchen überließ er mir: Camel Straights, türkischer Tabak. Ich fand sie exotisch, das goldene Kamel, Palmen und Pyramiden, die eindrucksvolle ausländische Steuermarke und der faszinierende Slogan: *I'd walk a mile for a Camel*. Ich liebte seine sonore Stimme, seine Melancholie, seine tiefe Konzentration, wenn er meiner ungeduldigen Mutter, die gerade kochen wollte, unverständliche Passagen aus einem Buch vorlas. Seine sportliche Eleganz, seinen gebrochenen kleinen Finger, der krumm blieb.

Vor meiner Abreise nach Europa stattete ich meinen Eltern einen kurzen Besuch ab. Meine Mutter arbeitete an einem Puzzle mit dem Motiv einer alten Mühle. Mein Vater war im Garten und fütterte die Vögel. Ich wollte ihn nicht stören, verspürte aber das dringende Bedürfnis, ihn zu sehen. Er stand am anderen Ende des Gartens, mit dem Rücken zu mir, die Arme ausgestreckt. Während ich schweigend dastand, kamen Vögel geflogen und ließen sich auf ihm nieder, wie in einem Fresko aus dem Franziskaner-Zyklus von Giotto.

Ich konnte die Zuneigung der Vögel zu ihm spüren, nicht nur, weil er sie fütterte, sondern weil sie auf seine angeborene Güte reagierten. In diesem Moment zweifelte ich nicht daran, dass er einem geheiligten Stamm angehörte. Er war kein perfekter Mensch und hatte auch keine bekannten Wunder bewirkt, doch er besaß die Einfachheit eines Heiligen, und ich war die irrende Tochter des Heiligen. Irgendwie spürte er meine Nähe, drehte sich um, als die Vögel über ihm flogen, und sah mich an.

Hallo Liebes, sagte er.

Hallo Daddy, antwortete ich.

Wir rasten dem neuen Jahrtausend entgegen. Die Erkenntnis, dass das zwanzigste Jahrhundert mit den beiden schrecklichen Kriegen, den Feldern der Toten, den kulturellen Revolutionen, dem Kubismus, Jazz, abstraktem Expressionismus, Rock 'n' Roll und so vielen Verlusten zu Ende geht. Im Sommer 1999 hatte die Band eine längere Tournee, die in Tel Aviv endete. Wir wurden von unserem guten Freund Steven Sebring begleitet, der unsere Reise mit seiner schweren Bolex-Kamera dokumentierte. An den freien Tagen in Jerusalem ritt ich auf einem Esel in den Hügeln. Steven, Oliver und ich besuchten den Garten Gethsemane, eingezäunt und viel kleiner, als ich ihn mir vorgestellt hatte.

Wir schlängelten uns durch den Marktplatz und folgten der Via Dolorosa. Ich stellte mir die Füße Jesu auf den massiven Steinen vor, glatt poliert von den Schritten der Pilger im Lauf der Jahrhunderte. An der Klagemauer patrouillierten Soldaten, während Männer in engen Nischen dem Ruf zum Gebet folgten.

Später, als ich in der lähmenden Wüstenhitze in Qumran saß, las ich noch einmal das Telegramm, das ich von meiner Schwester erhalten hatte. *Daddy im Krankenhaus, ernst, bitte komm nach Hause*. Unser Konzert fiel auf seinen dreiundachtzigsten Geburtstag. Ich rief ihn im Krankenhaus an, um ihm mitzuteilen, dass ich das Konzert absagen würde. Er verbot es mir und wies mich stattdessen an, Stellen aus dem Alten und Neuen Testament sowie dem Koran zu lesen und um Einigkeit zu bitten. Er versprach, auf mich zu warten.

Wir spielten im Cinerama in Tel Aviv. Die Atmosphäre knisterte vor Energie, und alle drei Glaubensrichtungen wurden aufgerufen und gewürdigt, gemäß dem Wunsch meines Vaters. Ich konnte mich nicht gegen das Gefühl wehren, dass im kollektiven Herzen der Anwesenden der gleiche Geist der Menschlichkeit existierte, den er besaß, als wir seinen Geburtstag feierten. In der Nacht hatte ich einen Albtraum. Ein Engel nahm mich an die Hand und trug mich über die Stadt. Wir standen auf einem hohen Hügel und blickten hinunter auf Jerusalem, das gänzlich in Trümmern lag. Ich spürte die Wirkung der schwindelerregenden Hitze. Die Wüste wird alles bedecken, sagte der Engel. Sie wird bleiben, die Menschheit nicht.

Bei meiner Rückkehr saß mein Vater im Krankenhausbett und trug seinen Sonnenbrillen-Clip, mein Beatnik-Vater. Ich erzählte ihm nur von der Wüste und der allumfassenden

Magie des Konzerts. Mein Vater hatte immer nach dem Sinn des Lebens gesucht. Er wusste genau, wann er uns verlassen würde, um irgendwo in der Zeit zu wandern, als könnte er seine verbleibenden Tage in Sandkörnern berechnen. Zu akzeptieren, dass er an der Welt verzweifelte, fiel uns sehr schwer. Linda, die treue Krankenschwester, kümmerte sich bei ihr zu Hause um seine Bedürfnisse. In den Hundstagen im August sagte er, er liebe uns alle, und versicherte meiner Mutter, sie sei eine gute Frau gewesen. Er starb einen ruhigen Tod und ließ uns mit dem Gefühl zurück, dass wir gesegnet waren. Er hatte sich gewünscht, diskret zu gehen und in die neue Welt geführt zu werden, um die Kraft der Jugend und die Hand von May zurückzugewinnen, und um das Gesicht seines Sohnes zu sehen.

Auf dem Regal meines Vaters standen elf Porzellanvögel. Er war Mitglied in einem *Vogel-des-Monats*-Klub, und als der letzte Vogel ankam, erlaubte mir meine Mutter, ihn mit nach Hause zu nehmen. Eine schlichte graue, in Stroh gebettete Turteltaube. Sie inspirierte den Song *China Bird* auf dem Album *Gung Ho,* eine Wendung, die *gemeinsam arbeiten* bedeutet. Für das Cover wählte ich ein Foto von ihm als Soldat im australischen Townsend, wo er vor seiner Versetzung nach Neuguinea stationiert war. Selbstbewusst steht er da, eine Hand auf der Hüfte, bereit, seinem Land zu dienen.

Einige Monate lang bewegte ich mich in einem dicken Trauernebel, ein Vorhang, der sich nicht heben wollte. Ich zog rastlos von einem Ort zum nächsten, zündete Kerzen an und versuchte über das Netz eines Spiels, das wir alle spielten, mit ihm zu sprechen. Ich fühlte ihn in den hölzernen Wasserrädern, die sich in den Bächen und Flüssen Vietnams drehten, in den Waldtempeln Kambodschas. Ich entdeckte ihn im Gesicht einer Ikone des heiligen Seraphim von Sarow. Ich hatte das Gefühl, wenn ich meine Arme hoch genug strecken würde, könnte ich ihn erreichen, schaffte es aber nie ganz. Als dann nach einiger Zeit die Tränen flossen, war ich verwirrt. Um wen trauerte ich? Zu wem betete ich? Die Form meiner Gebete, die über Jahrzehnte ausschließlich zwischen Gott und mir stattfand, war geteilt und vervielfacht. Zwischen mir und Robert, dann Fred, meinem Bruder, meinem Vater. Moderne Gebete, die kaum Sprache benötigten. Ein Seufzer, ein Zucken. Querbuckel, wo bist du? Seltsame Klänge, die kaum von mir stammen konnten, besonders im Halbschlaf, kratzten das neue Jahrhundert zusammen.

Mama und Opa, Upper Darby, Pennsylvania

Peacable Kingdom

Ich bin der Dunkle, – der Witwer –, ohne Trost,
Der Fürst von Aquitanien mit zerstörtem Turm:
Mein einziger Stern ist tot, und meine sterngeprägte …

Gérard de Nerval

Ich sass auf meiner Treppe in New York und las wieder ein Gedicht in Nervals *Chimären,* das ich besonders liebte, als ich jung war. Damals verglich ich es mit dem Bild einer Tarotkarte, dem gefallenen Turm, der mich in eine desolate Atmosphäre zog. Jetzt las ich es mit einer nachvollziehbaren Klarheit: Ich bin die Witwe, niemand hält Wache in meinem Turm, und meine Schulter trägt das melancholische Abzeichen des Dichters. Ich blickte die Straße entlang in Richtung einer Leere, wo noch vor einem Jahr die Zwillingstürme standen. 2001, das Kubrick-Jahr. Welchen Monolithen würden wir jetzt feiern? Das Telefon klingelte, meine Träumerei unterbrochen, ich ahnte, es war der tägliche Anruf meiner Mutter.

Wir sprachen darüber, wie sich der frühe Herbst anfühlte. Sie war besorgt über das Gerücht, dass der Stone-Pony-Klub in Asbury Park, wo sie während unserer Shows gern unter begeisterten Fans saß, schließen würde. Ich versicherte ihr, dass große Anstrengungen unternommen wurden, um den Klub zu retten. Ich erwähnte, dass meine Stimme offenbar tiefer wurde und ich bei einigen Songs die Tonart ändern musste. Dann klingst du bald wie ich, sagte sie lachend, wie eine Nachtklubsängerin. Ja, sagte ich, das muss wohl in den Genen liegen. Sie wurde ernst und sagte: Nun, Kleine, wenn wir uns nächstes Mal sehen, muss ich dir eine Geschichte über Genetik erzählen. Ich drängte sie, gleich am Telefon loszulegen, doch sie weigerte sich. Nein, nein, sagte sie, am Wochenende erzähle ich es dir persönlich.

Ich hielt es kaum aus vor Neugier, musste aber wohl warten. Ein paar Tage später stürzte meine Mutter, die zu Schwindel neigte, schlug sich den Kopf an und verlor das Bewusstsein. Ich nahm den nächsten Bus nach South Jersey und traf mich mit Linda im Krankenhaus. Man hatte ein Blutgerinnsel gefunden; die Operation war erfolgreich verlaufen, aber sie blieb eine Weile unnahbar und verwirrt. Als sie sich erholt hatte und ich versuchte, das Thema Genetik anzuschneiden, starrte sie mich verständnislos an. Sie hatte keine Ahnung, wovon ich redete. Ich überlegte, ob es um ein Gerücht gehen könnte, das meine Elternschaft betraf und in der Familie mütterlicherseits kursierte. Meine Urgroßmutter hatte es geschürt, doch sowohl mein Vater als auch meine Mutter hatten es stets abgetan. Ich hoffte, dass sie das Thema wieder ansprechen würde, doch nach ihrem Sturz war meine Mutter nicht mehr dieselbe. Ihre Welt war an den Glauben gebunden und an das wachsende Verlangen, ins Reich der Kindheit zurückzukehren, um sich wieder mit ihren Eltern zu vereinen.

Sie unterzog sich einer Physiotherapie und kam kurz vor dem Jahrestag des 11. September ins Krankenhaus. Auf dem kleinen Fernseher liefen ständig Wiederholungen vom Einsturz der Türme. Ich dachte an den Schrecken, den ich am 11. September empfunden hatte. Ich hatte Jesse zur Schule geschickt, mich ein bisschen hingelegt und war eingedöst. Dann klingelte das Telefon, ein guter Freund rief entsetzt, ich solle mich anziehen, in den Keller gehen, man habe uns angegriffen. In panischer Angst stand ich auf, dachte an Jesse, nur wenige Blocks entfernt, und eilte zur Schule. Auf der Straße sah ich den Rauch. Ich beobachtete geschockt, wie einer der Türme zusammenfiel. Die Luft war bereits von weißem Staub und Asche erfüllt, teils Architektur, teils Mensch. Die Sorge um die Sicherheit meiner Tochter war der beängstigendste Moment meines Lebens.

Nach vier Geburten und einigen Operationen waren Krankenhäuser meiner Mutter nicht fremd, aber sie waren ihr kein Graus. Tatsächlich ließ sie sich gern umsorgen, eine Atempause von endlosen Verpflichtungen. Nach sechs Tagen sah sie uns an und meinte, sie glaube nicht, dass sie es diesmal schaffen würde. Am Abend des 17. aßen wir alle Hoagies, ein Grundnahrungsmittel in South Jersey, und für kurze Zeit wirkten wir wie eine glückliche Familie. Jetzt fehlt nur noch Todd, sagte ich. Der Fernseher war eingeschaltet – meine Mutter hatte ihn früher auch im Schlaf laufen lassen, wenn sie auf die Rückkehr meines Vaters von der Nachtschicht wartete. Ich blickte auf den Bildschirm, als gerade ein Film anfing, *Day of the Tripods,* ein englischer Science-Fiction-Streifen, der selten gezeigt wurde. Einer von Toddys

Lieblingsfilmen. Wir waren überzeugt, dass Toddy bei uns war. Lindas Familie, allesamt Zeugen Jehovas, war dem Glauben meiner Mutter noch stärker zugetan. Ich war dankbar, dass Linda bei ihr war und leise mit ihr sprach. Meine Mutter glaubte aufrichtig und ging mit ihrer Vorstellung vom Paradies von uns.

Ihrem Wunsch entsprechend wurde sie neben Todd begraben, ihrem geliebten Sohn. Der Verlust meiner Mutter traf mich härter, als ich es mir vorgestellt hatte. Weinend saß ich da, mit einem der letzten Bücher, das sie mir geschickt hatte. *Sara Crewe*. In gewissem Sinne war sie meine gute Fee, wie die blaue Fee, die trotz Pinocchios wiederholter Fehltritte treu über ihn wachte. Der Tod unserer Eltern ordnet unser Universum neu, eine Zeit lang gerät alles aus dem Gleichgewicht und man durchlebt das verwirrende Gefühl eines Waisenkinds. Ihr Tod verlieh mir das Gefühl, dass etwas ungesagt geblieben war, auch wenn sie in mein Exemplar von Sara Crewe die Widmung geschrieben hatte: *Wir brauchen keine Worte*. Aber stimmte das? Hatte ich sie wirklich genug geliebt? Hatte ich ihr die Zeit geschenkt, die sie verdiente? Ich hatte mir oft gewünscht, noch eine Stunde mit ihr am Küchentisch zu sitzen, Kaffee zu trinken und ihren Geschichten aufmerksam zu lauschen.

Das einundzwanzigste Jahrhundert hatte sich nicht so entwickelt, wie es sich meine Generation vorgestellt hatte: umfassende Harmonie, Verzicht auf Krieg, Hilfe für alle, die sie brauchen. In der Folge des verheerenden Anschlags auf die Zwillingstürme konnte man einen schleichenden Anstieg des Nationalismus, den Wunsch nach Vergeltung und Rache spüren. Auch meine Hoffnungen auf Frieden und Offenheit in Israel und Palästina schwanden. Mir graute vor der Möglichkeit einer künftigen schrecklichen Zerstörung, wie sie in meinem Albtraum in Jerusalem prophezeit wurde, jenem Albtraum, den ich meinem Vater vorenthalten hatte.

Am 26. Oktober 2002 organisierte International A. N. S. W. E. R. in Washington einen Protest gegen den von der Bush-Regierung geplanten Angriff auf Irak. Ich nahm mit Oliver Ray teil und schloss mich mehreren Sprechern an, darunter Reverend Jesse Jackson, Jessica Lange, Susan Sarandon und Reverend Al Sharpton. Steven Sebring begleitete uns für Filmaufnahmen. Nach einem Plädoyer gegen den Krieg spielten Oliver und ich *People Have the Power*. Schätzungsweise 200.000 Menschen aus dem ganzen Land hatten sich versammelt, auf der National Mall drängten sich Menschen, die Frieden wollten und keinen Krieg. Im Januar trafen wir uns erneut, traten in eisiger Kälte auf und taten uns mit Reverend Jesse Jackson zusammen. Am 15. Februar fand die weltweit größte Antikriegsdemonstration der Geschichte statt. Allein in England protestierten fast eine Million Menschen, in Italien gigantische drei Millionen. Leider blieb die kollektive Stimme des Volks ungehört.

Am 16. März 2003 protestierte Rachel Corrie, eine friedliche junge Aktivistin, gegen die Hauszerstörungen im Gazastreifen durch das israelische Militär. Planierraupen hatten bereits mehrere Häuser in Rafah zerstört, und nun nahm man das Haus von Professor Nasrallah ins Visier, wo sie wohnte. Carrie, die eine orangefarbene Jacke trug, forderte durch ein Megafon auf, einzuhalten. Sie stand auf einem Erdhügel, doch die Planierraupe fuhr weiter. Die anderen Aktivisten versuchten den Fahrer zu warnen, und die Kinder Nasrallahs sahen entsetzt zu, wie sie überrollt wurde. Der Verlust von Corrie, einer intelligenten uneigennützigen Kraft, nur zwei Jahre älter als mein eigener Sohn, verfolgte mich. Gleichzeitig war offensichtlich, dass alle Märsche, Aufrufe und Demonstrationen von Millionen von Menschen weltweit den Plan der Bush-Regierung, Baghdad anzugreifen, nicht stoppen konnten.

Am 19. März, dem Geburtstag meiner Mutter, lag ich mit der schlimmsten Migräne meines Lebens flach. Aus dem Stockwerk unter mir hörte ich die Nachrichten. Wir bereiteten uns auf die Bombardierung Bagdads vor, Operation Shock and Awe. Jon Lee Anderson, ein eingebetteter Journalist für den *New Yorker,* berichtete, dass die Vögel vor der Bombardierung verstummten und nicht wie sonst den ersten Frühlingstag verkündeten.

Nichts in meinem Leben war bisher so schmerzhaft und überwältigend wie diese Migräne. Ich dachte an meine Mutter, die oft darunter gelitten hatte, und meinen Ärger als Kind, wenn ich mich um sie kümmern musste. Ich versuchte, meine Gedanken zu verdrängen, mich vom Schmerz zu distanzieren. Ich dachte an Virginia Woolf, auch sie litt an Kopfschmerzen, die sie in eine Spirale aus Halluzinationen, einen unerbittlichen Chor von Stimmen und unsagbares Elend zogen. Um mich abzulenken, lag ich stundenlang im Dunkeln und verfasste in Gedanken ein langes Gedicht. Ich sprang vom Verstummen der Vögel zu Virginia und ihrer Schwester Vanessa zu Linda und mir. Ich betrat das Reich einer Mutter, die ihre Kinder in den Schlaf sang und sie tröstete, während die Bomben auf ihre Stadt fielen. Ich lag da, in den Fängen der Migräne, und dachte an die Frauen von Bagdad, Wiege der Zivilisation, die ihre Kinder im Arm hielten.

Den ganzen Tag und die Nacht hindurch blieb ich in meinem verdunkelten Zimmer. Nach achtzehn Stunden klangen die Kopfschmerzen langsam ab, und ich schrieb mein Migräne-Gedicht: *Birds of Iraq*. Unsere Bemühungen, die Bombardierung aufzuhalten, waren vergeblich gewesen, ich konnte darauf nur mit Arbeit reagieren. Susan Sontag, eine langjährige Freundin von mir und Robert, hatte freundlicherweise die Liner Notes für meine letzte Arista-Veröffentlichung geschrieben, die Kompilation *Land (1975–2002)*. Als ich ihr von meiner Idee erzählte, mit einer Komposition auf die Invasion durch die Bush-Regierung zu reagieren, erklärte sie mir, dass es wichtig sei, Geschichte zu studieren, um die Entstehung moderner Konflikte zu verstehen. Also folgte ich ihrem Rat und befasste mich mit der Geschichte und den Beiträgen des Irak, um mich auf das improvisierte *Radio Baghdad* vorzubereiten. Ich nahm die Sicht einer Mutter an, die man politisch nicht angreifen konnte. Bei Susan hatte man gerade Blutkrebs diagnostiziert, sie führte ihren eigenen Kampf, und ich dachte an sie, während wir live das Stück einspielten, das mit den Klängen spielender irakischer Kinder beginnt und dann von Oliver Rays explosiven Akkorden vorangetrieben wird, unter denen sich die Trauer zum Vorwurf verdichtet.

Im Frühjahr 2004 erschien *Trampin'*, mein erstes Album bei Columbia. Lenny Kaye und ich komponierten den Eröffnungssong *Jubilee*, ein Aufruf an die Menschen, sich schwierigen Zeiten gemeinsam zu stellen. An der Entstehung unseres Songs *Gandhi*, der seine Botschaft für Frieden und Unabhängigkeit vermittelte, waren Lenny, Jay Dee, Tony Shanahan und Oliver Ray beteiligt. Tony Shanahan schrieb die Musik für die Stücke *Mother Rose*, im Andenken an meine Mutter, und *Peaceable Kingdom* für Rachel Corrie. Den Titeltrack, ein Spiritual, gesungen von Marian Anderson, nahmen wir live in den Looking Glass Studios auf. *Trampin'* wählte ich als Titel für das Album, weil er die Schlichtheit des spirituellen Glaubens und den Weg des müden Vagabunden anspricht.

Im Dezember 2004 fand Susan Sontags tapferer Kampf gegen Leukämie ein Ende. Von jetzt an würde ihr Œuvre für sie sprechen. Ich flog nach Paris zu ihrer Beerdigung und blieb in der Wohnung, die sie mit Annie Leibovitz geteilt hatte, in Susans Arbeitszimmer. Da ich nicht schlafen konnte, las ich ihre Ausgabe von Baudelaires *Intimen Tagebüchern*. Ich dachte daran, wie Susan über die Jahre hinweg bei meinen Konzerten getanzt, wie sie mich für meine chaotische Bibliothek gescholten und mir geraten hatte, mehr deutsche Schriftsteller zu lesen, was mich zu Hermann Broch und Thomas Bernhard führte. Ich dachte an Susans Freude an der Schönheit, ihren beweglichen Geist und ihr Verlangen nach tiefgehenden Erlebnissen.

Am Tag der Beerdigung hing frühmorgens ein kalter Nebel über der Seine und umhüllte Notre-Dame. Ich ging die Straße entlang und blieb vor der Rue des Grands Augustins 7 stehen, dem Atelier, in dem Picasso *Guernica* gemalt hatte. Susan hatte mir erzählt, dass es dasselbe Atelier war, in dem Balzac seine Erzählung *Das unsichtbare Meisterwerk* um den Maler Frenhofer spielen ließ.

Alle trafen sich am Friedhof von Montparnasse, vorbei an der Bronzestatue *Génie du sommeil éternel,* die in der Mitte aufragt. An der Grabstätte hielt ein Auto, aus dem eine kleine Frau stieg. Mir fiel ihr dichter welliger Haarschopf auf, das herzförmige entschlossene Gesicht und ihre Armbewegung.

Es war die von mir bewunderte französische Schauspielerin Nicole Stéphane. Ich hatte Fotos von ihr mit Jean Cocteau gesehen und sie als Elisabeth in Jean-Pierre Melvilles *Die schrecklichen Kinder* geliebt. Furchtlose, einzigartige Nicole. Sie ging zu Annie und Sharon Delano, Susans enger Freundin und Betreuerin. Ich beobachtete sie, drei starke, fähige Frauen, die Susan treu ergeben waren und ihr alle etwas von sich gaben. Es war ziemlich kalt, Schnee lag in der Luft. Annie bat mich, am nächsten Tag zurückzukommen, um ein Foto vom Grab zu machen. Es war beladen mit Blumen, darunter auch ein Kranz des Bürgermeisters von Paris, Susans geliebter Stadt. Ich machte ein Foto mit meiner Polaroidkamera und schenkte es Annie.

Ein paar Monate später traf ich mich an Prousts Geburtstag mit meinen Freunden Alain Lahana, Andy Wooliscroft und Ann Demuelemeester am Stadtrand von Paris beim Solidays Festival. Dort wurde mir vom Kulturminister Renaud Donnedieu de Vabres der Ordre des Arts et des Lettres überreicht. In meinen Zwanzigern hatte ich diese Auszeichnung an William Burroughs bewundert, der sie stolz am Revers trug. Irgendwann wirst du auch eine haben, sagte er mit Bestimmtheit. Als mir die Medaille an einem breiten grün-weißen Band um den Hals gehängt wurde, dachte ich an diese unerwartete Prophezeiung und auch an Susan, die die gleiche Ehrung erhalten hatte. Doch vor allem dachte ich an das acht Jahre alte Mädchen, das gelobte, eines Tages ihre eigenen Orden zu bekommen.

Danach besuchte ich Nicole Stéphane in ihrer Pariser Wohnung. Ich brachte meine Gitarre mit und sang ihr vor. Sie überreichte mir zwei Geschenke: ein Exemplar von Miltons *Poetical Works* in englischer Sprache und ein kleines

Kissen mit einer von Jean Cocteau angefertigten Skizze von ihr. Doch das schönste Geschenk waren ihr Vertrauen und ihre Anerkennung. Obwohl es ihr nicht gut ging, schenkte sie mir ihre Zeit und erzählte von ihrem Leben. Sie wurde als Baronin in die Familie Rothschild geboren, umgeben von Reichtum, ein blondes schwarzes Schaf, das sich den Künsten verschrieb. Im Zweiten Weltkrieg schloss sie sich der Résistance an und wurde verhaftet. Sie sprach von ihrer Liebesaffäre mit Susan, ihren Sorgen. Als ich ging, erzählte sie, dass einer ihrer Freunde vor Kurzem gestorben sei. Man habe das Kaddisch für ihn gesprochen, sagte sie, aber sie sei allein, wer würde es für sie sprechen? Ich war mir nicht sicher, was das Kaddisch war, gelobte aber im Stillen, dass ich sie auf irgendeine Weise ehren würde, wenn die Zeit kam.

Das erste Jahrzehnt des neuen Jahrhunderts war ein hektisches voller Arbeit, Reisen, Todesfälle und Auszeichnungen. Als ich wieder in die Öffentlichkeit trat, beschränkte ich meine Konzerttourneen zunächst auf die Ferienzeiten von Jackson und Jesse. Inzwischen waren sie groß, und ich tourte und reiste wieder häufiger. Denkwürdig war die Gelegenheit, das jährliche Meltdown Festival in London zu kuratieren. Mit unserem Motto *Innocence and Experience* huldigten wir dem kulturellen Erbe von William Blake bis Jimi Hendrix. Unsere Absicht war vor allem, Solidarität zwischen Veteranen und jungen Künstlern zu schaffen. Zwei Wochen lang versammelten wir Musiker, Poeten und Kriegskorrespondenten um ein vielfältiges und intensives Programm. Für meinen persönlichen Beitrag hoffte ich, mit Kevin Shields zu arbeiten, den großartigen Gründer von My Bloody Valentine. Ich fragte ihn, ob er sich vorstellen könne, einen Live-Track zu meiner Lesung von *The Coral Sea* zu improvisieren, eine Reihe von Gedichten, die ich kurz nach Roberts Tod für ihn geschrieben hatte. Wir unterhielten uns mehrere Stunden lang, ein himmlisches Gespräch, ohne vorher zu proben. Unser Auftritt basierte auf gegenseitigem Vertrauen. Ich hatte das Stück noch nie öffentlich präsentiert und war schon bald von Gefühlen überwältigt. Ich erinnerte mich daran, wie ich es in einem Zustand nicht enden wollender Trauer am Küchentisch geschrieben hatte. Umhüllt von den kathedralenartigen Klangschleifen Kevins gab ich mich dem Moment hin und ließ den Text auf den Boden fallen. Ich brauchte ihn nicht mehr, weil ich wusste, wie ich Roberts Verwandlung in der Sprache der Poesie ausdrücken konnte. Dieser Auftritt übertraf meine Hoffnungen, Poesie mit reinem Klang zu verschmelzen, einer ganz eigenen Sprache. Am letzten Abend stand John Cale auf dem Programm, gefolgt von unserer Premiere, *Horses* in voller Länge zu spielen. Ich fand es passend, denn *Horses* war in einer unschuldigen Zeit entstanden, und nun bemühten wir uns, die Songs durchdrungen von Erfahrung zu präsentieren – Innocence and Experience.

Die Band tourte in Europa, Südamerika, Australien, Japan, in Istanbul, Marokko, Seoul. Überall, wo ich hinging, nahm ich mein Manuskript mit, aus dem *Just Kids* werden sollte. Ich schrieb, basierend auf lebhaften Erinnerungen und zahllosen Tagebüchern, arbeitete ständig um und kämpfte mit der immensen Verantwortung gegenüber Robert und der Stadt, in der sich unsere Geschichte entfaltet hatte. Als wir zwanzig waren, dachten wir uns ein Spiel aus, das wir *Unsere Geschichte* nannten. Am Abend las ich Robert oft vor oder erzählte ihm eine Geschichte aus meiner Kindheit. Eines Abends, als es schneite, sagte er schläfrig, erzähl mir unsere Geschichte. Sie begann mit einem Mädchen mit einem karierten Koffer, das einen Platz zum Wohnen sucht und einen schlafenden Jungen findet, der ihre Anwesenheit spürt, die Augen öffnet und lächelt. Jedes Mal, wenn er mich darum bat, fügte ich unsere neuen Abenteuer hinzu, bis er einschlief. Als er mich Stunden vor seinem Tod bat, *unsere Geschichte* zu schreiben, wusste ich genau, was er von mir wollte.

In meinem sechzigsten Jahr wurde ich in die Rock 'n' Roll Hall of Fame aufgenommen. In meiner Dankesrede ehrte ich meine Bandmitglieder, meinen Bruder, Fred und besonders meine Mutter für ihre Hingabe an unsere Musik und die Menschen. Steven Sebring stellte den Film fertig, den er mühselig zusammengefügt hatte, eine Dekade meines Lebens: Man sah, wie die Kinder im strahlenden Durcheinander unserer Reisen aufwuchsen. London. Tokio. Jerusalem. Die Grabstätten von William Blake, Keats, Shelley und

Arthur Rimbaud. Antikriegsdemonstration in Washington D.C. Blues singend mit Sam Shepard. Lachend mit Flea am Strand und die verschwindende Landschaft von Michigan. Zehn Jahre unseres facettenreichen Flickenteppichs auf Film gebannt. *Dream of Life* wurde auf der Berlinale vorgestellt, auf PBS ausgestrahlt und für einen Emmy nominiert. Die Fondation Cartier in Paris zeigte *Land 250,* meine erste große Einzelausstellung, die fünf Sparten abdeckte: Fotografie, Zeichnung, Installation, Performance und Dichtung. Sie enthielt eine Installation, die im Andenken an Robert die Soundspur von *The Coral Sea* einbezog. Aber ich hatte immer noch nicht, wie versprochen, unsere Geschichte abgeschlossen. Ich reiste weiterhin mit dem Manuskript in meinem kleinen Metallkoffer. Robert und ich waren im Leben nie gereist, doch jetzt waren wir überall gemeinsam.

Im Jahr 2009 blieb ich nach einem harten Tourneeplan noch etwas länger in Paris. Im jüdischen Bereich des Friedhofs Père-Lachaise machte ich die Grabstätte des Baron Henri de Rothschild ausfindig, wo Nicole begraben lag. Wie sie es gewünscht hatte, sprach ich für sie das Kaddisch, das jüdische Gebet für die Toten. Ich kehrte auch zum Montparnasse-Friedhof zurück und besuchte Susan. In der glänzenden schwarzen Oberfläche ihres Grabsteins spiegelten sich die Wolken. Als ich um eine Ecke bog, entdeckte ich die Ruhestätte von Samuel Beckett. Auf seinem Grab lag eine einzelne Rose.

– Danke für deine Arbeit, danke für Godot. Wir warten alle darauf, dass uns das Universum antwortet.

– Oh! Eine Antwort wird kommen, erwiderte eine Stimme, doch das Warten ist lang.

– Ist mir egal, sagte ich.

Ich wollte dringend mein Buch beenden und beschloss, in Europa zu bleiben, wo ich die Zeit und die Ruhe zum Schreiben hatte. Ich wohnte in einer umgebauten Kapelle im Süden Frankreichs, die zu einem Anwesen von guten Freunden gehörte. Die Kapelle war klein, mönchisch, mit Buntglasfenstern, einem Bett und einem Schreibtisch. Als ich unruhig wurde, erkundete ich das Gelände und entdeckte uralte Olivenbäume und einen Zigeunerwagen. In dem Wagen stand ein kleiner Tisch mit Votivkerzen und einem Bild von Arthur Rimbaud. Ich arbeitete an den letzten Änderungen des Buches, das ich Robert versprochen hatte, und meißelte die letzten Marmorstücke heraus. Irgendwann war die Kapelle mit dem glitzernden Staub der Vollendung bestäubt. Schon bald würde ich abreisen. Ich war bis zum Morgengrauen aufgeblieben, um zu schreiben, was geschrieben werden musste, und es schien ein guter Tag zu werden. Ein Bogen aus rosafarbenem Licht breitete sich über dem Steinboden aus. Mein Querbuckel hatte mich nicht im Stich gelassen, er war durch meinen Stift geflossen, der über die letzten Seiten kratzte.

Wir kämpfen mit dem Fieber der Enttäuschung, der Erkenntnis, dass der bröckelnde Turm von gestern keine Fantasie war, dass man, wie der Prinz von Aquitanien geworfen und gezogen wird wie eine menschliche Tarotkarte. Wie können wir uns wieder aufraffen? Auf die Beine kommen, uns eine Karre schnappen und anfangen, die Trümmer einzusammeln, die physischen wie auch die seelischen. Sie zu kleinen Steinen zerschlagen, dann pulverisieren und darauf tanzen, wenn sich der Staub legt. Wie kann uns das gelingen? Indem wir zu unserem kindlichen Ich zurückkehren und unsere Hindernisse in gutem Glauben überwinden.

Denn Kinder agieren in der fortwährenden Gegenwart, sie sind unverdrossen, bauen ihre Burgen wieder auf, legen ihre Gipsverbände und Krücken ab und laufen einfach weiter.

Midway Musical Bar, Philadelphia, 1943

Ein Tropfen Blut

Zehn Jahre waren seit dem Tod meiner Mutter vergangen. Ich fuhr im Zug nach Philadelphia, wo Linda am Bahnhof auf mich wartete. Wir saßen in ihrer Küche, aßen warmes Brot, das sie selbst gebacken hatte, und tranken Kaffee. Die Frage meiner Abstammung war lange kein Thema mehr gewesen, wurde an diesem Nachmittag aber wieder aufgegriffen. Beim Durchsehen der Sachen meiner Mutter entdeckte Linda eine kleine Schachtel mit unbekannten Fotos, hauptsächlich Bilder aus ihrer Kindheit und eines von ihr selbst als Zwanzigjährige zusammen mit einem Teenager. Auf der Rückseite stand *Bev und Cousin Joey*, das jüngste Kind ihres Onkels Joe. Linda zeigte mir das Foto, Joey und ich hätten leicht für Bruder und Schwester gehalten werden können. Die Ähnlichkeit war verblüffend. Ich sah weder meinem Vater noch jemandem aus seiner Familie ähnlich und freute mich, jemanden zu finden, dem ich eindeutig glich.

Vor einigen Jahren merkten wir, dass meine Urgroßmutter den Verdacht hegte, ich sei das Kind ihres ältesten Sohnes

Joe. Das Gerücht kursierte in der Familie mütterlicherseits, wurde aber nicht ernst genommen. Wir überlegten, dass Joey tatsächlich mein Halbbruder wäre, wenn das stimmte. Um allen Spekulationen ein Ende zu setzen, entschlossen Linda und ich uns zu einem Gentest. Sie stach in meinen Finger, dann in ihren eigenen; die gleiche Methode hatten wir als Kinder angewandt, mit unserem Bruder im Wald neben einem Bach, umgeben von dreiblättrigem Aron, Stinkkohl und Libellen. Wir kauerten dicht zusammen, pressten unsere winzigen Wunden aneinander und gelobten uns ewige Treue. Meine Schwester steckte unsere zwei Blutstropfen in einen vorbereiteten Umschlag und schickte ihn zur Auswertung ein. Wir hofften, dass diese einmalige Aktion den Verdacht meiner Urgroßmutter bezüglich meiner Vaterschaft entweder entkräften oder bestätigen würde.

Die Ergebnisse kamen mehrere Wochen später an. Linda stieg in einen Zug nach New York und brachte den versiegelten braunen Umschlag mit. Ein paar Minuten später standen wir an einer Straßenecke und starrten auf zwei unverständliche Zahlenreihen. Unser wissenschaftlich verglichenes und ausgewertetes Blut schien zu belegen, dass wir höchstwahrlich Halbschwestern waren. Als hätte man uns auseinandergerissen, fingen wir an zu weinen. Wir hielten uns an beiden Händen und versicherten einander, dass es keine Rolle spielte.

Was meine Urgroßmutter betraf, so konnte ich ihr verzeihen, wie sie mich behandelt hatte, nicht aber meine arme Mutter, der sie noch das kleinste bisschen Liebe versagt hatte. Wenn ihre Anschuldigungen zutrafen, dann war ich ein volles Mitglied des Williams-Stammes, eine Mischung aus keltisch und walisisch. Ich erinnerte mich nur daran, dass ich meinem Großonkel Joe einmal bei einem Familientreffen begegnet war. Ich war ungefähr vier und fühlte mich zu ihm hingezogen, stieg die Verandatreppe hoch und setzte mich überraschenderweise auf seinen Schoß. Ich weiß noch, wie Grammie meine Mutter anschrie, sie solle mich wegholen. Sie eilte zur Veranda und schirmte ihre Augen ab, während sie mit ihm redete. Tut mir leid, Joe, sagte sie und nahm meine Hand. Ich winkte ihm zu, worauf er mich zwinkernd anlächelte. Ich sah ihn nie wieder, aber falls er sich als mein Vater erwies, war dieser Moment eine kostbare Erinnerung.

Die Ergebnisse unseres Tests trübten meinen Denkprozess, und ich konnte eine Zeit lang nicht schreiben. Normalerweise saß ich jeden Morgen mit meinem Notizbuch in einem Café, und nun musste ich hinterfragen, ob das, was ich geschrieben hatte, richtig war. Ironischerweise hatte ich daran gedacht, meinem Manuskript den Titel *Truth* zu geben, denn mir gefiel die Idee eines Titels mit nur einem Wort, das meine Absicht zum Ausdruck brachte. Und nun lag ein Schatten der Halbwahrheit über dem ganzen Werk. Ein Satz von Jean Genet aus *Rembrandt. Ein Fragment* schoss mir in den Sinn und ließ mich nicht mehr los: *Was ich soeben geschrieben habe, ist falsch*. Als Leserin schockierten und verwirrten mich seine Worte, als Schriftstellerin zuckte ich bei dem Gedanken zusammen, dass dies auch meine Worte sein könnten.

Der Stift kratzt nicht mehr übers Papier. Mein Querbuckel ist helmähnlich, als gehörte er zu einer Rüstung. Er ist meine Kapuze aus Fleece, meine Flucht in die Einsamkeit, mein Schutzwall aus Anonymität. Ein Harnisch um mein Herz. Er ist eine Art Vorwissen, ein alter Umhang oder ein verwelktes Blatt, das von Generation zu Generation vererbt wird. Er ist das Sich-Ergeben an eine wissenschaftliche Methode, ein Tropfen Blut.

Einige Monate vor meinem siebzigsten Geburtstag wollten Linda und ich die genetischen Ursprünge der mütterlichen Linie herausfinden und machten einen autosomalen DNA-Test. Es war ein einfacher Test, bei dem die Abstammung der Vorfahren zurückverfolgt wird und nur ein Röhrchen mit Speichel erforderlich ist. Bisher hatten wir mit niemandem über unsere Erkenntnisse gesprochen und den Fall für abgeschlossen gehalten. Ich hatte schon fast akzeptiert, dass ich von Joe, dem Onkel meiner Mutter, gezeugt worden war, und rechnete mit einer Bestätigung dieses Ergebnisses.

Der Test meiner Schwester kam zuerst und belegte, wie erwartet, ihre Ahnenreihe: keltisch von der Williams-Seite, schottisch-irisch von den Smiths. Ich ging davon aus, dass meine Erblinie überwiegend keltisch sein würde, und versuchte mich zu freuen, auch wenn ich im Stillen immer noch hoffte, das Resultat würde einen Irrtum in unserem vorherigen Bluttest aufdecken. Die Ergebnisse meines Tests verzögerten sich und kamen am Morgen meines siebzigsten Geburtstags an. Wieder musste ich mein gesamtes Universum neu ordnen.

Ein Piekser in den Finger, und der Deckel war gelüftet, ein Blatt Papier mit endlosen Zahlenkombinationen, die mich und Linda zu Halbschwestern machten. Doch es war das Speichelröhrchen, das die unanfechtbare Wahrheit meiner väterlichen Herkunft enthüllte. Alle abstrusen Szenarien meiner Entstehung verflüchtigten sich in Sekunden. Ich kam weder aus Nimmerland noch von einem Stamm aus dem entlegensten Teil der amerikanischen Wüste. Ich wurde nicht von einer außerirdischen Rasse in einen Mutterleib eingepflanzt und auch nicht in einem Korb unter dem westlichen Himmel ausgesetzt. Ich wurde nicht von den Traumsammlern geboren oder einer Dichterin des neunzehnten Jahrhunderts. Auch der freundliche Onkel Joe meiner Mutter, auf dessen Schoß ich mal gesessen hatte, kam nicht infrage. Meine väterlichen Vorfahren wurden aus Russland in die Ukraine vertrieben, von Kiew nach Schpola, schifften sich dann von Liverpool nach Neufundland ein und fassten schließlich Fuß in Philadelphia. Ich wurde vermutlich nicht lange nach dem Ende des Zweiten Weltkriegs in Philadelphia empfangen. Wir hatten ungewollt die heimliche Vergangenheit meiner Mutter aufgedeckt. Mein leiblicher Vater war Nachfahre einer Linie von Wanderern, entwurzelt und anderswo wieder eingepflanzt, hundert Prozent aschkenasischer Jude.

In der Zeit eines selbst auferlegten Sabbaticals recherchierte ich Seite an Seite mit der vertrauenswürdigsten und selbstlosesten Assistentin. In den vergangenen Jahren hatte ich das Glück gehabt, das Kind wiederzusehen, das ich zur Adoption freigegeben hatte, als ich zwanzig war. Sie war ein ausgesprochen zurückhaltender Mensch, den wir gern in unseren Kreis aufnahmen. Es war eine Menge Detektivarbeit nötig, um sie zu finden, und sie war es, die die Identität meines leiblichen Vaters, ihres Großvaters, genau bestimmte. Nach mehreren Monaten gründlicher Recherche hatten wir einen Namen, ein Regiment, einen Geburtsort, aber nicht sein Foto.

Am Unabhängigkeitstag fühlte ich mich nicht gut. In der Ferne hörte ich Feuerwerksgeräusche. Ich konnte nicht schlafen. Stundenlang saß ich da und ging in meinem Inneren zurück, suchte Zelle für Zelle nach ihm, welche Seiten an mir von ihm stammen könnten. Ohne wirklichen Plan tauchte ich tief in das Gehirn meines Computers ein. An mehrere Kissen gelehnt, überprüfte ich jeden Hinweis, den wir über meinen leiblichen Vater gesammelt hatten. Während sich die Nacht hinzog, wurde es in der Stadt ohne die Feiernden eigenartig still. Ich war müde, doch der Wunsch, sein Gesicht zu sehen, hielt mich wach. Und dann gegen vier Uhr morgens, gerade als ich aufgeben wollte, stieß ich zufällig auf eine PDF-Datei des *Torretta Flyer* aus Redondo Beach, Kalifornien. Unter der Rubrik *The Last Mission* befanden sich drei verstorbene Soldaten. Ich erkannte ihn als meinen Vater, noch ehe ich sein Gesicht sah, ein junger MG-Schütze mit dunklem welligem Haar, Hände in den Taschen vor weiß getünchten Baracken im italienischen Bari. Er hieß Sidney. Ich sah mich selbst in seiner Haltung, seinem unverfrorenen Blick, und starrte bis zum Morgen sein Bild an, so unergründbar und doch präsent wie ein zwischen den Rändern von Erde und Sonne gefangener Neumond.

Am 19. März 1946 saß Beverly Ann Williams rauchend an einer Bartheke und hörte vielleicht *The Gypsy* von den Ink Spots, damals einer der populärsten Songs. Den ganzen Krieg hindurch arbeitete sie als Kellnerin, Garderobenfrau, Zigarettenmädchen und sang manchmal in Nachtklubs. Es war ihr Geburtstag, sie war sechsundzwanzig Jahre alt. Mit elf verlor sie ihre Mutter und erfuhr seitdem sehr wenig Liebe. Sie hatte schnell erwachsen werden müssen, da sie bei einer Großmutter aufwuchs, die vier eigene Söhne hatte und nichts mit einer Enkelin anzufangen wusste.

Mit dreiundzwanzig hatte sie eine annullierte Ehe und eine von Gewalt geprägte Ehe überstanden. Sie verlor einen

Sohn bei einer stümperhaft durchgeführten Entbindung und starb fast am Kindbettfieber. Nach ihrer Genesung faltete sie die Babysachen, legte sie in eine Schachtel und spendete sie den Armen. Da sie nirgendwo hinkonnte, wandte sie sich an ihren Onkel Joe, der verwitwet war und mit seinem Teenagersohn Joey lebte. Er bot ihr ein Zimmer an, wenn sie als Gegenleistung den Haushalt führte. Meine Mutter war dankbar, auch wenn Grammie es skandalös fand, dass sie bei einem Witwer lebte, der doppelt so alt war wie sie.

Als der Zweite Weltkrieg endete, kehrten zwei Soldaten nach Philadelphia zurück. Ein gut aussehender Maschinengewehrschütze der 766. Bombardierungsstaffel und mein Vater, Grant Harrison Smith, der aus den philippinischen Dschungeln zurückkam und sich von Malaria erholte. In der Mitte stand eine hübsche, energische und liebevolle junge Frau. Vielleicht hatte sie den Schützen aus einem der Nachtklubs gekannt, in denen sie arbeitete. Gleichzeitig ließ sie eine Jugendfreundschaft mit dem Mann wieder aufleben, in den sie als Teenager verknallt war. Grant war in seine Cousine May verliebt gewesen, die ihre lange heimliche Liebschaft beendete, indem sie ihm kurz vor Kriegsende einen Abschiedsbrief schickte. Abserviert von seiner wahren Liebe, kehrte er zurück und erfuhr, dass seine geliebte Mutter an Krebs im Endstadium litt. Verzweifelt wie er war, fand er Trost in meiner Mutter. Sie war mitfühlend, brachte ihn zum Lachen und holte ihn ins Leben zurück. Sie war seine Retterin. Darin war sie gut.

Nur meine Mutter kennt die Wahrheit dieser wenigen Wochen im Frühjahr 1946, in denen ich gezeugt wurde. Grant war abgereist, um sich um seine sterbende Mutter zu kümmern. Allein an ihrem Geburtstag, ist es gut möglich, dass sie den jungen Schützen in einem Nachtklub traf. Aufgrund einer schicksalhaften Kette von Ereignissen – Grants Abwesenheit, der Tod von Jessie Pollard Smith am Palmsonntag, die jugendliche Unruhe meiner Mutter bei einem zufälligen Wiedersehen nach dem Krieg – wurde ich als ich selbst in die Welt gebracht.

Als meine Mutter merkte, dass sie schwanger war, bestand kein Zweifel zwischen ihr und meinem Vater, dass das Kind von ihm war. Ohne das Wissen aller hatte Grammie Joes Haus durchsucht, während meine Mutter arbeitete, und ein Unterkleid in Onkel Joes Bett gefunden, was fälschlicherweise ihren Verdacht bestätigte, dass meine Mutter es mit ihrem ältesten Sohn trieb. Meine Urgroßmutter war sich so sicher, dass Joe das Baby gezeugt hatte, dass sie ihn zur Rede stellte, doch er stritt es lachend ab. Danach besuchte sie meinen Vater und beschuldigte meine Mutter, dass sie ihn hereinlegen wollte. Unwillentlich bestärkte ihre Einmischung meinen Vater darin, meine Mutter standhaft zu verteidigen.

Die Situation wurde so schlimm, dass die beiden Philadelphia verließen und in den ersten Sommertagen einen Zug nach Chicago nahmen. Es war leicht, Grant dazu zu bewegen, ihr die Stange zu halten, aber nicht, ihn zu überreden, den Bund der Ehe zu schließen. Nach fünf Jahren Krieg, anhaltender Malaria und dem Tod seiner Mutter war er nicht ganz bereit, eine solche Verantwortung zu übernehmen. Laut der Erzählung meiner Mutter saßen sie eine Weile auf der Treppe vor dem Gerichtsgebäude, bis er schließlich den Mut aufbrachte, um ihre Hand anzuhalten, vielleicht um ihres Kindes willen, und sie sich standesamtlich trauen ließen.

Als sie in den Zug nach Chicago stiegen, rückten alle Personen, die an meinem vorgeburtlichen Drama beteiligt waren, in weite Ferne. Grant und Beverly Smith fanden eine etwas heruntergekommene Pension in der Nähe des Logan Square. Dort begann ich mein Leben, das dank der Bemühungen meines Vaters gerettet wurde, als er mich stundenlang über eine dampfende Waschschüssel hielt, damit ich atmen konnte.

All diese Fakten waren in der Familie bekannt. Aber nirgendwo in der Geschichte tauchte ein attraktiver jüdischer Pilot auf. Ich kann nur mutmaßen, dass die Geschichte, die meine Mutter mir versprochen hatte, von ihm gehandelt hätte. Meine Älteste und ich trugen all diese Informationen zusammen wie Krümel auf einem unberechenbaren Weg und wurden am Ende durch meinen neu endeckten Cousin ersten Grades belohnt, ein bekannter Architekt und Gelehrter namens Anthony Alofsin. Seine wunderschöne Mutter Eleanor, Sidneys Schwester, war Konzertpianistin gewesen. Anthony mochte meinen Vater, und ich konnte seine Erinnerungen in das Puzzle meiner Abstammung einfügen. Anthony zu finden, der nur eine Woche nach meinem Bruder Todd geboren wurde, war für mich, als hätte ich einen Halbbruder gewonnen. Unsere Eltern waren zusammen aufgewachsen, und wir waren beide zutiefst gerührt, einander in unserem Leben zu haben.

Sidney hatte seinen Vater im Alter von sechs Jahren während der Spanischen-Grippe-Pandemie verloren. Er reiste gern, mochte Jazz und Kunst. Er studierte Elektrotechnik, wurde aber von seiner herrschsüchtigen Mutter in das erfolgreiche Leder- und Gerbereigeschäft der Familie gedrängt. Außerdem war ihm unter Androhung von Enterbung verboten, mit andersgläubigen Frauen auszugehen. Aus diesem Grund hätte er nie eine gute Beziehung zu meiner Mutter aufbauen können.

Irgendwann verliebte er sich in ein katholisches, französisch-kanadisches Mädchen, Marie, eine freundliche, zugetane Gefährtin, die er weder öffentlich lieben noch ehelichen durfte. Im Januar 1965, nach der Beerdigung seiner Mutter, heiratete Sidney seine geliebte Marie und sie konnten endlich gemeinsam ihr Glück genießen. Wenngleich kinderlos, hatten sie wenigstens einander. Seinen dreiundfünfzigsten Geburtstag feierten sie am Meer, doch das Schicksal war nicht gut zu ihnen. Sidney hatte sich während des Kriegs Nierenschäden zugezogen und starb in jenem November – die beiden erreichten nie ihren ersten Jahrestag. Marie, nur elf Monate eine Braut, nun eine Witwe, wurde neunzig Jahre alt. Hätte ich früher von ihr gewusst, hätte ich sie bestimmt um einen Besuch gebeten, ihr Blumen gebracht und den Erinnerungen an ihren Mann, meinen Vater, aufmerksam gelauscht. Ich stelle mir vor, wie sie ihr Leben ohne ihn führte, und bin sicher, sie konnte ihn in der Luft spüren, die sie atmete. Da ich selbst mit siebenundvierzig Witwe wurde, fühle ich mich ihr fest verbunden und hänge sie an die Wand meiner Heldinnen, die eine grausame Fügung ertrugen und dennoch weitermachten. Ich konnte ihren bescheidenen Grabstein ausfindig machen, auf dem ihr Ehename eingraviert ist.

Meine Schwester und ich mussten uns damit abfinden, dass wir nur Halbgeschwister waren. Eine Zeit lang waren wir darüber sehr traurig, doch Linda, wie immer weise, erzählte mir von einer plötzlichen Eingebung. Sie erinnerte mich daran, dass die Person, die sie liebte, nämlich mich, nur diese Person war, weil sie von meiner Mutter und Sidney gezeugt wurde, und dass ich ohne ihn nicht existieren würde. Vielleicht kämen ja die Züge, die sie an mir so liebte, von ihm: sein dunkles Haar, sein wiegender Gang, seine Arroganz, seine Liebe zum Reisen, zur Kultur, zur Kunst, zu Paris und zum Meer. Irgendwann liebten wir Sidney beide. Ich schätze die wenigen kostbaren Fotos von ihm als Piloten, vor dem Eiffelturm stehend, und ein anderes mit Marie. Mit der Zeit konnte ich ihn nicht nur spüren, sondern ich war auch sicher, dass mein Vater mich genauso liebte. Ich bewunderte das Schweigen meiner Mutter. Sie wusste, dass ich meinen Vater bevorzugte, doch anstatt es mir übel zu nehmen, beschützte sie mich vor der Tatsache, dass er mich nicht gezeugt hatte. Und so waren wir letztlich dankbar für das Nachkriegsmissgeschick meiner Mutter.

Es gibt keine Hände, die sich ausstrecken, keine Zeiger, die sich auf dem Ziffernblatt der Erinnerung drehen. Ich sehe einen Zug von Menschen durch weite Ebenen taumeln, das Volk meines Vaters, von Ort zu Ort ziehend. Ich fühle mit ihnen genauso wie mit jenen, die aus Tibet, Syrien und Palästina vertrieben wurden. Und vielleicht liegt der wahre Wert meines Ahnenbluts darin, Mitgefühl für die Verbannten zu empfinden. Der Kiel eines gekenterten Schiffes, kaum auffindbar in einem trägen, wenn nicht toten Meer. Ich wünsche mir nichts mehr, als es mit einer alten Leica einzufrieren und das Bild seiner verschwommenen Silhouette an die Wand eines leeren Zimmers zu kleben, mit Ausblick auf die Ruinen eines Wohnhauses aus dem späten neunzehnten Jahrhundert. Europa nach dem Krieg, mit verstörten und ausgehungerten Heimatlosen, die innehalten und aufblicken, als spürten sie meine Nähe.

In meinem Zimmer stünde nur ein Kartentisch mit einem Stuhl, und in einer Ecke verstreut lägen Stroh- und Heu-

Luftwaffenstützpunkt, Bari, Italien

büschel, gerade genug, um darauf zu schlafen. Meine Decke wäre aus braungrauem Filz, das gleiche Material, in das sich Joseph Beuys hüllte, als er neben einem Kojoten schlief, in der Ecke eines Raums, nicht weit entfernt von meinem imaginierten Zufluchtsort. Ich würde am Tisch sitzen und in mein Tagebuch schreiben. Bleistifte, ein Krug mit Wasser, ein kleines Glas und ein in Wachspapier eingewickeltes Sandwich. Bei Einbruch der Dunkelheit würde ich kalten Kaffee trinken, ein wenig auf und ab gehen und mich dann eingewickelt in meine Decke auf die Matte legen.

Ich würde den Frauen nachspüren, die ich nie kennenlernen würde, Marie oder Jessie oder meiner Großmutter Marguerite, klein, ausgelassen, grünäugig, musikalisch und unbeschwert. Als einziges Kind einer bedeutenden Familie aus Neuengland brannte sie mit einem jungen Soldaten durch, der so gut aussehend war wie sie hübsch. Ihr Vater enterbte sie, und sie sah ihre Eltern nie wieder. Wie schrecklich für dieses sonnige kleine Ding, lebensfroh und freundlich, das Stummfilme und hübsche Kleider liebte. Eines Morgens erkannte Marguerite ihre eigene Tochter nicht mehr und stürzte sich mit einem Küchenmesser auf sie. Sie wurde in ein Krankenhaus gebracht und dann in eine Anstalt überwiesen. Dort wurde sie von ihrer Familie im Stich gelassen und landete in der geschlossenen Abteilung des alten Norristown State Hospital, gefangen wie Artaud oder Frances Farmer. Der damaligen Zeit entsprechend unterzog man sie neuen Schockexperimenten und Insulinbehandlungen und versetzte sie wie alle schizophrenen Patienten in ein durch Insulin herbeigeführtes Koma. Sie sollte nie zurückkehren und starb im Alter von vierundvierzig in der Anstalt. Ich öffne den Koffer von Marguerites hundert Jahre alter Mandoline.

Zusammen mit *Silver Pennies* waren dies die einzigen Habseligkeiten im Besitz meiner Mutter, die ein kurzes Leben mit Dichtung und Musik erfüllten. Vielleicht atmet auch in mir ein Hauch dieser großmütterlichen Verrücktheit, verstärkt und zugleich geschützt von der Fähigkeit, diesen Atem in Kunst zu verwandeln.

Alles, was Jahre vor unserer Geburt geschieht, bereitet den Boden für unsere Existenz. Wie glücklich ich bin, dass so ferne Gegebenheiten die Umstände meiner Geburt ermöglicht haben. Man ordnet die Teile neu an, und Bruchstücke der Wahrheit kommen ans Licht. Und so stehe ich inmitten verdorrter Vegetation, Kakteen und Wüstenblumen, unter einem Himmel voller Sterne, singe die gleichen Worte wie meine Vorfahren und fühle das Zwiegespräch der Menschheit.

Eines stillen Nachmittags saß ich an meinem Schreibtisch und hing meinen Gedanken nach. In dem Moment sah ich ihn. Er trug einen dunklen Anzug und eine Krawatte. Ich trug meinen blauen Ostermantel mit einem Spitzenkragen. Onkel Bobby hatte mich in den Philadelphia Zoo mitgenommen. Er setzte mich auf eine Bank am Bird Lake und versprach, bald wieder zurückzukommen. Dann nahm mich jemand an die Hand, und wir machten einen Spaziergang. Mir fiel auf, dass alle lächelten, als wir vorbeikamen, und ich war stolz, mit ihm zu gehen. Wir fuhren in einem Boot in Schwanenform, und ich spürte eine Welle des Glücks. Als das Boot anlegte, wartete mein Onkel und half mir beim Aussteigen, aber ich machte einen falschen Schritt, und meine Schuhe füllten sich mit Wasser. Ich drehte mich um, schaute zurück und sah ein Gesicht, das meines war: dunkle Augenbrauen, dunkles Haar und ein Blick, der auf etwas anderes gerichtet war. Ich bin dein Gang, hauchte ich, dein Lächeln, dein wanderndes Auge. Das letzte Stück, das Blut meines Mosaiks.

"Patti" – March 8, 1947

~~Snapshots~~

When morning comes and "Patti" wakes,
She opens up her eyes –
She looks upon each new day –
With such complete surprise.

II

First she'll yawn and stretch her arms
away shade her head
Then she'll smile as she watches the sun
Play hide and seek across her bed.

III

She's like a tiny rose bud, thats been
Kissed, by the mornings dew –
When she opens up her sleepy eyes
To greet each day anew.

IV

When evening shadows come and the
sun decends, behind the purple mist
Patti closes her sleepy eyes again
To await the suns morning kiss.

V

Then all over again it starts
at the beginning of dawns new day
As her hands reach for the morning sun,
Happy and eager to play.

Mother

Vagabondia

I

LANGE ZEIT BEWAHRTE ICH MIR eine Spur von Unschuld, eine federleichte, irgendwo in meinem Inneren flatternde Strähne, die mir Zuversicht gewährte und Verluste und Enttäuschungen linderte. Ich blieb ihr immer treu, meiner jugendlichen Berufung, dieser rankenden Blutrebe um den Knöchel eines zwölfjährigen Mädchens, diesem Boten, der ihr Flügel anbringt und dabei die Ferse zerschrammt. Ich war immer erfüllt von dem Wunsch, etwas Würdiges zu schaffen. Doch seit einiger Zeit spüre ich ein leises Zögern, quecksilbrige Tröpfchen, die an meinen Schädel pochen, wenn ich unruhig den Schlaf suche. Meine Ohren im Kissen lauschen einer sich wiederholenden pulsierenden Parole: *Wir, die nicht länger glauben*. Wann schrieb ich das, und warum? Es klingt verstörend. Habe ich das wirklich mehr als nur ein paar düstere Momente lang gefühlt?

Aufgereihte Zeichen des Alphabets führen ihren bizarren Tanz auf. Im Hintergrund Bach, präzise fließende Noten, ein Horizont aus Mathematik. Mein Kaffee wird kalt, während sich das belebte Café langsam leert. Plötzlich nehme ich überdeutlich meine auf der Ecke eines leeren Blattes ruhende Hand wahr. Schicksal und Erfahrung, ablesbar in der mystischen Anatomie meiner von vielen Linien durchzogenen und doch jung wirkenden Hand. Sie hält einen Stift, der bald austrocknet, und versucht, ein Körnchen Wahrheit ans Licht zu bringen, was kaum gelingt. Subjektive Wahrheit kann weder den Lauf der Dinge ändern noch die Wut der Natur besänftigen. Sie ist eher das Ergebnis von in Scham verwandeltem Entsetzen. Ich bestelle noch einen Kaffee, weniger Gäste, mehr Gäste, es macht keinen Unterschied für mein Schreiben. Irgendwie verschwindet der Tag.

Später am Abend, kurz vor dem Schlafengehen, spüre ich, wie eine Wärme über mein Gesicht kriecht. Zuerst macht sie mir Angst, wie ein Fieberanfall, doch dann ergebe ich mich in einen seltenen Augenblick großer Leere. Es ist, als würde ein Gespräch das Zimmer durchströmen, ungebeten, erleuchtend.

– Was ist Gott?

– Gegenwart im Angesicht des Leidens.

Ich muss an meine Schwester denken. Jene, die fest glauben.

Es ist Vollmond und eine partielle Mondfinsternis. Ein dunkler, trüber Fleck ergreift langsam Besitz von einem Teil des hellen Kreises. Für einen Moment steht alles still, als wären wir in einer Graphic Novel. Standbild folgt auf Standbild, erzeugt Seiten voller Bewegung. KAPUFF!! Kenne dich selbst! Glaube! Der unbestreitbare Beweis liegt in dem, was unsichtbar bleibt, und erfüllt Herzen mit sturer Hoffnung.

Die heilige Bernadette versagte sich alle Erwartungen an

Liebe, Freundschaft und Kinder. Sie scharrte im Boden und legte eine heilende Quelle frei, deren Wasser ihr verwehrt blieb. Sie starb jung, ihre einzige Belohnung zu Lebzeiten waren die Erscheinungen der Jungfrau Maria und das Versprechen auf ein glückliches Leben nach dem Tod. Jeanne d'Arc wurde auf den Scheiterhaufen geführt. Ihre Heiligen griffen nicht ein, als die Flammen sie verschlangen, und auch Jesus nicht, als sie seinen Namen rief. Ihr wurde ein Geschenk gewährt, das größer war als irdische Rettung, nämlich die Wahrheit ihrer Stimmen. Johannes der Offenbarer, unergründlicher Schutzherr aller Offenbarungen, transkribierte unter Mühen und Entbehrungen in einer Höhle in Patmos die Prophezeiung. Bestärkt durch die Quelle seiner Vision, überkam ihn die göttliche Vorsehung, ein Fließen aus sieben Richtungen, als würden alle Lämpchen in einem Flipperautomaten gleichzeitig aufleuchten.

Und auch die Mühen des irdischen Visionärs muss man bedenken. Der plötzliche Erkenntnismoment eines Mathematikers, eine unanfechtbare Gleichung, die dennoch bewiesen werden muss und den zermürbenden Prozess in Gang setzt, das Abstrakte in Formeln zu fassen. Der Künstler verdichtet einen Ausschnitt aus dem unaufhörlichen Fluss der Verwandlungen, um ihn verfestigt als Kunstwerk einzurahmen. Leonardo da Vincis *Das Abendmahl*, Piero della Francescas *Legende vom Wahren Kreuz*, *Blue Poles* von Jackson Pollock. Wenn wir diese Gestalt gewordenen Visionen genau betrachten und uns ihnen hingeben, dringen wir in die Psyche des künstlerischen Prozesses selbst ein.

Ich suche einen bestimmten Katalog in meinem Bücherregal, ein Souvenir von meinem Besuch in der Capella Sansevero in Neapel vor nicht allzu langer Zeit. Der Katalog zeigt

mehrere Aufnahmen von Giuseppe Sanmartinos Meisterwerk *Verhüllter Leichnam Christi,* aus verschiedenen Winkeln fotografiert. Der marmorne Christus liegt aufgebahrt im Todesschlaf, ein beunruhigend durchsichtiges Grabtuch bedeckt Körper und Gesicht und gibt den Blick auf sein Leiden frei. Neben seinen Füßen drei Nägel, eine Zange und die Dornenkrone, bildhauerisch perfekt gearbeitete Werkzeuge seines Leidens. Wenn ich die berührenden Aufnahmen anschaue, fühle ich mich sofort zurückversetzt nach Neapel und durchlebe noch einmal diese denkwürdige Stunde in der Kapelle. Als ich mich damals über die Nachbildung des Messias beugte, sah ich in der schimmernden Patina seiner Gesichtszüge eine innere Unruhe, und obwohl es verboten war, fuhr ich mit den Fingern über die Wunde und die Falten des Grabtuchs. Ich spürte die Schwingungen eines unhörbaren und doch klar konturierten Seufzens, das mich zurücktrug zu dem Moment, in dem der Bildhauer die Statue schuf.

Ich verfolgte ihn heimlich, während er nach dem perfekten Modell suchte. Als er glaubt, ihn gefunden zu haben, lässt er kein Auge von ihm, studiert seine Gewohnheiten, seine Körpersprache, das Lichtspiel auf seinem Nacken und den Muskeln seiner Gliedmaßen. Der Mann ist umtriebig und agil, kaum erreicht er sein Ziel, macht er sich schon wieder auf den Weg. Und doch wählt der Bildhauer ihn aus, den toten Christus zu verkörpern. Er bietet ihm Arbeit an, erklärt, dass er stillhalten müsse, über Stunden, völlig entgegen seiner Natur. Als Gegenleistung bekäme er eine Golddukate und das Versprechen auf Unsterblichkeit.

Gezwungen, den Tod nachzuahmen, beginnt das ruhelose Modell, seine eigene ihm unbekannte Psyche zu erforschen, bis er, ermutigt, Zelle für Zelle das Bewusstsein Christi durchdringt. All das beobachtete ich und schrieb es hastig auf, jedes Detail der unheiligen Metamorphose, und hielt erst inne, als das Modell mit den sich windenden Fasern des Geistes des Messias verschmolz. Plötzlich wurde ich mir der erstaunten Zuschauer um mich herum bewusst und zwang mich, mein Notizbuch zu schließen und in die Gegenwart zurückzukehren. Alle kommentierten das Wunder des Grabtuchs; man konnte sich leicht die Reaktionen Mitte des 18. Jahrhunderts vorstellen. Die Menschen waren von der Vollkommenheit des Werkes so verzaubert, dass sie glaubten, Raimondo di Sangro, der berühmte Alchemist und Auftraggeber, habe ein gazeartiges Material geschmolzen und es alchemistisch über den Körper und das Gesicht Christi marmoriert. Über zwei Jahrhunderte wurde diese Spekulation als Tatsache angesehen. Dabei besteht kein Zweifel daran, dass es das Werk eines göttlich inspirierten Bildhauers war. Ein großer Künstler ist immer zugleich Alchemist, getrieben, die Schönheit und Brutalität der Existenz zu verwandeln.

Die goldene Kette der Solidarität schlängelt sich durch alle Zeiten. Geflochtene Wolken, die sich am Himmel auftürmen. Das Feld göttlichen Bewusstseins ist ein fließendes Feld, von ihm spreche und zehre ich hier. Die Alchemie des Seins ist so komplex wie eine goldköpfige Blüte voller Samen, wie Finger, die sich in den Bauch eines armen Diebs pressen, eine Schar rebellischer Kinder, die sich mit kleinen zeremoniellen Klingen die Schienbeine aufschlitzen. Ich frage mich jetzt, ob ich, wenn ich weitergemacht und mich vollkommen fallen gelassen hätte, ganz in den Geist des jungen Mannes eingedrungen wäre, so wie er in den Geist Christi eindrang. Seitdem versuchte ich immer wieder, diese Grenze zu überschreiten, aber ohne Erfolg. Ich ging so weit, wie ich konnte. Vielleicht hatte ich den Moment nur halb gelebt, den Blick nach innen gerichtet, die Augen nach außen verschlossen, während in mir ein Universum raste. Im Bruchteil einer Sekunde wurde mir die ganze Geschichte geschenkt: ein junger Mann, der Bildhauer und der Alchemist, in einem Einakter, der sich in alle Ewigkeit erstreckt.

Dieser Prozess ist manchmal lähmend und kann einen isolieren, als befände man sich in einer undurchdringlichen Blase. Nur ein Kind, das an meinem Ärmel zieht, könnte mich zurückholen und den Bann brechen, der Augenblicke oder Stunden dauern kann. Mich erinnern solche Phasen, in denen ich scheinbar woanders bin, an das frühere Schulmädchen, das verwundert und verwirrt auf seine Schuhe hinunterstarrte. Eine frustrierte Lehrerin, eine entnervte Mutter, eine besorgte Schwester. Wo warst du?, fragen sie. Nirgendwo, antworte ich, bloß in einer ausgedehnten

Gegend voller gigantischer Felsbrocken, belebter Statuen, Wüsten, ganz sicher amerikanisch, Sümpfe, Schnee, der auf Meere fällt. Ich hatte mein eigenes Schiff mit zarten Segeln wie die *Santiago,* das kleinste und beweglichste Schiff aus Magellans Flotte. Ich nahm meine Geschwister mit, und sie zögerten nicht, stellten keine Fragen, zeigten nicht den geringsten Zweifel, dies war unser Antrieb für das ganze Leben. Manchmal erklingt diese Musik, eine dissonante Melodie, ein Lied, das die Noten aus der Geheimsprache eines Kindes versammelt. Wo bin ich gewesen? Im Land der Unschuld, im Zwiegespräch mit dem König der Schildkröten, meiner telepathischen Zahnbürste, dem Wispern der verwilderten Bäume.

2

Die hohen Kreuze der Telegrafenleitungen aus dem letzten Jahrhundert ziehen sich endlos durch flaches Land. Wissen sie um ihre spirituelle Würde, ihre Wirkung auf den Reisenden? Ich stelle mir eine Geschichte aus der Zeit ihres Ursprungs vor – der geopferte Baum, der Holzfäller, der ihn schlug, die Gedanken des jungen Arbeiters oben auf dem Mast, während er kilometerlange Kabel über eine karge Landschaft spannt. Das ist etwas, das ich beherrsche – still dasitzen, woanders hingehen und nicht mit leeren Händen zurückkehren. Ich sehne mich danach, doch im Augenblick will ich noch weiter, mit dem Körper woanders sein, am Fenster eines dahinrauschenden Zuges, mit offenem Kanal und offenem Notizbuch.

Überall liegen Broschüren, ein Dartpfeil und eine Landkarte. Ich packe rasch ein paar Sachen in einen kleinen

Beutel, winke ein Taxi heran und nehme den Zug von Penn Station nach Bostons South Station. Fünf Stunden flüchtige Zugszenen, die überall in Amerika sein könnten. In South Station angekommen, nehme ich den Peter-Pan-Bus zum Fährhafen in Woods Hole und lege ab zu den Seen und Salzwiesen von Felix Neck und dem angrenzenden Meer von New England. Ich folge den Schildern nach Edgartown in südlicher Richtung, ein Ort, den ich mehr oder weniger zufällig ausgewählt habe, in der Hoffnung, dort schreiben zu können. Ich habe ein Zimmer mit einer kleinen Veranda hinten, umgeben von Schatten spendenden Eichen. In der Ferne ein Leuchtturm, der aussieht, als wäre er von einer Kinderzeichnung abkopiert und dann in Gips gegossen. Ich schlage optimistisch mein Notizbuch an einem Schreibtisch mit Glasplatte auf, der einen Ausblick auf den Leuchtturm und einen gewundenen Pfad hinunter zum Strand bietet, wo Segelboote auf dem stillen Wasser schlummern.

Aber ich kann nicht schreiben, und so beschließe ich, die Gegend zu erkunden. Ich gehe durch die Eingangshalle und vorbei an der vorderen Veranda, ohne jemandem zu begegnen. In der Ferne die Insel Chappaquiddick, vernebelt von ihrem traurigen Rätsel, ein ertrunkenes Mädchen, ein zukünftiger Senator, der letzte der Kennedy-Brüder. Vielleicht wird mich ein kleines Signal aus dem Kinderleuchtturm wieder auf gute Gedanken bringen. Und wenn ich meine Haare schneide und faste? Und wenn ich mich nur noch um meine Kinder kümmere? Und wenn die Welt sich in die entgegengesetzte Richtung drehte und alle Vergehen gesühnt würden?

Auf meinem Spaziergang folge ich instinktiv einem der seegrasgesäumten Pfade. Es gibt Spuren von Sumpfland, aber nicht so intensiv und mysteriös wie die Sumpfgebiete in South Jersey mit ihren unheilvoll schwankenden Hochgräsern, Mückenschwärmen und langbeinigen Insekten. Die Gegend hier ist zahmer, aber immerhin vage vertraut. Ein Boot mit gesetzten Segeln, lange schwarze Segel, ein schreiendes Kind, Sand und Schrammen, ein Sumpf zu schön und unberührt, um wirklich ein Sumpf zu sein. Der Himmel ist ganz leer. Ich nähere mich dem Leuchtturm von hinten. Er steht auf einer breiten Plattform, die von Kacheln umsäumt zu sein scheint. Vor dem Leuchtturm diskutiert eine Familie. Der Vater sagt, stell dich neben Mommy. Okay, und jetzt ein Riesenlächeln. Ich will nicht lächeln, sagt das kleine Mädchen. Warum nicht?, fragt die Mutter. Weil ich später nicht mit einem Riesenlächeln gesehen werden will, sagt sie, die höchstens sechs Jahre alt ist.

Als ich näher komme, stelle ich fest, dass der Leuchtturm eine Kopie ist, ein bescheidenes Denkmal, und auf der Plakette, die ich entdecke, steht Edgartown Lighthouse Children's Memorial. Die Kacheln sind in Wirklichkeit flache Steine, auf denen die Namen verstorbener Kinder eingraviert sind. Ich bleibe eine Weile stehen, denke an Stephanie Holt und beschließe, ihr einen Stein zu widmen. Vielleicht bin ich deshalb hier, damit sie mit anderen Kindern den Leuchtturm umkreisen kann.

Später, zurück in meinem Zimmer, fühle ich bleierne Müdigkeit. Trotzdem setze ich mich an den Tisch mit der Glasplatte, um zu schreiben. Eine einsame Mücke umsirrt meine Wange. Leg's nicht drauf an, sage ich. Wieder schwebt sie vor meinem Gesicht, ihr hohes Sirren. Leg's nicht drauf an, wiederhole ich, langsam und deutlich. Sie scheint es zu verstehen und verstummt. Wahrscheinlich schlafen wir beide

Ein kleiner Leuchtturm

gleichzeitig ein. Ein drahtiger junger Mann durchblättert die Seiten meines Notizbuchs. Da sind einige blockierte Pfade, sagt er, ich kümmere mich darum, ich kann das gut. Nur ein paar verstopfte Arterien, eine lange Gleichung, bei der noch Enden offen sind. Na gut, sage ich, neugierig, was er wohl finden wird. Er liest aufmerksam, markiert mit Bleistift einige Stellen.

Eine dumpfe Sirene in der Ferne. Ich wache desorientiert am Schreibtisch auf, erschöpft und hungrig. Der Kinderleuchtturm sendet ein rotes Licht aus. Ein kleines Signal, ein kosmischer Ring mit einem künstlichen Rubin, wie man sie früher aus den hinteren Seiten eines Comichefts bestellte. Als ich nach draußen gehe, bemerke ich erstaunt, dass man die Milchstraße sieht. Der Mond ist in Yin-Yang-Manier in zwei Hälften geteilt, wie ein Schoko-Vanille-Keks. Ich folge einem gewundenen Pfad, der direkt in die Stadt führt. Fast alle Läden sind geschlossen, aber hinter einem wackligen Bootshaus finde ich eine Gasse mit einem Imbiss. Beglückt sitze ich auf dem hohen Bordstein, unter dem Keksmond, eine Tüte mit frittierten Muscheln und einem Becher schwarzen Kaffee, und frage mich, wie ich hier gelandet bin.

Als junges Mädchen stellte ich mir immer vor, dass ich von Nomaden abstamme. In geräuschlosen Mokassins eilte ich über rote Erde, auf der Suche nach einem Raumschiff, das mich finden und zurückbringen würde, das verlorene Kind. Im Blut meines Vaters die Gejagten und das Exil. Und im Blut meiner Mutter die Jäger und Entdecker. Alles ist in uns: die in meiner Hand zerbröselnden Mokassins, Gebetsmühlen, Glocken der Schamanen, Reliquien, Göttinnen mit tausend Armen, das Blut, das durch die Adern der Enkelin meines Bruders fließt, und das Blut in den Windungen des Gehirns, das diese Worte schreibt.

Die Dämmerung setzt ein, langsam wandere ich zurück. Ein starker Wind weht, ich sehe die peitschenden Zweige vor einem bleichen Himmel, das wogende Seegras unterm Horizont. Es sind die Farben des Künstlers Brice Marden, ungefähr 1971, blasses Gelb, silbriger Wind. Der Junge ist in mir, wie auch die Mücke, der Leuchtturm, die Gedenksteine. Ich bin eine Fallende. Nicht gefallen, nicht tot, nur fallend. Nicht geworfen, nur übertölpelt. Nicht auserwählt, und vielleicht nie fähig, meine Verfehlungen auszumerzen. Man kann sie nicht wiedergutmachen: nur warten, bis die Fäden sich auflösen. Immer wieder rufen die Stimmen der Vernachlässigten. Eingekapselt in mein eigenes Streben, meine eigenen Gedanken, habe ich es versäumt, auf jene zu achten, die mir entglitten.

Ich vermisse Sam Shepard. Unsere langen Spaziergänge, die endlosen Gespräche in Cafés, das gemeinsame Hören alter Bluessongs. Wir humpeln zusammen in unsere alten Jahre, versprach er mir. Ich hole dich mit meinem Truck ab und wir fahren zum Schreiben nach Mexiko, zwei wettergegerbte Gefährten. Ich hätte Sam gern gesagt, wie leid es mir tut, dass ich damals nicht alles stehen und fallen ließ, um am Ende seines Lebens mehr Zeit mit ihm zu verbringen. Aber ich war zu unruhig und dachte, wir hätten noch alle Zeit der Welt.

Ich hatte gehofft, auf Down Island zum Schreiben zu kommen. Stattdessen erlebte ich eine Reihe winziger Entrückungen, blühte auf und verwelkte zugleich, spürte unerklärliche Trauer, die einem natürlichen Hochgefühl wich. Erstaunlich, wozu unser Geist fähig ist, wohin er uns führt.

Wenn ich das Teleskop in die Vergangenheit richte, kann ich Sam suchen. Ich kann die Spuren meiner fliehenden Vorfahren verfolgen, die Spuren der Harts, die Hände von Wäscherinnen und Schafhirten besaßen, und die Mutter meiner Mutter, die auf einer Veranda sitzt und Mandoline spielt. Wir stolpern einen Pfad entlang, der uns zu verschwundenen Geliebten führt, zu einem toten Kind, einem unentbehrlichen Fremden. Wir tasten durch die Zeit nach einer tröstenden Hand, einem verschwommenen Gesicht, einer Nacht voller Hoffnung und Prüfungen. Geh weiter, sagt eine Stimme, diese Nacht ist nur eine von vielen, die noch folgen werden. Geh weiter, wiederhole ich und betrete das Diorama eines Traums, vorbei am schmiedeeisernen Tor eines vertrauten Zoos. Mit großen Schritten eile ich dem Unerreichbaren entgegen, dem Gesicht eines Vaters, den ich nie kannte. Ich flehe ihn an, seine Geheimnisse mit mir zu teilen, damit ich meine eigenen Geheimnisse verstehen kann.

3

Die Möwen von Triest stürzen solo auf und ab, spottend und neckend und doch nie nah genug, als dass ich die Spitzen ihrer unschuldigen Flügel berühren könnte. Wie sehr habe ich von diesem Ort geträumt. Triest – meine Stadt der Traurigkeit. Ich hatte von der berühmten Piazza gelesen, dramatisch der Adria zugewandt, von dem historischen Caffè Tommaseo, in dem die Schriftsteller Svevo und Saba ein und aus gingen. Ich kannte das Schloss auf dem Hügel, Rilkes Ruf an die Ordnungen der Engel, die *Duineser Elegien,* die Wanderungen von Joyce. Doch von den dunklen Verbrechen der Stadt hatte ich nichts gewusst, Risiera di San

Sabia, eine drohend aufragende Reismühle, im Herbst 1943 umfunktioniert zu einem Durchgangslager für jüdische Gefangene auf dem Weg nach Auschwitz.

Als einziges Konzentrationslager in Italien verfügte es über ein Krematorium, das die Nazis zusammen mit allen belastenden Beweisen zerstörten, ehe sie bei Kriegsende die Flucht ergriffen. Doch die Größe des Lagers lässt sich entlang der Backsteinmauer und durch den Umriss eines rechteckigen Flecks auf dem Zinkboden erahnen. Stille liegt über den nahe gelegenen Todeszellen und dem großen Saal der Kreuze. Als ich in eine kleine Galerie trete, entdecke ich drei Metalllöffel und eine Taschenuhr an einer Kette, die Zeiger grausam erstarrt: 7.25 Uhr. Ein verblichener Stoffstern und zwei Brillen mit Drahtgestell mit verblassten handbeschriebenen Schildchen, außerdem lila gestreifte Pyjamas, getragen im Albtraum zwischen Wachsein und Schlaf.

Eine Schwere überkommt mich, ein Gefühl der Hilflosigkeit, wie ich es einige Jahre zuvor beim Besuch des Friedensmuseums in Hiroshima empfand. Überall die bescheidenen Habseligkeiten von Opfern der Atombombe: ein verkohltes Dreirad, Überreste eines Mantels, ein zerrissenes Kleid, ein Kinderschuh. Fast die gesamte Stadt war verbrannt, die Gegenwart ist aus der Asche erstanden. Ich ging mit der Erkenntnis, dass die Erde das Einzige war, was vom alten Hiroshima übrig blieb. Ich kniete nieder und küsste den Boden, flüsterte eine Bitte um Vergebung, meinem Vater zuliebe.

Ich spüre, dass ich wie die Möwen kopfüber ins unruhige Meer stürze. Wohin ich auch gehe, werden Erinnerungen an andere Orte wach. Trotzdem packe ich meine wenigen Sachen und verabschiede mich hastig von der filmischen Atmosphäre Triests und den mit Caffés gesäumten Straßen. Ich nehme einen Zug nach Bologna, Stadt der majestätischen, aber bröckelnden Türme, und denke an Gregory Corso, dann geht es weiter nach Florenz, um Michelangelos unvollendete Sklaven zu betrachten, und schließlich ein Abstecher nach Rom, zur Erfüllung einer kleinen Mission.

Ich las, dass Gogol viel Zeit im römischen Atelier des russischen Künstlers Alexander Iwanow verbrachte, der sich fast zwanzig Jahre lang mit seinem gewaltigen und seltsam obskuren Gemälde *Erscheinung Christi vor dem Volk* herumschlug. Ich verspürte den starken Drang, das Atelier zu sehen, neugierig, ob die Aura des spirituell motivierten Werkes noch nachwirkte. Ich hatte mir ein paar Adressen notiert, doch die Namen wichtiger Straßen hatten sich geändert. Via Felice, wo sich die russischen Maler trafen, hieß jetzt Via Sistina. Im Caffè Greco gibt es eine Gedenktafel für Gogol und eine lange Liste der berüchtigten Stammgäste, aber es gelang mir nicht, den Weg zu Iwanows legendärem Atelier mit dem provisorischen Gerüst und großen Oberlicht zu finden. Vielleicht war es ein skurriler Wunsch, in die Atmosphäre einer einmaligen Besessenheit einzutauchen, ein Ziel, das wichtiger war als alle anderen.

Ich stand im Tazza d'Oro, einem Caffè in der Nähe des Pantheons, und nippte an einem Kaffee, als sich die Fäden der Zeit erneut heimtückisch um mein Handgelenk legten und ich mich an einen jungen Maler erinnerte, den ich vor langer Zeit in New York aufgesucht hatte. Ich suchte verzweifelt nach Howard Michel, den ich mit achtzehn kennengelernt hatte, als wir beide aufstrebende Künstler waren. Es regnete, und ein Teil seiner Adresse war verschmiert und unlesbar. Nach einigem Suchen fand ich sein Haus parallel zu den verrosteten Trägern der verfallenden Myrtle El. Er lebte allein in einem riesigen Raum, der zu beben schien, wenn die Hochbahn vorbeifuhr. Wir waren höchstens zweiundzwanzig. Er rubbelte mir die Haare mit einem dreckigen Handtuch trocken. Seine Leinwände reichten vom Boden bis zur Decke, beeinflusst von de Kooning und zugleich bemüht, den fremden Einfluss auszutreiben. Als ich sein Werk vor mir aufragen sah, wusste ich, dass ich nie Malerin werden würde. Mir fehlte die Muskelkraft, der körperliche Wille. Ein tiefer, wenn nicht bleibender Schnitt. In diesem Moment begriff ich, dass man zwischen Traum und Berufung unterscheiden muss. Ich wurde zurückgeworfen, ein kleines Kind, das seine Mutter bittet, ihm das Lesen beizubringen. Es war das Wort, das mich zuerst verführte, und zum Wort würde ich zurückkehren.

Wir sind auf der Erde, diesem Schachbrett, und versuchen, unsere Züge zu ziehen, doch gelegentlich scheint es, als würde uns die große Hand eines gleichgültigen Riesen willkürlich auf einen holprigen Weg schicken. Was tun wir dann? Wir treten einen Schritt zurück, horchen in uns hinein, was getan werden muss, und setzen es um, so gut wir können. Ich möchte etwas Befreiendes schreiben, ein Buch wie *Pinocchio*, die Geschichte einer lebhaften, schlaksigen Holzpuppe, geschnitzt von ihrem Vater Geppetto. Die freche Puppe hatte ein sprunghaftes Gewissen, lief ständig davon, ließ sich von boshaften Einflüssen in die Irre führen. Doch am Ende opferte Pinocchio sich für Geppetto. Auf wundersame Weise geläutert, erhob sich ein echter Junge aus dem leblosen Holzkörper. Pinocchio erkannte das Gute in sich und den Wert der Zuneigung eines Vaters. Ich hatte zwei Väter, bekannt und unbekannt, die Signale schickten, fallende Federn, Gaben einer unumstößlichen Liebe.

4

Es ist eine erhabene Stadt, die Stadt der Smaragde, gelegen auf einer Hochebene, Bogotá, die große weitläufige Hauptstadt Kolumbiens. Ich fliege dorthin für eine Ausstellung und eine Performance im Teatro Colón de Bogotá, einem kleinen Juwel von einem Opernhaus. Nach Mitternacht komme ich am Flughafen El Dorado an, benannt nach der mythischen versunkenen Goldstadt. Stephan, der Gründer von Soundwalk Collective, und Santiago, der Kurator des Centro Nacional de las Artes, sind da, um mich abzuholen. Ich fühle mich seltsam unausgeglichen. Mein Herz schlägt wie verrückt, und ich bin irgendwie außer Atem. Am Morgen gesellen sich zu den Symptomen pochende Kopfschmerzen, und ein Arzt wird gerufen. Man verabreicht mir Sauerstoff und diverse Tabletten. Mein Körper reagiert offenbar schlecht auf die heftige Höhe. Ich hänge weiter am Sauerstoff, muss mich ausruhen und hoffen, dass ich mich daran gewöhne. Traurig ans Kissen gelehnt, schaue ich aus meinem Fenster. Weiter hinten befinden sich die kopfsteingepflasterten Straßen von La Candelaria, der historischen Altstadt mit der spanischkolonialen Barock- und Art-décos-Architektur. Sechzehntes Jahrhundert. Kirchen, Cafés, eine berühmte Bibliothek, die mehr als zwei Millionen Bücher aufzuweisen hat.

Alle Besucher bringen mir pflanzliche Heilmittel mit, warmen Maiskuchen, Kaffee aus dem Café Robusta und kleine Geschenke, Perlen und selbst gemachte Talismane. Als die Kopfschmerzen abklingen, tröste ich mich mit Lesen. Stephan ist besorgt, morgen ist unsere Performance. Ich versichere ihm, dass ich auftreten kann. Santiago bringt Bücher und stärkende Tees. Er ist kultiviert, kraftvoll. Stephan bereitet unsere Installation im Museum vor, und ich bleibe in warmer Einsamkeit zurück, begleitet vom leisen Summen der verordneten Maschine.

Ein Hauch von Nostalgie überkommt mich, eine genesende Möchtegern-Reisende mit einem Buch auf dem Schoß. Wenn ich das Gedicht *Dies ist mein Brief an eine Welt* von Emily Dickinson lese, muss ich an ihre Isolation denken, ihr Gefühl der Entfremdung, einen leeren Briefkasten. Ihr stilles Bewusstsein, ihr pochendes Herz. Plötzlich überkommt mich das Bedürfnis, selbst einen Brief zu verfassen. Doch an wen würde ich schreiben? Vielleicht an eine andere Epoche oder eine Zeit, in der wir alle nicht mehr sind. An meine Generation, oder besser, meine lächerliche Gattung. Ein Brief an jene, die zur Bibelschule gingen, die die Klassiker lasen, die noch mit einem Federkiel lernten, Buchstaben zu formen, die in Schreibschrift schrieben, die stundenlang unbeaufsichtigt im Freien spielten, die im Wald schliefen, sich die Füße an Glasscherben schnitten und es keinem erzählten. Ein Brief an eine ferne Zukunft, an die Geister der ausgestorbenen Säugetiere, Vögel und Insekten, an die leeren Bienenstöcke, die moosbewachsenen Kirchen, den Schmelzrest allen Wissens. Wenn ich sterbe, werde ich mich an euch alle erinnern, denn wir sind kurz davor, so viel Kostbares zu verlieren, unterwegs in eine Zeit, in der ein glänzendes Hologramm einen Wald ersetzt und Obst nur noch an radioaktiven Bäumen wächst. In der die entstellten Gesichter der Diktatoren unserer Zeit an kilometerlangen Aquädukten und Gehwegen kleben. Ich schreibe den Kühen, die auf leuchtend grünen Wiesen weiden. Ich schreibe dem hochgewachsenen Mais und den Tomaten, die rot und schwer an kräftigen Ranken hängen. Ich schreibe der einsamen Schlittschuhläuferin auf einem Teich mit schmelzendem Eis. Ich schreibe dem Meer, den einst stolz marschierenden Veteranen. Den wandernden Stinten, Hotdogs am See, Marshmallows auf einem Stock über dem offenen Feuer. Aufgeschürften Knien, Fliegenklatschen, Rollschuhschlüsseln und einem Glas mit blauer Pelikan-Tinte, umgestoßen auf dem Pult eines Schulmädchens.

Ich tunke meine Feder in ein Tintenfass und schreibe die Worte: Ich bin Erinnerung. Ich bin Kaninchen, ein präpariertes Cartoon-Tier, das durchs Universum fällt. Ein Batzen Silber, an dem sich das Kind die Fingerspitzen verbrennt. Ich bin ein glänzendes Spinett, gespielt von der englischen Großmutter, die nicht mehr meine ist. Ich bin ihre Spitze klöppelnde Hand, deren Finger ich nie berührte, deren Liebkosungen ich nie empfing. Ich bin ein Haarknoten im Kamm meiner Mutter. Ich bin Fußknöchel, Handgelenke, Beine und zu lange Arme. Ich bin die grüne Couch, die sich zum Bett ausziehen ließ. Ich bin die Lüge, aus der eine weitere hervorging, ich bin blaue Kornblumen und Gänseblümchen, eingeflochten in einen welkenden Kranz. Ich bin die Fußgewölbe meines Vaters, die vorstehenden Adern an den langen Beinen meiner Mutter. Ich bin, was man Terrasse aus Seufzern nennt. Die Lücke im Bordstein, kratziges Unkraut, klebriges Harz, milchiger Saft, Süßklee und der Stich einer Hornisse, den man als Segen verstehen kann.

Eine Frau bringt mir warme Hühnersuppe. Die Freundlichkeit aller hier stimmt mich demütig. Der Arzt kommt und sagt, ich werde in der Lage sein, meine Pflichten zu erfüllen, und verspricht mir, in den Kulissen mit Sauerstoff bereitzustehen. Aber er glaubt, dass sich mein Körper nicht wirklich an die Höhenlage anpassen kann. Als Kind habe ich mich danach gesehnt, nach Tibet zu reisen, im Basislager Sherpas zu begrüßen und auf dem Dach der Welt Gebetsmühlen zu drehen. Dem Arzt zufolge lässt mein Zustand künftige Reisen in große Höhen wohl eher nicht zu. Ich bin nur geschaffen für Sumpfland und Meeresspiegel. Dazu bestimmt, zu Bergen aufzublicken, nicht aber, sie zu besteigen.

Das Licht schwindet in Bogotá. Wir halten durch. Ich habe neue Freunde gewonnen, die ich nie wieder sehen werde. Mit nach Hause nehme ich ein Stück von Bogotás Herz, ein kleines, in Gold gefasstes Souvenir, ein winziges Bruchstück aus dem Smaragd der Gerechtigkeit. Ein Bruchstück, so grün wie die Augen eines Bergs, den ich nicht erklimmen kann. Ich schicke meinen Brief in die Luft und vergesse nicht, mich der Natur dankbar zu erweisen, den Kopf zu neigen und Mitgefühl für jene zu zeigen, die weder ein Stück Brot noch ein Bett zum Schlafen haben, erschöpfte Vagabunden, denen es trotz allem irgendwie gelingt, Freude am Dasein zu empfinden.

5

Der letzte Tag des Jahres. Mein Sohn, meine Tochter und ich machen zusammen Musik. Der Fernseher flackert. Zwölf Meter hohe Wellen branden an die Pazifikküste. Bethlehem ist verriegelt. Ich sitze mit meiner Tochter auf dem Sofa. Der Mond leuchtet blau, das Licht überschwemmt uns indigo, saphir – die Farbe von Freds Geburtsstein. Unser Geist ist eins. Ein weiteres Jahr geht zu Ende. Meine Tochter Jesse ist schön, doch sie weiß es nicht. Mein Sohn webt Figuren aus Melodien, an die er sich nicht erinnert. Eine Welle des Bedauerns überkommt mich plötzlich. Könnte ich doch nur in der Zeit zurückgespült werden, mit meinen Kindern in den Armen, in den Garten mit dem blauen Pick-up, dem Birnbaum, zu ihrem verschlafenen Vater an der Fliegengittertür.

Der Captain unseres kleinen Boots mit dem blauen Segel brach ohne mich auf. Er war mein Captain, und unser Boot war wie die Tauben, die allein zusammen aufbrechen, immer weiter weg, um stets zurückzukehren. Mit einem Gedicht, mit einem Musikstück, mit einem Kind und noch einem zweiten. Jetzt wandere ich am Meer entlang, hin und her, wie ich es früher tat, aber ohne Lied, nur mit Worten. Nicht gesprochene oder geschriebene Worte, nur gemurmelte, übertönt von der beharrlichen Brandung. Wie Mrs Muir, die sich zu erinnern versucht und allein, wie es scheint, durchs Leben geht, bis zur festgesetzten Stunde, wenn der Geist ihres Captains auf sie warten wird.

Auch Fred ist hier. Wir tanzen auf diesem Highway, während die Autos vorbeirasen und die Sterne erscheinen, einer nach dem andern, und funkelnd ihr Wohlgefallen kundtun. Er lächelt dieses gewisse Lächeln, das besagt, wir sind noch die Gleichen, wir haben es noch drauf. Ich sehe mich um, niemand hat es bemerkt, kopfschüttelnd setze ich meinen Weg fort, zurück in die sogenannte Wirklichkeit. Dafür lebe ich, den Hauch seiner Wiederkehr. Er bewegt sich durch alle Zeiten, alle Reiche der göttlichen Komödie, alle Stadien der menschlichen Verwandlung, allen Staub der Dinge, ich muss nur den Atem anhalten und daran glauben – dann ist er da, einen Augenblick, eine Stunde, einen Schauer lang, in einem unendlichen Ballsaal, erhellt durch den eisigen Schweif eines schimmernden Kometen.

6

In seinem Essay *Sonne und Stahl* schreibt Yukio Mishima vom Willen zum Aufstieg. Der Gedanke findet sich in seinem Gedicht *Ikarus*. Vielleicht meint er den Willen zur Erleuchtung, die vermutlich größte Sünde des Künstlers. Wie die Bauherren von Babel, die versuchten, zum Reich Gottes vorzustoßen, es zu durchdringen, in ihm zu baden und von ihm zu essen. Unzufrieden mit der Schönheit der natürlichen Welt, sucht der Künstler das unnatürliche Königreich des Geistes, aus dessen höheren Sphären er sich bedient, um die Kanten des Kubismus zutage zu fördern oder die Noten einer unergründlichen Fuge. So gesehen war die wissenshungrige Eva die erste Künstlerin. Und was schuf sie? Das Gute Abels, das Böse Kains. Es gibt die Herrlichkeit und das herrliche Scheitern. Vielleicht ist es das, was Mishima an Ikarus anzog, seine Hybris, die Sonne herauszufordern. Der Künstler sucht das Paradies im Leben, er sucht, was er nicht suchen darf.

Wir rasen der Sonne hinterher. Der Stift hört auf zu kratzen. Der samtige Vorhang des Waldes senkt sich und ein wohliges Leuchten zieht mich an den Schreibtisch. Ich möchte fertig schreiben, was ich in Nizza begonnen habe, im Hotel Suisse, wo James Joyce mit *Finnigans Wake* begann, diesem unverständlichen Wälzer, der das zwanzigste Jahrhundert einläutete. Es war auch mein Jahrhundert. Manchmal trauere ich den alten Zeiten nach, den Hoffnungen meiner Generation, Blumen im Haar, tanzend zu The Dead, auf der Suche nach einer universellen Musik, »der Sprache des Friedens«, wie Jimi Hendrix es nannte. Die Gedanken daran tauchen auf, während auf der Anlage des Cafés eine Version von Brahms Wiegenlied spielt. Es beginnt und vermischt sich mit schwermütigen Liedern, alle geschrieben mit Hoffnung und einem Jubel, der sich, wenn man ihn verlangsamt, anfühlt wie Trauergesang auf einer Weide mit tausend Schafen, die ihren Hirten verloren.

– Glaubst du an uns?, fragen sie.

– Ich glaube an alles. Ich lächle.

Ich glaube, meine Mutter wird ihre Mutter und drei verlorene Söhne im Paradies wiederfinden. Ich glaube, meine Schwester wird auf dem Boden der Neuen Welt gehen. Ich glaube an die Parallelität des Geistes, die einen eigenen parallelen Geist hat. Ich glaube an meine eigenen Mythen, die Linien und Pfeile auf kindlichen Karten von vergessenen Ländern, die meine kleine Hand einst zeichnete. Ich glaube, dass sie existieren, diese verlorenen und wiedergefundenen Orte, deren schimmernde Ränder verblassen und überraschend zurückkehren wie seidene Bumerangs.

Erinnerung, die sich zusammenfügt, rinnt durch die Adern einer zerfledderten Landkarte. Ich fand meine Stimme durch meine Reisen. Meine Singstimme, meine Schreibstimme. Ich war durch Osteuropa gereist und in Polen an einem Ort namens Charlotty gelandet, mit seltsamem Wald und einem kleinen Zoo, der von einem alten mongolischen Kamel mit zottligem Fell, zwei Höckern und großen traurigen, von langen Wimpern gerahmten Augen bewacht wurde. Ich wollte dort schreiben, aber ich konnte es nicht und verzweifelte, während mich das Porzellangesicht einer Puppe heimsuchte, die alles sieht und nichts anbietet. Zuvor hatte ich die Tour mit meiner Band beendet, und ein Freund schlug mir vor, ihn in Nizza in einem Hotel mit Ausblick über die Bucht der Engel zu besuchen. Mein Zimmer

Bucht der Engel

war klein und lichtdurchflutet, auf dem Balkon standen ein Tisch und Stühle. Der Himmel war bewölkt, aber ich sah, wie die Sonne sich hinter einem Silberschleier sammelte, den sie bald durchbohren würde. Es war das perfekte Licht zum Fotografieren, unten sah alles aus wie eine Szene aus dem 19. Jahrhundert. Aber ich hatte keine Kamera mehr. Mein Notizbuch und mein Stift schliefen noch. Ich beobachtete, wie der Schleier durchbohrt wurde, dünner wurde und verschwand. Irgendwann begann ich zu schreiben und schrieb den ganzen Nachmittag lang.

Mir fiel ein, dass Joyce auf einem ähnlichen Balkon mit Blick auf die Bucht gesessen hatte, und eine verschwörerische Freude stieg in mir auf. In den folgenden Tagen setzte ich mich in den frühen Morgenstunden und in der Abenddämmerung zum Schreiben hin. Die Worte strömten aus mir heraus. Ich hörte sie in meinem Kopf und sah dann, wie sie geformt wurden, als kämen sie aus einer anderen Quelle. Als das Wetter umschlug, hielten mich Regen und Wind eine Weile fern vom Balkon. Was bedeutet das alles?, fragte ich mich, und schrieb weiter. Mein rechtes Auge schmerzte, blitzartig, wie Stromstöße, aber ich konnte nicht aufhören zu schreiben und stellte mir vor, ich wäre mit einer Art joycescher Energie beschenkt worden. Aber es war nicht James Joyce, auf den ich zugriff, sondern ein großer Sog, die konzentrierte Energie einer neuen, im Entstehen befindlichen Idee. Alles war beweglich, ein mentaler Stromfluss, der in den Korridoren zirkulierte. Eine Nacht und eine zweite hämmerte ich auf die Tasten, Worte, die irgendwann ein Buch hervorbringen könnten.

In diesen Tagen verliebte ich mich in das Hotel Suisse und den Anblick der gebogenen Engelsbucht, den Ort, an dem eine Dürre beendet wurde von einer plötzlichen Wortflut, die alle Wunden öffnete. Der Ort, an dem sich Querbuckel aus dem Wasser hob wie die Flosse einer alten Amphibie, ausgestorben und doch quicklebendig. Mein Blick ruht auf ruhigen blauen Wassern, wo seit achthundert Jahren ein Boot treibt, darin die Gebeine einer sehr kleinen Heiligen mit winzigen Händen und Füßen. Im Himmel sehe ich Revolutionen, hölzerne Schiffe, Wagenräder und abgehackte Hände, die ewig kreisen. Die Wirklichkeit, das sind der Regen und der Wind, ein paar Seiten voller Notizen, die hoffentlich in etwas Größeres aufgehen werden. Zum Glück habe ich eine alte Öljacke mit Kapuze an, die unglaublich leicht ist. Ich reise wie Gogol per Kutsche in eine Dunkelheit, die niemand kennt außer mir, die Schwärze von Tinte in einem Fass. Ich kann mit diesen Gedanken, diesen wilden Parallelen alles Mögliche anstellen, ohne zu wissen, ob das Zeichen in der Bucht einen wiederbelebten Riesen darstellt oder den goldenen Hügel eines selbstlosen Kamels oder die Auferstehung irgendeiner mythologischen Kreatur, eines misanthropischen mutierten Außerirdischen mit dem silbernen Blut von Elfen und Feen. Ich hocke mit meinen Geschwistern vor einer alten Kommode, und wir drehen behutsam an den lockeren Knöpfen. Wir kommen vorbei an hochgewachsenen Bäumen, dunkelgrünen Tannen und bewegen uns mutig Richtung dunkler Himmel, doch die Wolken sind hell. Regenbogenwetter!, rufe ich laut, während wir Schiffen mit prallen Segeln und berittenen Eroberern mit schweren silbernen Satteln folgen.

Plötzlich bin ich ganz allein inmitten eines wundersamen Sturms. Soll er kommen, unsere Flüsse auffüllen! Lasst uns Netze ausbreiten unter dem Vollmond, der im August die

Farbe einer Kleinmädchenhaube hat. Die Pfützen in der roten Erde lassen heilsamen Lehm entstehen, den ich über mein Gesicht und meine Haare streiche. Hagel prasselt herab. Ich verliere meine Schuhe, vielleicht habe ich mich längst verirrt, doch es ist egal. Kleine, improvisierte Landkarten flattern über mir durch die Luft, zeigen die Gebirgskämme unbekannter Kontinente und mysteriöser Inseln, die von ebenso mysteriösen Tieren bewohnt werden, mit Klauen und Schuppen und großen aufgeblähten Nüstern. *Querbuckel, Querbuckel, ich streife durch Schilf und stures Farnkraut, weiche Stinkdisteln und Mückenschwärmen aus*. Barfuß folge ich dem Lauf von Bächen voller Algen und flitzenden Kaulquappen, immer auf der Suche nach einer aufblitzenden Münze, dem verlorenen Penny, einer Mosaikscherbe oder dem Handspiegel, in dem sich das Ich erkennt.

In gewisser Weise habe ich mich nicht sehr verändert. Aber die glühende Rastlosigkeit hat etwas abgenommen, und das Wissen um die Dinge, die ich geliebt habe, ist so tief in mir verankert, dass ich mir *Guernica* vorstellen kann, ohne zu sehen, *Ascension* und *My Bloody Valentine* hören kann, ohne zu hören, das *Glasperlenspiel* durchblättern kann, ohne zu lesen, ich fühle es in meiner Seele. Alles muss einmal verschwinden. Die kostbaren Stoffstücke, die gefaltet in einer kleinen Truhe ruhen wie eine aufgegebene Brautsteuer, die Bücher meines Lebens, die Medaillen in den Schachteln. Dinge loslassen ist eine der schwersten Aufgaben im Leben. Unsere Talismane fortgeben, einen nach dem anderen. Aber meinen Ehering werde ich behalten, genau wie die Liebe meiner Kinder.

Was bleibt, im Loslassen, ist Integrität. Wir entfalten uns, straucheln, lernen von unseren Vergehen und dann tun wir alles noch mal. Stürzen uns wieder in den Abgrund, aus dem wir so mühsam herausgeklettert sind, um uns zu finden. Und wenn wir doch die innere Kraft dafür aufgebracht haben, beginnt der beschwerliche und bezaubernde Prozess des Loslassens. Eine Ruhe, die ausstrahlt wie natürliches Licht. Rundherum liegen Schutt und Trümmer, aber wir gehen vorsichtig, um nicht auf eine schwindende Silhouette zu treten, unsere eigene ursprüngliche Haut.

Welchen Aspekt des Lebens soll ich darstellen? Einen, der mit donnernden Schritten imaginäre Truppen kommandierte, oder einen, der gemeinsam mit Gefährten die Tyrannei von Regierungen, falschen Propheten, Politikern und profitgierigen Dichtern anprangerte? Oder vielleicht einen, der Hunderte Liebhaber hatte, oder vielleicht eine, die eine schwarze Samtschachtel mit den Perlen ihres geliebten Ehemanns besitzt? Oder das Kind, das die Heilige Schrift aufsagen konnte, aber heimlich den Vater bestahl und die Mutter belog? Wir alle haben eine innere Waage. Das Gleichgewicht der Kräfte ist das Geheimnis jedes einzelnen Menschen.

Wie viel wiegt die Währung von Blut im Vergleich zum Hunger eines Kindes? Wo landen unsere Bemühungen auf der Waage aller Werte? Die Schriftrolle flattert im Wind, die Engel dirigieren mein Boot. Ich ziehe ein Netz aus dem Wasser, darin ein abgeworfener Mantel, Haut, alte Lieben, sterbende Zellen. Ich sehe mich auf dem Balkon im Hotel Suisse sitzen, eine Schriftstellerin auf Urlaub in weißer Kleidung, die konzentriert auf einen dreieckigen Fleck im Zentrum der Bucht starrt. Die unbestimmte Lust kehrt zurück. Wovon soll ich schreiben und was beschwören? Ich verspreche, gut zu sein. Ich werde von einem jungen Mädchen schreiben, das einen kleinen Handspiegel im Gras findet. Sie sendet Signale an den dreieckigen Fleck in der Bucht, der so fern ist und doch so nah. Voller Freude springt sie, schwebt mitten in der Luft, landet mit ausgestreckten Armen. Willkommen, Querbuckel, ruft sie, ich bin du.

Anmerkung zum Schrifttypus

Dieses Buch wurde in Granjon gesetzt, einer modernen Neuentwicklung einer Schrift, die unter der Leitung von George W. Jones (1860–1942) entstand. Jones legte dem Design von Granjon die Buchstabenformen von Claude Garamond (1480–1561) zugrunde. Die Schrift erhielt ihren Namen als Hommage an den Typografen Robert Granjon.

Über die Fotos

Die Autorin bedankt sich herzlich bei den folgenden Fotografen für die Verwendung ihrer Bilder:

Frontispiz: Peter Pan, Kensington Gardens, Patti Smith
Seiten 180, 194, 200, 204: Fotografien von Fred Sonic Smith
Seiten 201, 282, 288, 302: Fotografien aufgenommen von der Autorin

Über die Archive

Das Foto von meinen Eltern mit Toddy auf dem grünen Brokatsofa wurde von Bobby Williams im Jahr 1951 aufgenommen.

Alle Vintage-Bilder auf den Seiten 14, 26, 240, 246, 274, Fotografen unbekannt, stammen aus dem Archiv der Familie Smith, mit freundlicher Genehmigung meiner Schwester Linda Smith Bianucci.

Die Aufnahmen von meiner Mutter, Chick Kaven und Dot Ashman, Seite 262, sowie das Gedicht »Patti«, Seite 278, sind aus meinem Babybuch.

Der junge Fred mit seinem Großvater Herbert Bias,

Seite 142, stammt aus dem privaten Familienarchiv von Freds Schwester Pat Hallett.

Das einzige Hochzeitsfoto, Seite 184, wurde in der Mariners' Church von Freds Mutter Kathleen Bias Smith aufgenommen.

Vielen Dank an Lenny Kaye und Andi Ostrowe für
die Bereitstellung von unschätzbarem Material aus ihren
persönlichen Archiven.

Familie, Central Park, 2019

Die Übersetzerin dankt Nicolai von Schweder-Schreiner
für die Mitarbeit an einigen musikspezifischen Fragen.

MIX
Papier | Fördert
gute Waldnutzung
FSC® C083411

1. Auflage 2025

Titel der Originalausgabe Bread of Angels

Aus dem Englischen von Brigitte Jakobeit

Covergestaltung Barbara Thoben, Köln
Covermotiv © Lynn Goldsmith
Satz Buch-Werkstatt GmbH, Bad Aibling
Druck und Bindung CPI books GmbH, Leck
ISBN 978-3-462-01090-9

Kontaktadresse nach EU-Produktsicherheitsverordnung:
produktsicherheit@kiwi-verlag.de